乾嘉文言小说研究

詹颂◎著

國家圖書館出版社

图书在版编目（CIP）数据

乾嘉文言小说研究／詹颂著．—北京：国家图书馆出版社，2009.11

ISBN 978－7－5013－4203－7

Ⅰ．乾…　Ⅱ．詹…　Ⅲ．古典小说－文学研究－中国－清中期　Ⅳ．I207.41

中国版本图书馆 CIP 数据核字（2009）第 200700 号

书名　乾嘉文言小说研究
著者　詹　颂

出版　国家图书馆出版社（100034　北京市西城区文津街 7 号）
（原北京图书馆出版社）
发行　010-66139745　66175620　66126153
66174391（传真），66126156（门市部）
E-mail　btsfxb@nlc.gov.cn（邮购）
Website　www.nlcpress.com → 投稿中心
经销　新华书店
印刷　北京汉玉印刷有限公司

开本　889×1194（毫米）　1/32
印张　7.75
版次　2009 年 11 月第 1 版第 1 次印刷
印数　1—2000 册

书号　ISBN 978－7－5013－4203－7
定价　25.00 元

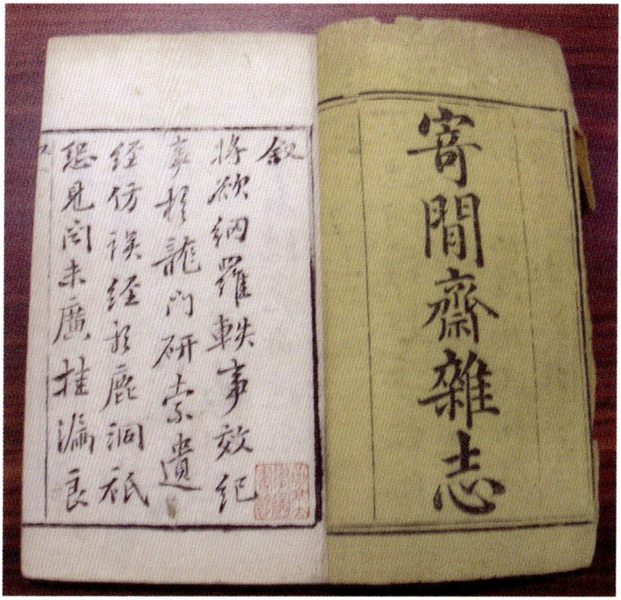

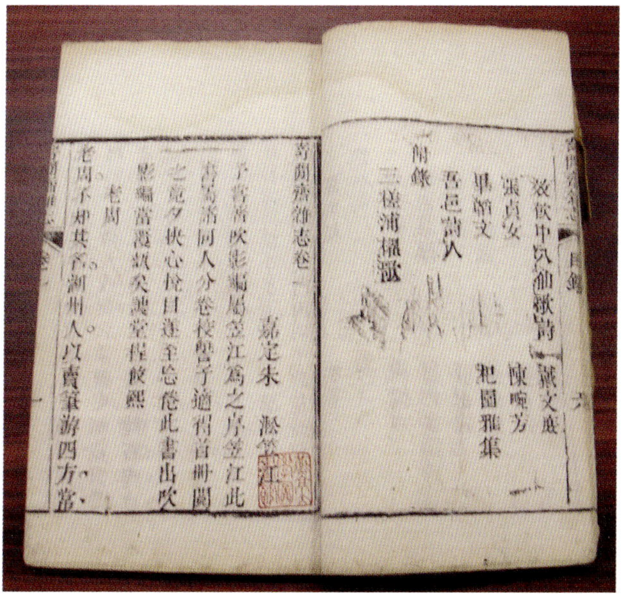

朱淞《寄闲斋杂志》，清刻本

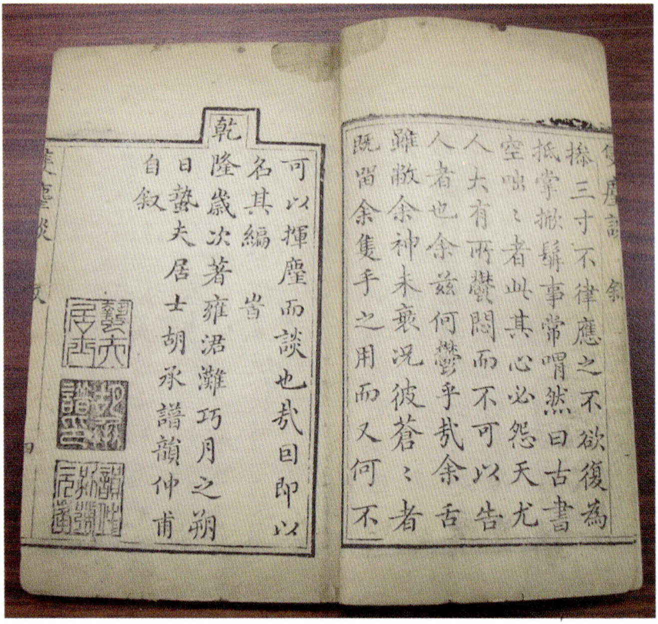

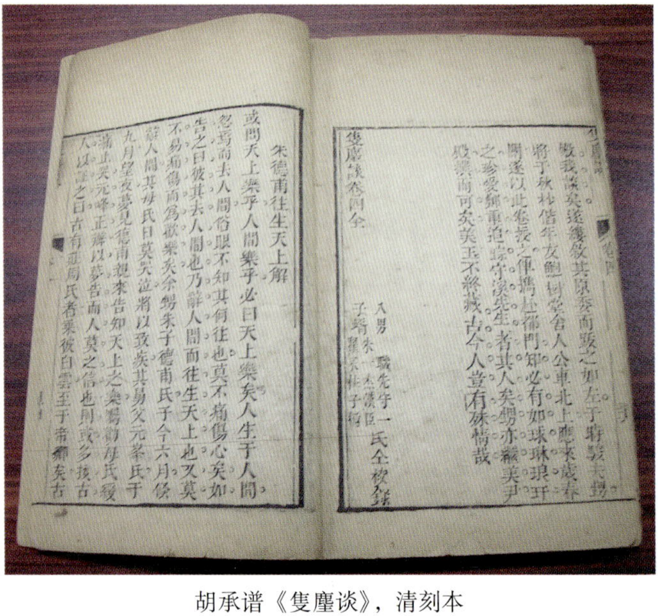

胡承谱《只麈谈》，清刻本

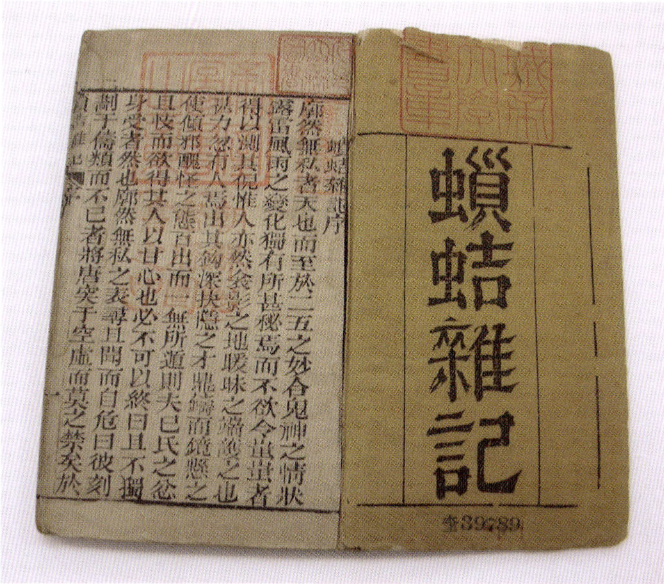

屠绅《蟫蛣杂记》，清刻本。韩国首尔大学奎章阁藏

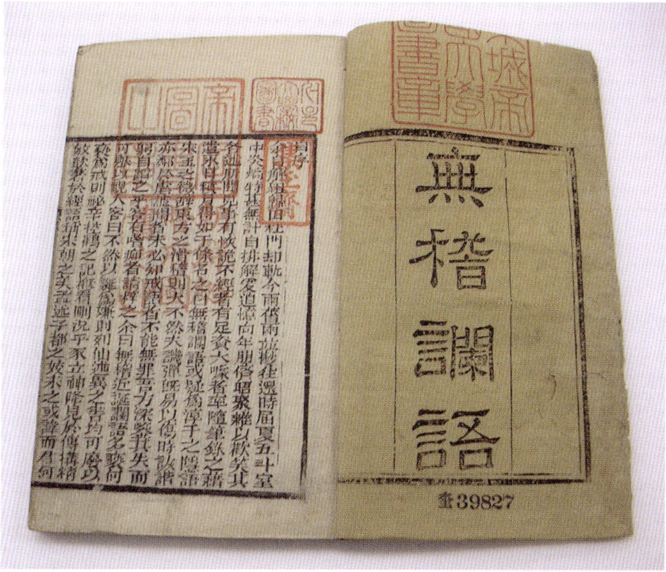

王露《无稽谰语》，清刻本。韩国首尔大学奎章阁藏

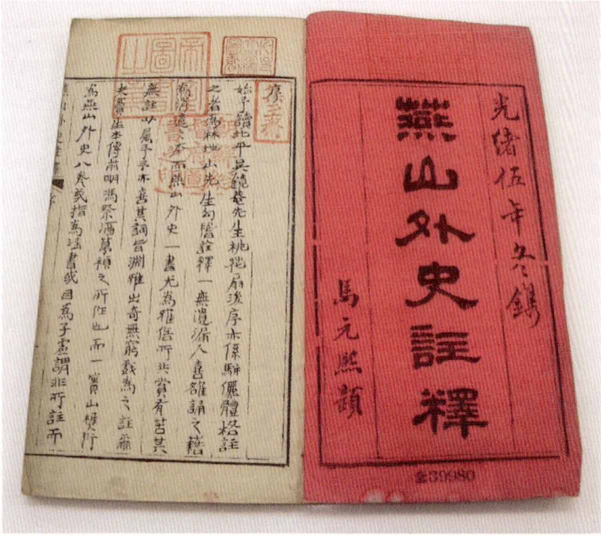

陈球《燕山外史》，光绪五年（1879）冬镌注释本。
韩国首尔大学奎章阁藏

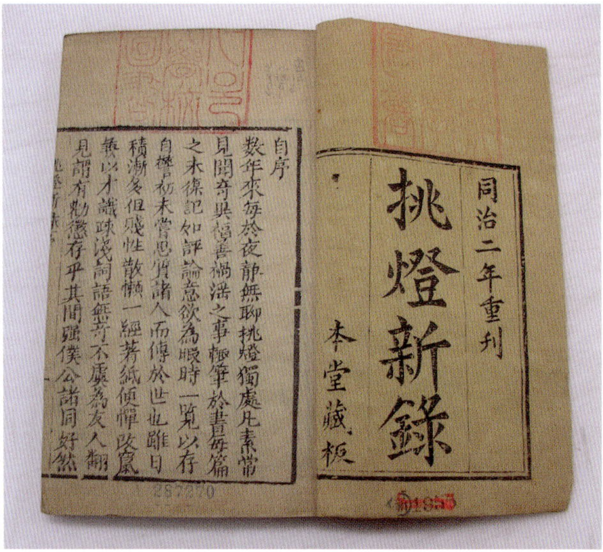

吴荆园《挑灯新录》，同治二年（1863）重刊本，本堂藏板。
韩国首尔大学奎章阁藏

内容提要

清代文言小说创作在乾嘉时期进入全面繁荣阶段，作品数量众多，佳制迭出，继承了文言小说史上各种优秀创作成果与经验，并充分汲取了其他文学形式与文化传统的滋养，在内容与形式两方面均有所开拓与创新。但与创作上的繁荣形成鲜明对照的是研究上的冷落，目前尚无对乾嘉文言小说进行综合研究的专著，只有几种小说史著作对此期代表作品做了一些概要介绍与论述。本书力图弥补这一不足，对乾嘉文言小说做专题综合研究。

本书分为引言、正论与结语三大部分，引言部分主要介绍乾嘉文言小说概况、研究现状及选题意义。正论部分运用考据学、文艺社会学与文体学等方法，对乾嘉文言小说进行专题研究：

第一章从作者的阅读视野、交游与经历三方面考察乾嘉文言小说的故事题材来源，探寻创作主体因素与作品内容之间的内在关联，讨源溯流，揭示故事题材的继承性这一文言小说的突出特点在此期作品中的复杂表现，分析作者交游对小说创作的重要影响，研究此期作品的题材拓展意义。

第二章结合作者的思想学术背景，探讨乾嘉学风对文言小说创作主体的写作目的、写作趣味、写作方法及艺术思维方式的影响，分析由此形成的以学问为小说的潮流，以及朴学治学方式与思维特点在文言小说创作中留下的痕迹，并对此做出实事求是的评价。

第三章以个案分析的方式研究艺术形式上有所开拓与创新，并形成独特风格的作品。此期在作品体制与形式上堪称文言小说史上的集大成阶段，中长篇小说方面出现了文言小说史上第一部长篇小说，以及罕见的骈体、编年体小说，对于常见的短篇小说的体制与形式亦作出了独特贡献。

第四章梳理学术界对此期作品所做的流派划分，联系作品实际进行评析、修正与补充，指出小说观念的差异直接影响到流派的创作实绩。

结语部分概括本书的研究结果，并在此基础上对乾嘉文言小说在文言小说史和文化史上的地位与价值进行定位。

关键词：故事来源　题材开拓　学风　艺术创新　流派分析

目　录

引　言

一

本书的研究对象为完成于清代乾嘉时期（1736—1820）① 的单行文言小说、文言小说集、文言小说辑以及笔记与诗文杂著作品集中的文言小说。

文言小说的界定在其定义与具体作品归属上都是一个颇有争议的问题。传统目录学对“小说”的内涵与外延没有一个统一而明确的定义，只能从历代书目著录与分类情况及有关论述与说明中去把握。从《汉书·艺文志》到《四库全书总目》，史志著录小说的情况代有不同，反映出编纂者的小说观念以及小说创作的发展状况；从班固、刘知几、胡应麟到纪昀，史学家与目录学家们对于“小说”亦皆做出了自己的界说。即以《四库全书总目》而论，它的编纂年代正处于本书所涉及的时段，它对于小说的论说与分类本可作为本书甄选研究对象的依据，但这却显然行不通。纪昀主纂的《四库全书总目》对传统目录学谱系的“小说”概念与分类在重新整理的基础上做了一个总结，它将小说分为三派：叙述杂事、记录异闻、缀辑琐语，这一分类实际也是从内涵与外延上给小说界定了一个范围。

但《总目》遵循的传统目录学小说观念与今人小说观念大相径庭。从《总目》的分类与其收录的作品看，它所称的小说

---

① 因小说集、笔记等写作时间一般较长，成书时间以最后结集、定稿为准，如《西青散记》作于雍正元年至乾隆元年，虽然其中所记雍正时期大大长于乾隆时期。仍归于此期。

是指篇幅短小的文言叙事散文，据见闻实录，包括唐前的古小说，唐以后的小说类笔记。依它的标准，背离实录原则的传奇小说不是小说，白话的话本小说和长篇章回小说更被拒于小说门墙之外。今人视为文言小说代表作的唐传奇《莺莺传》、《柳毅传》之类，明人传奇集如《剪灯新话》，元明中篇传奇如《娇红记》、《刘生觅莲记》之类皆不在《总目》所指的小说范围之内。若依照《总目》的标准甄选本书的研究对象，那么乾嘉时期文言小说的一些代表作品如长篇小说《蟫史》、骈体中篇小说《燕山外史》显然不符合其体制要求，《谐铎》这种事多虚构、意多俳谐的作品也不能被称为小说。因此，《总目》的小说观念与分类只能作为研究的一个参考。

小说在中国传统目录学中是一个内涵与外延均不甚清晰的图书分类学概念，而当代中国通行的小说概念则是一个从西方引入的文体概念。在西方，小说也是一个纷纭复杂的概念体系，并且随着时代发展而有所变化。但在当代中国学术界，对于作为文体的小说则有一种颇为片面的理解。在相当多的文学理论著作、有关辞典与百科全书中，界定小说的核心是情节叙述与人物塑造，并有学者认为小说与非小说的分水岭在于是否虚构。若以这样的标准来衡量与取舍文言小说，一部文言小说史将溃不成军。即以乾嘉文言小说而论，整部《阅微草堂笔记》就会被革出小说门外，因为它很难用上述三条标准中的任何一条来衡量。这类狭隘的小说观念对于中国古代文言小说的研究既缺乏理论指导意义，更没有实际操作价值。

李剑国先生在充分考虑文言小说的历史发展和其形态特殊性的基础上，参照当代小说观念，提出了界定文言小说的四原则，即：叙事性原则、传闻性或虚构性原则、形象性原则和体制原则①。笔者赞同他的观点。尤其是他提出的第二条原则，像《阅

① 《文言小说的理论研究与基础研究——关于文言小说研究的几点看法》，载《文学遗产》1998年第2期，第34页。

微草堂笔记》这类作者不承认主观虚构的小说作品，往往借转述的方式讲述实为虚构的故事，以传闻性作为判定标准显然更为合适。本书即以这四条原则甄选研究对象。乾嘉时期文言小说作品篇数浩繁，但单行（单部、单篇行世）作品则较少，多以结集形式流传，或散见于笔记之中，本书即将写作时所主要参考的乾嘉时期单行文言小说、文言小说集、文言小说辑列于附录中。

清代文言小说创作在《聊斋志异》这座高峰之后，至清代中期，主要是乾嘉时期，进入了一个全面繁荣时期。《聊斋》之后文言小说中的著名和优秀作品大多出现在这一时期，比如脍炙人口的《夜谭随录》、《谐铎》、《阅微草堂笔记》等等。文人们以极大的热情投入文言小说的创作，作者身份从官居高位的上层士大夫至身为乡村塾师的下层文人，涵盖了当时文士的各个阶层。作品数量众多，单行文言小说、文言小说集、文言小说辑现存100余种。从作品时间分布情况看，乾嘉时期文言小说创作可分为两个阶段，第一阶段为乾隆初期和中期（1736—1775），这一阶段问世的作品数量较少，影响深远的名作亦只有一部成书于乾隆初年的《西青散记》；第二阶段为乾隆后期至嘉庆时期（1776—1820），这一阶段问世的单行文言小说、文言小说集和文言小说辑数量极多，绝大多数名作都成书于这一阶段，其中又以乾隆末年与嘉庆前期为盛。

乾嘉时期特别是乾嘉之际文言小说创作的繁荣，从外部因素看，与当时的政治、经济、文化条件有关。乾嘉时期海内富庶，社会基本稳定，这为文人从事小说这种被时人视为闲书的著述提供了一个可能的外在环境，生活相对丰足安逸，文人才有闲心征奇话异并将其形诸笔端。乾嘉时期学术文化氛围浓厚，乾嘉二帝均极重视并提倡学术文化的发展。乾隆三十八年（1773）《四库全书》的纂修在乾隆帝主持下展开，对于士人潜心学术文化的研究与撰述更是一个极大的促进。当时官方与私人藏书、刻书均极兴盛，人们能广泛接触到前代与当代的小说作品，这对于文言小说创作亦有所推动。乾隆后期贪污腐败现象愈益严重，道德堕落，社会风气败坏，正如洪亮吉所言："今之人嗜欲益开，形质益脆，知巧益出，性情益漓。"① 这是产生一大批揭露与讽喻题材小说作品的现实土壤。

从内部因素看，乾嘉时期特别是乾嘉之际创作的繁荣也是文言小说自身发展的必然趋势，《聊斋志异》将文言小说推上了历史的顶峰，据杨复吉《梦阑琐笔》记载：它脱稿后，"百年无人任剞劂。乾隆乙酉（乾隆三十年）、丙戌（乾隆三十一年）楚中、浙中同时授梓"②，但此书"未刻之前，已贵洛阳纸价"③，可以肯定乾隆时期《聊斋》已在社会上广泛流播，并产生较大影响，乾嘉间成书的小说往往在序跋中提到此书，或在具体作品中点到它，不论赞扬与批评，皆可见此书对于此期文言小说创作的激发与触动。高峰之后，难乎为继，但乾嘉时期文言短篇小说集却在《聊斋》之后出现了一个群星闪耀的文学史景观。纪昀的《阅微草堂笔记》另辟蹊径，追踪晋宋，以学识、才力和理趣取胜，正如富于情韵的唐诗之后有长于议论的宋诗，别树一帜，与《聊斋》分庭抗礼。而一些被研究者们认为受《聊斋》影响的作品亦多能自出机杼，甚至自成一家，如沈起凤的《谐铎》。还有像《六合内外琐言》这样"其体式为在先作家所未尝试"④ 者。中长篇小说亦令人瞩目，《浮生六记》标志着文言自传体小说已发展到一个新阶段，编年体的《扶风传信录》，骈体的《燕山外史》所采用的体制与形式在文言小说史上均极罕见，而《蟫史》则是文言小说史上第一部以章回体式创作的长篇小

① 洪亮吉：《卷施阁集》文甲集卷一《意言》第二十篇《形质篇》，上海：中华书局据原刻本校刊《四部备要》本。

② 《梦阑琐笔》，第52页，见《昭代丛书》萃编卷第三十七，世楷堂藏板。版本下同。

③ 《聊斋志异遗稿例言》，见张友鹤辑校《聊斋志异》三会本前各本序跋题词，第29页，上海：上海古籍出版社，1986。

④ 鲁迅：《中国小说史略》第二十二篇"清之拟晋唐小说及其支流"，《鲁迅全集》第九卷，第212页，北京：人民文学出版社，1981。版本下同。

说。虽然《扶风传信录》与《燕山外史》的艺术水平不高，《蟫史》亦有明显的缺陷，但它们对文言小说的艺术形式都进行了有益的探索与开拓。总之，从艺术体制与形式上看，此期小说多彩多姿，凡文言小说史上出现过的体制与形式几乎都被尝试，且出现了一些前所未有或极为罕见者，堪称文言小说史上的集大成阶段。各种体制与形式的作品有着不同的文体渊源，作者们的学力与写作水平亦参差不齐，但在写作手法上多能吸取前人创作经验，在继承的基础上有所创新或拓展，对于丰富文言小说的艺术表现力作出了积极贡献。

二

乾嘉时期文言小说在作品主题方面亦呈多样化趋势，并对传统主题系统有新的拓展。李剑国先生将唐代小说的主题概括为十大类：性爱、历史、伦理、政治、梦幻、英雄、神仙、宿命、报应及兴趣①，乾嘉小说在此基础上还可以加上一类，即学术主题。在中国学术思想史上，乾嘉时期是清代考据学发展的鼎盛期，而文学风尚往往受思想与学术风气的熏染，乾嘉学风在此期文言小说中留下了明显的痕迹，使之形成了独特风貌。它不仅影响到作者们的写作目的、写作趣味与艺术思维方式，也直接影响到创作主题，出现了针对当时学术论争和学界热点问题的学术小说和显示学问的炫学小说，为文言小说创作开辟了一个新领域②。

传统主题在乾嘉文言小说中也有新的变化和发展。性爱主题亦是乾嘉文言小说的主旋律，与此前文言小说中的同类主题相比，此期表现这一主题的作品有两个现象值得注意。第一，对于

---

① 见《唐五代志怪传奇叙录》，第51页，天津：南开大学出版社，1993。版本下同。

② 详见本书第二章。

"情"有了不同于前人的新见。文言小说中的性爱主题一般来说大体可分三个层次：第一层次是对情欲的张扬与渲染，多见于人与异类的恋爱故事。由于异类特别是异类女子的非人间身份，小说作者们对她们采取了与衡量人间女子不同的价值尺度，对于女子道德的现实关注往往退到次要位置，而充分突出其女性美的悦人和情的媚人。非人类女性为男性作者摆脱道德规范的束缚，满足其对于自由情爱或风流艳遇的向往提供了对象；第二层次是对发乎情、止乎礼义或于礼义无大违碍的现实情爱的肯定；第三层次是表达对知己之爱的理想。此期作家如乐钧将男女之情诠释为一种迷狂的、超功利的审美体验，这一观点虽是《红楼梦》影响下的产物，从文言小说中性爱主题嬗变的历史看，则是对《聊斋》以来文言小说中所描写的知己之爱的发展与进一步提升，是颇具现代平等思想，张扬个体价值的情爱观念①。第二，对于同性恋的普遍同情甚至赞赏。乾嘉时期，士大夫豢娈童、狎优伶是一种流行的时尚，据阮葵生《茶余客话》卷五记载："近日缙绅又有三好，曰：穷烹饪，狎优伶，谈骨董。三者精，可抵掌公卿间矣。"② 当时不少名人好男风。毕沅与优伶交好的故事为时人津津乐道③。严冬友、钱献之等人所作《秦云撷英小谱》即为男伶所作的小传及题诗，从书中可以看出，他们与优伶的交往显然并不仅止于欣赏其才艺，大多有明显同性恋倾向。又据《履园丛话》卷二十一："毕秋帆先生为陕西巡抚，幕中宾客大

① 详见本书第四章第三节。

② 《茶余客话》卷五，第12页，《艺海珠尘》本。

③ 如《随园诗话》卷四第41则即记其事："李桂官与毕秋帆尚书交好。毕未第时，李服事最殷，病则秤药量水，出则授辔随车。毕中庚辰进士，李为购素册界乌丝，劝习殿试卷子，果大魁天下。溧阳相公康熙前庚辰进士也，重赴樱桃之宴，闻桂郎在坐，笑曰：'我揩老眼，要一见状元夫人。'其名重如此。戊子年，毕公官陕西，李将往访，路过金陵，年已三十，风韵犹存。余作长歌赠之，序其劝毕公习字云：'若教内助论勋伐，合使夫人让诰封。'"第117页，北京：人民文学出版社，1982。

半有断袖之癖。”① 从以上记载可知，男同性恋在当时甚为风行。乾嘉文言小说中涉及这一现象的作品其主人公上自公卿下至仆役，作者多悯其痴情，对于其中以节义相尚者更是赞赏有加②，而对于同性恋现象的复杂成因及当事者错综微妙的关系亦有生动而深入的展现③。同性恋题材在清初李渔的白话小说中已被作了正面处理，如《无声戏》第六回《男孟母教合三迁》，从标题即可知作者的态度，在文言小说中则至乾嘉时期才有大量客观的或正面的描写。同性恋以今人眼光看是一种性倒错，但却是人类性爱生活中一种历史悠久的非常态形式，此期文言小说广泛涉足这一领域，不仅是对当时风气的一种反映，也是对传统性爱主题的一个拓展。

以史为鉴是治史的一个主要目的，作家触及历史主题亦往往是要寄托兴亡之感，以古讽今，借古人之酒杯浇自己胸中之块垒。但乾嘉时期，尤其是乾隆统治时期，文言小说作家处于专制高压统治下，写到治乱兴亡这样的主题极易贾祸，因此此期作品中涉及这类主题的作品十分谨慎，虽然有一些以明清之际忠臣义

---

① 《履园丛话》卷二十一《打兔子》，第554页，北京：中华书局，1979。

② 如《梦厂杂著》卷四《乡曲枝辞》卷下《张吉》，写张吉在同性恋友死后十年寝食与其棺相依。作者虽斥其愚，亦悯其痴。《昔柳摭谈》中《伶人杰识》记某尚书未第时得伶人馥郎赏识，供其食宿，劝其发愤，而联捷中状元事。某尚书与馥郎当是影射毕沅与李桂官。作者以“杰识”称赏伶人馥郎，赞其具不凡之慧眼。《挑灯新录》卷四《胡司空》记胡冠龙少时赴郡应试，见堂上文宗青年美质，一见倾心，归后结想成病，其友李成觅得一优内小旦貌似文宗者，以遂其欲。又购得名士窗稿一部，令优人临别相赠，诡言乃文宗所作。胡自此日夜揣摩，联捷成进士，入词林，旋擢监察御史。值原文宗张纲以刚直忤浙抚，赖胡公为之昭雪。张出狱后与胡相见，胡叙旧情，张不解。适李成入都，方知底里。此篇亦极写同性恋者之痴情。《续新齐谐》卷六《多官》写娈童殉节事，作者借篇中人物之口称其“义”，并谓“充其量可为忠臣烈士”。

③ 如《秋坪新语》卷六《勒死分尸》篇所写京师提督府番役王二与杭人李二的故事，王欲与李交，李允之，而意在王之妻，后李欲淫王妻，王不能忍，乃将李勒死并分尸。《六合内外琐言》卷十六《阳大夫》写胡僧传幼时以计狎阳生，阳被迫而忍辱，后升为台垣，胡往投，阳斩之。

士高人故事为题材的小说，但作者们的落脚点皆在表彰其忠义，而这是为清朝统治者所许可的。对于像钱谦益之类的贰臣，作者们不乏讥讽。如《新齐谐》卷十三《关神下乩》借关帝之口嘲讽明末某公在甲申之变时不殉难，乞降清廷，苟活偷生，《阅微草堂笔记》卷一亦记此事，大体相同，只细节相异①。此期历史题材小说缺乏对于历史的深刻反思，大多仅为轶事、韵事小说，偏离了历史主题。

乾嘉文言小说中的伦理主题亦不外乎劝善惩恶，宣扬忠孝节义，其中又以节孝故事居多。故事的主人公多以超乎常情甚至扼杀人性的方式以践履僵化的道德信条，如毁损肢体以尽孝道，丈夫死后自杀相殉，未婚女子终身守望门寡等等。但对于女子守节，乾嘉学者如钱大昕与汪中等皆表示了较为开明、通达的见解，钱大昕提出女子“去而更嫁不谓之失节”②，汪中认为未嫁女子殉节，“尤礼之所不许也”，“苟未尝以身事之而以身殉之，则不仁矣”③。此期一些作家更以小说形式写出了节烈光环后的凄惨、辛酸与悲苦，显示出对于女性命运的同情与理解。如沈起凤《谐铎》中写某节母临终自道守寡之难，并以自身经历为训劝告孙曾辈媳妇“倘不幸青年居寡，自量可守则守之；否则上告尊长，竟行改醮，亦是大方便事”④。纪昀《阅微草堂笔记》中亦有类似故事，书中记交河一节妇于建贞节坊之际向表姐妹们袒露其守节40余年中亦曾有心动之时，并谓“人非草木，岂得无情”⑤。他的诗中也多处表达了对于未嫁而守志、殉节及夫死

① 《阅微草堂笔记》，第22页，上海：上海古籍出版社，1998。版本下同。

② 钱大昕：《潜研堂文集》卷八《答问五》，见《潜研堂集》，第109页，上海：上海古籍出版社，1989。

③ 汪中：《述学》内篇一《女子许嫁而婿死从死及守志议》，嘉庆二十年(1815)王念孙序刻本。

④ 《谐铎》卷九《节母死时箴》，第137页，北京：人民文学出版社，1985。版本下同。

⑤ 《阅微草堂笔记》卷十一，第235页。

而守节女子处境的同情[①]。乾嘉文言小说作家对于女性命运的同情与理解虽然是有限度的，而且并非大多数人的观点，但却是此期伦理主题作品中的闪光之处。

对于各级官吏贪污腐败现象的揭露与鞭挞是乾嘉文言小说中政治主题的集中表现，官吏的贪黩是当时社会的一大毒瘤，虽然乾隆帝与嘉庆帝均曾查处过一批大案要案，但贪风却愈演愈烈，成为清代社会的不治之症。乾嘉文言小说作家的社会正义感和良知在刺贪之作中得到了充分体现[②]。战争作为政治主题的一个重要子题是此期文言长篇小说《蟫史》的第一主题，作品的现实背景是乾隆后期与嘉庆初期清政府镇压白莲教起义与镇压苗民起义等战争，作者将现实战争以超现实的神魔化方式加以表现，虽然有晦涩、怪异之病，并且限于阶级与民族偏见，对于农民起义军与少数民族有丑化与歪曲的表现，但作品以二十卷的篇幅描写十多年的连续战争，使文言小说的战争主题得到了前所未有的气魄宏大的展现[③]。

乾嘉文言小说中的梦幻主题基本思想大体承袭两篇唐代经典之作《枕中记》与《南柯太守传》，但又有新的发展。人生如梦、功名富贵如过眼烟云仍是作品基调，但乾嘉作者在这一主题中加强了对于世相的讽刺，表达了对于理想隐居生活的向往，并写出了人对时间飞逝的无奈，突出了人生的短暂与世事的无常[④]。

李剑国先生指出豪侠主题是唐代小说英雄主题最突出最大量出现的子题，是可以和爱情题材媲美的一宗重要内容[⑤]，而在乾

---

① 如《张烈女诗》、《汪氏双节诗》、《蔡贞女诗》等，分别见《纪晓岚文集》第478—479页，第517—518页，第545—546页，石家庄：河北教育出版社，1991。版本下同。

② 详见本书第一章第三节。

③ 详见本书第三章第二节。

④ 详见本书第一章第一节。

⑤ 见《唐五代志怪传奇叙录》，第65页。

嘉文言小说中这一主题却呈萎缩之势。虽然也有一些表现“侠”主题的作品，但多因袭前人①。倒是有一些反豪侠主题的作品，颇能反映出时人对于侠的看法。如《六合内外琐言》卷十四《宗人》借鲁仲连之口教训任侠尚气的同宗后人鲁邦瞻：“夫生当太平，智何名？勇何功？而窃慕游士纵横之概以骇末流，惑矣。爱连者第勿学连，幸甚。”作品中鲁仲连死后学仙，并自责其生时好为人排解忧难，“辄以自扰，去清虚之道远焉”②。不管这是作者的正论还是反讽，其观点都颇有代表性。任侠尚气，欲以个人力量维护社会公平和正义，保护弱势群体，这在所谓的太平盛世，显然是对国家机器和皇权的蔑视与挑战，是为乾隆这样自负的专制君主所痛恨的狂悖行为，因此，这一反豪侠主题打上了鲜明的时代烙印。

乾嘉文言小说作家如屠绅对于道教典籍颇为谙熟，对于道教修炼之道亦颇有研究，《六合内外琐言》与《蟫史》中均写到道术之士。《六合内外琐言》卷四《腹藏剑》写到道术修炼之事，卷十《丈人星之子》篇末乔鸥村评此篇“是得《抱朴》之精意者”。曾衍东曾自述其家居穷窘，受道士所惑，“严冬风雪中脱皮裘，质典库，而候炉火”，却落得“汞走烟飞”，为道士所骗事③。曾衍东此举虽不是出于学仙的热情，而是受穷神的驱迫，但亦可见其曾一度颇为相信道教炼丹之术。从此期涉及神仙主题的作品可见出以下两点倾向：第一，神仙主题的世俗化。此期作品多写凡人遇仙故事及仙人事迹，写到神仙天上生活的极少，多写仙人在人间的作为。多数人对于道教的修炼之术及道教法术这些有实迹可见者并无怀疑，有的还颇为崇信，而对于神仙的天上

① 《耳食录》初编卷五中《葛衣人》写了一个是非分明的侠客葛衣人，二编卷五《何生》写何生与二女侠事，写出了女侠的儿女柔肠，较之《聊斋》所写侠女更具人情，篇末作者评曰：“英雄即儿女也，儿女即英雄也”，略有新意。济南：齐鲁书社，1991。版本下同。

② 《六合内外琐言》，《申报馆丛书》本。版本下同。

③ 《小豆棚》卷七《烧丹》，第127页，济南：齐鲁书社，1991。版本下同。

世界及道教的天宫神仙谱系等虚无缥缈、无据可稽者，作者们则极少涉笔。他们关注的是道教对于凡人生活的影响，如修炼之术可使人驻颜长命的功用，各种法术超越自然法则的神奇力量，以及诸如此类可使人突破自然规律限制的奇妙道术。与道教的日渐世俗化倾向一致，此期小说中的神仙主题作品亦远离了宗教与人灵魂和信仰的关系，而成为一种对形而下的术的展示。第二，神仙主题的道德化。凡人得遇神仙须有机缘，而且神仙往往故意将自己扮成秽污贫穷之人，只有不避秽恶，能忍常人所不能忍，心地纯良者，方可为神仙赏识，得其指授①。凡人若不遵守人世的道德伦常，亦会为神仙唾弃②。道士如以道术作恶或滥用法术则必遭天谴③。

宿命主题与报应主题在乾嘉文言小说中基本不脱前人窠臼，其中又以科名前定、积德发解与亏心遭黜故事占多数，显示出科举制下士人对于科举考试与功名的重视。乾嘉文言小说作者大多有科举考试的经历，不少人还饱受其折磨，科举考试是他们最主要的进身之阶，而上榜与否又有着很多人力不能控制的主客观因素，他们对此有种种宿命的看法亦不难理解。积德发解和亏心遭黜故事与劝善惩恶的伦理主题合流，作者们由此为自己找到一种心理安慰，即靠努力积德这一人皆可为的途径获取上天和神灵的保佑，以减少或避免科举考试中的失败，并造福子孙。金捧阊《守一斋客窗笔记》中就有大量这类故事，如卷一《屠氏善报》记屠绅之祖行善而佑及子孙，屠绅少年得中进士；卷二《天榜》记杨文定公因孝行得神佑，城隍于其师梦中预告其科名，其师乃力劝其赴试，后果如神言；卷三《财色报》记一士人欠债、负心而于场屋中遭报事。类似士人因损阴德而科举考试不利、情节

① 如《耳食录》初编卷四《竹冠道人》写乐安士人慕道，道人乃装病至死，众人贪鄙之相尽现，道人乃大笑而起，腾空而去。

② 如《谐铎》卷十一《芙蓉城香姑子》写彭生有儿女情而无父子性，仙女怒其全无心肝，必非仙器，终舍之而去。

③ 如《小豆棚》卷七《高道士》中高道士就因滥用其术而遭雷殛。

严重者甚至以命相抵的故事在《夜谭随录》、《柳崖外编》、《新齐谐》等书中屡见不鲜①。《谐铎》卷三《烧录成名》记石韫玉凡遇得罪名教之书均不惜一切买来烧毁，作者推测他这年发解乃“扶翼名教之功”，这是将积德与科举考试成功这本无必然联系的两件事以报应之说牵合到一起的典型例子。但值得注意的是，此期作家如纪昀在承认命定说的前提下重视人补救与改造天命的力量，《阅微草堂笔记》卷一记李卫江中乘舟遇风，得一道士相救而幸免于难的故事，道士的一段议论颇堪注意：“一生之穷达，当安命，不安命则奔竞排轧，无所不至。不知李林甫、秦桧，即不倾陷善类，亦作宰相，徒自增罪案耳。至国计民生之利害，则不可言命。天地之生才，朝廷之设官，所以补救气数也。身握事权，束手而委命，天地何必生此才，朝廷何必设此官乎?”② 显示出儒家积极有为的人生态度。袁枚则在一个颇具谐趣的故事中表示了他对于天命合理性的怀疑。《新齐谐》卷五《奉行初次盘古成案》写了一个虚幻的故事，故事借毗骞国王之口说明“事皆前定”之原因在于天帝将第一次世界开辟时自然推迁的所有人物事宜变成一本板板账簿，命此后之天帝依样奉行。此说言外之意即谓前定源于天帝的惰性，由此造成“人意与天心往往参差不齐”，故其合理性颇可质疑。如果说纪昀的思想还没有跳出命定说的圈子，袁枚写此故事则显示出在他的思想中命定说的基础已经动摇。

兴趣主题作品，“它只不过是在表现某种兴趣，或者说趣味——一种生活情趣，一种奇趣，一种谐趣，一种文趣”③，乾嘉时期它集中表现在两类作品中，一是神仙鬼怪故事，《新齐谐》与《阅微草堂笔记》中皆有不少富于谐趣与奇趣的鬼怪故事，

① 如《夜谭随录》卷六《棘闱志异》，《柳崖外编》卷七《屈公》，《新齐谐》卷六《常熟程生》。

② 《阅微草堂笔记》卷一，第4—5页。

③ 《唐五代志怪传奇叙录》，第78页。

只是表现作者谈鬼说怪的兴致，并无太多深意；二是表现对于某种学问与才艺的兴趣的作品，以许桂林的《七嬉》为代表，此书从客观效果看，虽可归入炫学显才之作①，但写作动机则是出于作者对灯谜、音韵、算学、棋艺等的浓厚兴趣，作者的创作心态是游戏式的，七篇作品或富于奇趣，如《鹦鹉地》；或富于谐趣，如《洗炭桥》；或富于文趣，如《善鬼不单名鬼》，不愧"嬉"之名。而这种从深厚的学术、才艺与文学修养中体现出的趣，更加耐人寻味。

三

与此期文言小说创作上的繁荣形成反差的是研究上的冷落。除几种小说史做了一些概要介绍与论述外，尚未见专著对它做专题研究。鲁迅先生《中国小说史略》在第二十二篇《清之拟晋唐小说及其支流》和第二十五篇《清之以小说见才学者》中对此期小说中的代表作品如《阅微草堂笔记》、《蟫史》、《燕山外史》进行了重点分析，并从流派发展的角度对此期其他数部小说作品进行了区分与简要论述，虽然涉及的作品不多，论析也颇为简略，但却是第一次对此期小说作品进行全面研究的开山之作，其中观点在今天仍有重要的参考意义。近三十年来，文言小说研究走出了以往的萧条境地，但对清代文言小说的断代分期研究与专题研究仍相对滞后。侯忠义、刘世林《中国文言小说史稿》（下）、吴志达《中国文言小说史》、吴礼权《中国笔记小说史》、张俊《清代小说史》、薛洪勣《传奇小说史》、苗壮《笔记小说史》等著作皆涉及乾嘉时期文言小说作品，其中《清代小说史》与《传奇小说史》对一些为研究者所忽视而有较高思想价值与艺术成就的作品作了较为详细的介绍与分析，拓宽了研究面。但限于小说史的体例与篇幅，这些著作皆未能对乾嘉文

① 详见本书第二章第二节。

言小说进行较为深入细致的综合研究。占骁勇《清代志怪传奇小说集研究》是第一部对清代文言小说进行断代分体专门研究的著作，书中专章研究乾嘉志怪与传奇小说集，是目前对乾嘉志怪与传奇小说集研究最为扎实、全面的著作。作者对现存乾嘉志怪与传奇集做了艰苦的摸底与甄选工作，书中论述建立在其所见到的此期72种小说集及10种虞初、选抄类小说的基础上。其所论列的作品有多种不见于此前各种文言小说书目，乃作者钩沉所得。他将乾嘉志怪、传奇集分为三期：第一期自乾隆元年至乾隆五十二年，为传承期；第二期自乾隆五十三年至嘉庆五年，为兴盛期，第三期自嘉庆六年至嘉庆二十五年，为模仿期、停滞期[①]，其分期符合历史事实。书中论析三期代表作品，研究此期盛世环境中志怪小说的个体与群体风格，皆有根据，且新见迭出。由于其研究对象为志怪、传奇集，则非志怪、传奇类作品不在其研究范围内，而单行的长篇文言章回体式小说如《蟫史》亦不能纳入其研究范围。

有关乾嘉文言小说的单篇论文多为单个作家与作品研究，且集中于和邦额《夜谭随录》、纪昀《阅微草堂笔记》、袁枚《新齐谐》与《续新齐谐》、沈起凤《谐铎》等著名作家与作品。近十余年来，研究者们将目光更多地投向了一些名气稍逊甚至不知名的作家与作品。如陆林《清代文言小说家宋永岳事迹系年》[②]、杜桂萍《〈小豆棚〉作者曾衍东事迹考》[③] 对两位作家的生平事迹做了令人信服的考证。潘建国《新见〈燕山外史〉清稿本考略》一文[④]将其发现的清稿本与此书的早期刻本三陋居藏板本进行文本校读，并从序跋、凡例、题词、正文四方面考察清稿本所保留的小说原始文貌。这些论文皆对乾嘉文言小说的基础研究有

① 参见占骁勇《清代志怪传奇小说集研究》，第128页，武汉：华中科技大学出版社，2003。版本下同。

② 载《明清小说研究》1998年第4期。

③ 载《明清小说研究》2007年第1期。

④ 载《明清小说研究》2008年第1期。

所贡献。综合研究论文中较为全面地涉及乾嘉时期文言小说的有薛洪《明清文言小说的发展历程》[①] 一文，文章将此期归入明清文言小说发展的第三个阶段，即“标新领异的繁荣期”。作者将这一阶段的时限定为从康雍年间至乾嘉盛世，但实际论述的皆为乾嘉作品。文章对这一阶段作品的思想艺术成就做了概要评述，对其总体创作特点的分析基本切合作品实际，但同样受制于篇幅，未能全面深入展开。

本书对乾嘉文言小说进行综合性专题研究，力图在全面阅读论述范围内的作品和充分掌握原始资料的基础上，运用考据学、文艺社会学与文体学等方法，从以下四个方面进行探讨：

1. 从作者的阅读视野、交游与经历三方面考察其故事题材来源，寻找创作主体因素与作品内容之间的关联，对两者关系及作品内容特点做出符合历史事实的描述与分析；

2. 结合作者的思想学术背景，探讨乾嘉学风对文言小说创作的影响；

3. 以个案分析的方式研究艺术形式上有所开拓与创新，并形成独特风格的作品，评价其得失；

4. 梳理学术界对此期作品所做的流派划分，联系作品实际进行评析、修正与补充。

由于对本期作品的基础整理与研究工作很不充分[②]，一些作家的生平失考，一些作品的作者归属可疑，著录本期作品的书目亦时有疏误，笔者对某些失考之处做了必要的考证，对可疑而尚不能确证之处据实存疑，对疏误之处加以修正。这些内容虽然零散，但却是研究的基础与前提，因此亦将其列入论文附录。

---

① 见《社会科学战线》1990 年第 2 期。

② 占骁勇先生著有《清稗叙录》，待付梓，此书印行后必将嘉惠学林，有助于清代文言小说研究的进一步深入。

第一章　乾嘉文言小说的作者与题材

第一节　作者阅读视野与故事来源

一、乾嘉文言小说作者的阅读视野

乾嘉时期是中国古典文化的成熟期，也是一个以博学为尚的时代。从此期文言小说中可以看出，作者们博览群书，所征引的典籍范围广泛，对于时人的著述亦能及时阅读。仅以小说类著作而言，所提到的作品上自魏晋志怪，下至同代人的小说，篇目极为丰富。此期作者如纪昀以博通闻名，号称于书无所不窥，《阅微草堂笔记》所征引的古代小说类典籍多达数十种，如卷十记一老狐与刘师退论狐之源流始末故事①，篇中提到《西京杂记》狐幻化人形事，《朝野佥载》载百姓事狐神，以及《太平广记》载狐事十二卷等，以证狐之为怪古时已有。同书卷十三提到《幽怪录》载卢生娶弘农令女事②，因作者所记事与之相类。卷十一辨驳唐人小说《桂苑丛谈》、《杜阳杂编》中对于殊方异物附会不实之记载③。袁枚作诗标举性灵，虽然学问被人讥为根柢浅薄，不求甚解，但其实读书极广，知道不少偏僻名物典故的出处，颇可资谈助。如《续新齐谐》卷二《鳖精》记吴县孙香泉女为鳖精所祟事④。鳖精自言其畏江神奇老爷，作者因指出江神

① 《阅微草堂笔记》，第216页。

② 《阅微草堂笔记》，第296页。

③ 《阅微草堂笔记》，第259页。

④ 《新齐谐·续新齐谐》，第586—587页，北京：人民文学出版社，1996。以下不特别注明者，版本同此。

名奇相，见《博物志》。卷三《张阎王》记杭州秀才张某事[①]，张以作恶，冥王判其遭雷击三次。第三次雷击时，张避于漆桌下得免。作者指出《广博物志》中云漆器能耐雷火。书中这一类的炫学篇章还有不少。

此期其他作者虽大多阅读面没有纪、袁二公那么广泛，但对于历代小说名著则都很熟悉。魏晋志怪如《搜神记》，唐代小说集如《玄怪录》、《宣室志》、《甘泽谣》、《传奇》、《酉阳杂俎》等与一些单行名篇常被提到，其中的故事或作为典故被引用。小说总集、选集如《太平广记》、《稗海》等亦是很多作者翻阅过的。如《耳食录》初编卷三《三官神》篇末非非子评提到《会真记》[②]；卷九《黄衣丈夫》记霍小玉及李益后身事[③]，篇末非非子评中提到《霍小玉传》；二编卷三《猫言》末段云："《东阳夜怪录》记苗介立事，猫之能言，古有之矣，而此猫滑稽特甚，足为捧腹。"[④] 乐钧《青芝山馆诗集》卷第三中收有他题于袁郊《甘泽谣》后的一组诗共九首[⑤]。《镜花水月》卷六《辩诬》提到《杨贵妃外传》所载金钱洗儿事，又提到《清异录》载明皇号玉环天子。《东皋杂钞》卷一记一僧少时为盗，遇一少年侠客事。开篇云："段柯古《酉阳杂俎》载盗侠数事。"[⑥] 引出此故事。《夜谭随录》卷五《请仙》开篇作者自言："予闲尝览《太平广记》及诸志异书，其所载怪异之事，不胜枚举。"[⑦] 可知作者熟知前代小说作品。《梦厂杂著》卷八"齐东妄言"卷

① 《新齐谐·续新齐谐》，第606页。

② 《耳食录》，第37页。

③ 《耳食录》，第126—127页。

④ 《耳食录》，第208页。

⑤ 诗题为《唐袁郊〈甘泽谣〉凡九事，虽荒诞而可喜，为各系一诗于后》，此诗作于乾隆壬子（1792），正是他创作《耳食录》期间。诗见《青芝山馆诗集》卷第三，嘉庆二十二年（1817）陈曼生刊本。版本下同。

⑥ 《东皋杂钞》，《艺海珠尘》本，子部小说类。

⑦ 《夜谭随录》，第232页，上海：上海古籍出版社，1988。版本下同。

上小序提到《洞冥记》、《搜神记》①。《听雨轩杂记》之《续记》自序中提到《续搜神记》、《夷坚续志》、《坚瓠》广补余续诸集等②。

其时作品中亦提到清前期乃至当代人的小说选集及小说著作。《镜花水月》卷三《鳖宝》开篇提到《虞初新志》。程攸熙《吹影编》中提到《广新闻》："顷又阅近人所著《广新闻》，载一客以闹杨花置酒中，醉盗而缚之。夫同一毒草也，或用以为盗，或用以捕盗，使诈使贪，亦顾用之者何如耳。"③《听雨轩杂记》自序中不仅提到前代之《说郛》、《稗海》，还提到成于顺治年间的《说铃》、康熙年间的《聊斋志异》以及同期稍早的《夜谭随录》、《新齐谐》。当时的著名作品如《谐铎》等多为同时作者所知，如《影谈》中《洛神》篇借书中人物之口谓"江南沈孝廉所著《谐铎》空灵藻丽，亦才子也"④。《镜花水月》卷三《十姊妹》记成都魏生春暮独酌，有丽人邀饮，姊妹十人与生猜谜联诗，醒而卧于荒园丛草中。篇中提到沈起凤《谐铎》中《十姨庙》篇："相与藏花猜谜，备极诙谐而不及乱。非如十姨庙中留宾之谑浪笑傲也。"《蕉轩摭录》卷七《梦识》提到《谐铎》，作品主人公仇淑谋"翻阅《谐铎》，至某监祈梦一事，以作演收场，不禁废书大恸"⑤，由此引出本篇故事。

纪昀《阅微草堂笔记》对于同时作品《新齐谐》及《秋坪新语》记事不确及不详处皆有补正。如卷一提到袁子才《新齐谐》中记福建汀州试院中树神事，指出袁枚所记与自己亲身经历稍异，盖因传闻之误。纪自言试院有二古柏，按临日，吏白当诣树拜，纪谓非祀典所有，使者不当拜，是夕乃见树杪两红衣人

① 《梦厂杂著》，北京：文化艺术出版社，1988。版本下同。

② 《听雨轩杂记》，嘉庆丙寅（1806）研云楼藏板。版本下同。

③ 程攸熙：《吹影编》卷四之一"庶物"《闹杨花》。嘉庆二年（1797）镌，酉山堂藏板。版本下同。

④ 《影谭》，光绪二年（1876）申报馆仿聚珍板印本。版本下同。

⑤ 《蕉轩摭录》，申报馆仿袖珍板印本。版本下同。

向其拱揖，呼幕友出视，次日诣树，各答以揖，并为镌一联于祠门。《新齐谐》卷二十一有“福建试院树神”条，谓试院有柏一株，其幕中友人常于深夜见红袍人来往其下，纪意树神为祟，乃扫室立主以祀，并作对句悬于楹间。比较二人所记，由纪所记可知其遵守祀典，不畏树神，反是树神对朝廷使者颇为尊敬，主动相拜，而袁记则是纪公因畏树神为祟，而为之立主以祀。纪所记颇可见人与怪和平共处，怪亦通人情的情趣，袁记则纯为志怪而已。卷二十三记张浮槎《秋坪新语》“载余家二事，其一记先兄晴湖家东楼鬼”，“其事不虚，但委曲未详耳”，“其一记余子汝佶临殁事，亦十得六七”①，纪公于此二事予以补充、纠正。此外，卷十三提到王槭《秋灯丛话》，因王之侄王德圃言某县吏夜见一男鬼与其早逝爱婢之鬼魂相聚事，而此故事《秋灯丛话》漏载，作者因记于《阅微》中，怀疑乃王德圃偶未言及，或王槭偶失记。

其时作者们不仅熟悉文言小说，白话小说亦在其阅读视野之内。几种著名的白话小说均被提到。《夜谭随录》卷一《梁生》提到《金瓶梅》，此篇主角梁生以寒士周旋于富友间而自若，人嗤其无品，更号之为“梁希谢”，“盖取《金瓶梅》中谢希大以嘲之也”②。卷九《霍筠》提到霍筠之兄、嫂及弟、弟妇邀其妻宜春赴筵，“命梨园演《肉蒲团》，极其秽亵”③。此《肉蒲团》或即据小说《肉蒲团》改编。《小豆棚》卷九《刘祭酒》篇后自识提到《红楼梦》④，《耳食录》二编卷八《痴女子》篇亦记一痴女子读《红楼梦》有感于心以至于死的故事。《谐铎》卷十一《盗师》记江湖大盗延谭某为师，教材仅《三国演义》与

① 《阅微草堂笔记》卷二十三，第562页。

② 《夜谭随录》，第63页。

③ 《夜谭随录》，第248页。

④ 作者自识云：“近日《红楼梦》中小儿女情景，有此等别致否?”见《小豆棚》，第176页。

《水浒传》[1]，卷十二《奎垣真像》提到《后西游》中麒麟精[2]。《阅微草堂笔记》卷九认为《西游记》“为明人依托无疑”[3]。方元鹍《凉棚夜话》卷二《铁脚驴》提到《水浒传》：“京师噉名客旧有‘潘驴邓小闲’之目，盖本《水浒传》中王婆语也。其‘驴’字义较异，犹言善奔走云尔。”[4]

二、摹拟及改写前人小说故事

如上所述，前代小说遗产及当代小说作品均在乾嘉时期文言小说作者的阅读范围之内，这为他们提供了丰富的可资借鉴的材料。文言小说是一种继承性很强的文体，其继承性最显著的一个表现即题材的沿袭。此期小说在这一点上表现得颇为突出。摹拟及改写前代故事十分普遍，而且往往不明言。一般来说，像上述作品那样明确征引古人著作，多半是作者们的考据癖作怪，欲引古人作品以证所记古已有之，或指出古人所记不确，或显示自己的博识。大多数在题材上踵步前人的作品，作者反而并不说明系拟何作。有些或许因为作者本身就并没有明确的拟作意识。

作为乾嘉文言小说故事灵感来源的前人作品最主要的有唐宋小说和《聊斋志异》。研究唐宋小说题材在后世嬗变情况的著作对此罕有涉及，研究《聊斋》影响的论文与著作亦主要注意本期的著名作品，因此以下分别做较详细的论列：

（一）唐人小说

唐人小说中以下几种故事多为此期作者所取：

1. 以《枕中记》与《南柯太守传》为代表的梦幻故事

唐人梦幻题材小说不少，其中最著名者即《枕中记》与《南柯太守传》。两作问世后，历代均有类似或改编作品。《枕中

① 《谐铎》，第169—170页，北京：人民文学出版社，1985。版本下同。

② 《谐铎》，第187页。

③ 《阅微草堂笔记》，第190页。

④ 方元鹍：《凉棚夜话》卷二，第21页。道光己亥（道光十九年，1839）新镌，七映堂梓。版本下同。

记》的拟作与改作如《青琐高议》前集卷二《慈云记》、元明杂剧《吕翁三化邯郸店》、汤显祖《邯郸记》传奇及《聊斋志异》卷四[①]《续黄梁》等。乾嘉文言小说作者亦有多篇作品取材及构思源于此作。如《谐铎》卷六《梦中梦》、卷十《梦里家园》，《小豆棚》卷十六《小黄粱》，《影谭》中《反黄粱》等。《谐铎》的两篇写梦作品，虽未明标题材渊源，但其构思则显然脱胎于《枕中记》。《梦中梦》写曾某赴试途中憩于一寺，梦见自己已中进士，新购一别墅，又为人迎赴杏园宴，归思富贵若此，当广列金钗以充下陈，即又于梦中更梦有人赠以四姬，方狎媟，此梦为夫人唤醒，因大嗔。夫人责其薄幸，曾正以新贵自居，闻夫人摘旧日瑕，负气不肯下，拍枕大呼，梦全醒。此篇写曾某梦中实现人生愿望的构思正与《枕中记》相同，但作者写曾某之梦仅抓住其富贵后即思淫欲、厌糟糠的典型场景，未像《枕中记》那样全面描写卢生发迹后的升沉荣辱。寓意亦有不同。曾某梦醒后"拥被大笑"，铎评谓"人当春梦醒，未有不失笑者，岂知身犹在梦中耶？惟至人无梦，因其无富贵心；亦惟愚人无梦，因其无富贵福"[②]。作者认为思富贵是普通人的正常心理，鲜有能看破者。此篇之意亦不在因梦而悟道，而是重在讽刺文士得志后的卑俗心态。《梦里家园》记阮生梦中继父产，得艳妻，"不十年，扩充父业，为黑甜乡第一富贵家矣"。阮生自谓"吾以醒为梦，以梦为醒。……且天下享富贵者，何必非梦中人哉"[③]。铎评亦曰："吾尝谓富贵中人，不过做得一场好梦。然则做好梦者，亦当以富贵中人目之。"[④] 此篇富贵如梦之意近《枕中记》，但主题仍不是因梦而悟，而是婉讽"世之日在梦中者"。

《小豆棚》中《小黄粱》篇则为觉悟之后的士子描绘了一幅

① 卷数据人民文学出版社 1989 年版，《全本新注聊斋志异》，版本下同。

② 《谐铎》，第 88 页。

③ 《谐铎》，第 154 页。

④ 《谐铎》，第 155 页。

人间仙境。此篇记晋人蒋仲翔年二十登进士第，入翰苑，转黄门给谏，因廉直不避权贵，满朝侧目，出为豫章廉访使。蒋行至严州新安江上，梦与渔家女结婚生子，渔隐自适，不知人世事。梦醒后，蒋顿忘世情，绝意功名，一年后即告归作林下翁。蒋语人云："四十年如炊黍，固知贵不如贱，富不如贫。一切向平婚嫁，利欲萦怀，尽是危矶祸水。何若逍遥苕、霅，武陵源可指迷津。古人濠濮间，想其会心不在远也。"① 这正是作者写作此篇的用意，而摒弃功名，隐于世间仙境，优游自得，享受山妻相伴、儿女绕膝的天伦之乐，如蒋梦中所历，也正是作者的生活理想。

《影谭》中《反黄粱》写某尚书因其孙未中状元而有不足之意，一道人借云房之枕惩其望蜀之心。此篇袭用了《枕中记》中因道人之枕而入梦的构思，但主题狭隘，标题"反黄粱"之"反"字不知体现于何处，文笔亦不佳，与上述三篇无法比肩。

李公佐《南柯太守传》的历代拟作与改编之作亦复不少，著名者如汤显祖《南柯记》传奇、《聊斋志异》卷五《莲花公主》等。乾嘉文言小说中亦有数篇，即王露《无稽谰语》卷一《蛮触构兵》、《夜谭随录》卷四《修鳞》、《谐铎》卷十《蟪蛄郡》、《影谭》中《窦由》篇和《蕉轩摭录》卷三《蜉蝣》等。《蛮触构兵》写褚生举业不遂，乃习兵法，一日梦为蛮国丞相蠛蠓所请，因蛮国受其西邻触国入侵，触国驸马蟭螟统兵40万下其十五城。蛮国国王请褚生帅军御敌，褚生军令如山，自选7500人出征。褚观风向，以扬石灰计迷触军之目，蟭驸马亦迷目坠马，被践为肉泥。触军大败。触王悔，急召其相与褚议和，还其侵地。蛮王允诺。蛮王封褚生为平西大将军，欲以公主下嫁，褚以室有糟糠，归谋诸妇，至家，则见妇坐床头哭，褚大呼"不尔负"而醒，则已昏睡三日。妇曰"使君不念糟糠，此梦当不复醒矣"。此篇借《庄子》寓言中蛮触相争的故事写褚生在蛮

① 《小豆棚》，第318页。

国的梦中功业，结尾其妇之言似寓劝人富贵勿忘糟糠之意。《窦由》记一趋炎附势之徒发迹之梦，梦醒知身入狗国，所附权贵韩某为一猎犬。《蜉蝣》记邢汉芹梦入蜉蝣国事。上述三篇构思均从《南柯太守传》脱胎而来。而诸篇中以《修鳞》与《蟪蛄郡》最具代表性。

《修鳞》篇作者自谓"此《南柯》之续也"。作品记修鳞梦中为人邀入蚁国，蚁王爵为上卿，军国大事悉取决于修。南方大石国入寇，修出奇兵，大破之。王乃以修为右仆射，兼侍中尚书令平章军国重事，尚拖花公主。修安享四十年荣华富贵。会海滨有巨鱼，王命举国之民往取，修上疏谏止，"以为竭民力以纵口腹之欲，非盛德事"①，王不纳。后因太史奏将有大水，王大惊，议迁都至积石山以避之。修以为不可。王不听，徙于新都，以修为故都留守。数日后，果有大雨，浃旬不止，旧都一片汪洋。修大悔，投水自尽。梦乃醒。此篇修生梦入蚁国，与淳于棼梦入大槐安国的构思相同，修生入蚁国置身通显，勤于政事，抵御外侮之事迹亦与淳于棼同，但淳于棼因公主去世，威福震主而被送归，修生则因自己反迁都之判断失误而自尽，由梦境复回现实。淳于棼"感南柯之浮虚，悟人世之倏忽，遂栖心道门，绝弃酒色"，修生亦因梦而悟，后与其邻共入罗浮山，采药不返。

与《修鳞》相比，《蟪蛄郡》对于梦入昆虫王国题材的处理较有新意。作品主人公戴笠所入非蚁国，而为蟪蛄郡。《庄子》中《逍遥游》篇谓"朝菌不知晦朔，蟪蛄不知春秋"，蟪蛄即蝉，春生夏死或夏生秋死，是一种生命短促的动物。此篇于此大加发挥，谓此郡"以日为年，朝则春，昼则夏，晚则秋，夜则冬"，将时光流逝的迅疾用蝉国纪年加以夸张的表现。全篇故事情节安排亦在突出此意。如写戴笠与郡主新婚次日，太阳刚出，宫人竞报海棠已开。郡君命赐樱桃宴，同观竞渡，"瞥见河畔柳渐作黄色"，命回驾，已是儿女子穿针乞巧时，及戴入宫，宫人

① 《夜谭随录》，第96页。

告知郡主已生子。不半月，其子已行冠礼。戴于郡中居六十二日，即此郡六十二年，郡主已老。戴思乡乞归，梦乃醒。后三月复梦入其处，则郡主已死八十余年，其子亦已作古。戴叹曰："百年富贵，顷刻间耳。世有达者，不当作如是观哉!"① 将《南柯》"悟人世之倏忽"之意表现得更为淋漓尽致。此篇写戴于蟪蛄郡所历集中在其婚姻家庭生活，没有像《南柯太守传》和《修鳞》那样写其政绩与武功，故无影射现实政治之喻意，内涵不如彼二篇深厚、凝重，但别有一种轻倩、飘逸的格调。

《枕中记》与《南柯太守传》一写梦中实现现实人生愿望，一写梦入蚁国而享荣华富贵，在短暂的梦中，主人公将人生"宠辱之道，穷达之运，得丧之理，死生之情"全都体会了一番，由此而觉悟。两篇作品都渗透着浓厚的道家思想和道教观念，集中反映了古代士人对于人世功名富贵既心向往之又力图超脱的心态。乾嘉时期文言小说作者在承袭这两篇作品题材、构思的同时，又有新的拓展。沈起凤《梦中梦》与《梦里家园》两篇拟《枕中记》作品，其主旨重在讽刺世相，与原作已有不同。曾衍东《小黄粱》则着力描绘理想的隐居生活，为觉悟后的士人找到了一条比入山修道更富人情味的出路，从作品主人公"武陵源可指迷津"一语中亦可知这一构想是受陶潜《桃花源记》启发。两篇拟《南柯》的代表作品，《修鳞》构思和主要故事情节与原作差别不大，《蟪蛄郡》则有较多创新。孔子观流水而有"逝者如斯"的感慨，屈子亦有"惟草木之零落兮，恐美人之迟暮"的伤感。士人对于时间无情流逝的恐惧与叹惋自古而然，作者当是从《庄子》中找到以蟪蛄郡代替蚁国的灵感，以人而梦入蟪蛄郡的故事极写人们对时间飞逝的无奈之感。

2. 以《申屠澄》、《薛伟》为代表的人与动物变形故事

《柳崖外编》卷八《俞俊》篇写俞俊娶虎所化女，二十余年后，复过故地，虎妇探得藏皮处，仍化虎而去。此女自以异类久

① 《谐铎》，第149页。

居人世，恐遭天谴而请别，临去嘱俞善抚子女，复化虎后，“伫立山坡，回顾眷恋，似垂泣状。良久，始越山而去”①，情意绵绵。此篇与《河东记》中《申屠澄》近似。唐人小说中与之相似者还有《原化记·天宝选人》和《集异记·崔韬》，均写虎化为女子与人成婚，但本性不改，最终均复兽身，绝人而去。《传奇·孙恪》中化为女子的则是猿。但唐代小说中虎所化女子在与男子成婚前均自讳其异类身份，复化虎而去时，均无《俞俊》篇中虎女恋恋不舍之意，《崔韬》中女子复化虎后甚至食子与韬而去，极为残忍。《俞俊》将唐人小说中更多野性的虎女处理得富于温情，亦使其形象更为可亲。

人化为动物的故事，唐前已有，著名者如《述异记》中宣城太守封邵化为虎食郡民的故事，时谚云：“无作封使君，生不治民死食民”，表现了老百姓对虎狼之吏的痛恨。《宣室志·李徵》写进士李徵恃才倨傲，后忽发狂，化为虎，形变而心未变，遇故人袁傪，告以变形事，并托以妻子，恋恋之意，亦颇感人。李徵化虎事与封邵同，但两篇作品主旨则完全不同。《夜谭随录》卷十《周琰》篇与《李徵》相似，是化虎故事的新版本。作品写周琰暴戾多力，家人与邻里均畏之。一日有道士来，谓其前生本虎，一念之善转生为人，而肆行无忌，不过今秋，将复化为虎。劝其勉为善业，并以药相赠。后果如道士所言，一日醉后举体皆隐隐起虎皮纹，急服道士所留药，方平复。文中提到《世说新语》中周处故事：“同社有廖生者，喜其才而恶其横，目为周处。”② 此篇从题材渊源上看是将李徵化虎与周处自新故事糅合为一，表明人若肆行横暴，则为禽兽，而改过自新即能复归人类。《耳食录》初编卷四《荆州女》也写了一个化虎故事，作品写许氏三子以射猎为生，一女颇得父母怜爱，一日归宁，乃化虎啮杀其父母，三子与其婿执之诣官，官置女于法。女见官时

---

① 《柳崖外编》，第167页，长春：吉林大学出版社，1995。版本下同。

② 《夜谭随录》，第292页。

自辩："形变则心变，故不识父母，当无罪。"县令则曰："不然。心者，身之宰也，心变故形变，即形变而心不宜变。……"① 篇末作者评论赞同县令的看法，并谓"夫虎，猛者也，亦灵者也。人而虎者，宜不猛而更灵？君子于是知女之处心积虑而后成于虎"②，认为人化虎的原因，在于其心变为虎，故形随之。对于心与形之间的关系，基本观点与《周琰》篇相同。《无稽谰语》卷一《虎女》篇亦写女子化虎故事，谓旧家子庄氏与豪某甲有隙，某甲嗾群仆挞之致死。庄氏女请两兄具控于邑。邑令受甲赂，讯为诬妄，女痛不已，请赴诉于上台，兄不允。女欲自往，耐纤足不能步远，且不识途，乃昼夜号咷，化为虎，唯一后足未及，双莲钩宛然，尚着朱履。虎女径入山中，村人共见之。后女所化之虎果啮死某甲，为父复仇。同是女化虎故事，《虎女》篇主旨与《荆州女》截然不同。

《影谭》中《虎变》篇则将化虎故事的想象又向前推进了一步，写了人虎互化。一虎化人求医，伤愈后即报恩，以妹妻医者。医者后觉其为虎，大惧。虎解之曰："偶露真形，致君骇目，仆之罪也。然世人虎狼其心，成群千百，仆惟独往独来，无羽翼之助。且贪残凶狠，非死不休，仆则解却蒙茸，立还本相。君何不畏众虎而畏一虎，不畏终身不变之虎，而畏偶尔蒙皮之虎，此仆所大不可解者也。"医者心安，后亦学蒙皮为虎，并化虎复仇。在这个故事当中，人与虎的区别不在形质，而在本心。正如虎所说，世上多人其形而虎其心者，较之虎其形而人其心者更为可畏。人心未必善，虎心未必恶，这个故事以此表达的虽然主要是作者愤世嫉俗的感慨，但也在一定程度上消解了如《周琰》与《荆州女》等作品中人虎心性截然对立的前提。

《续玄怪录·薛伟》是唐代小说中人化为动物题材的另一种类型。作品记薛伟卧病，梦中化鱼。为渔人捕获，送入县署，其同僚正弈棋，薛大呼求救，无人答应，乃被送入厨中作鲙，厨

①② 《耳食录》，第51页。

子以刀断其首，头甫落地，薛伟苏醒，病亦顿愈。《醒世恒言》卷二十六《薛录事鱼服证仙》即由此改编而成。《耳食录》初编卷八《章琢古妻》与《薛伟》可见明显的题材承继之处，但较之《薛伟》想象更奇。作品写林甲有心疾，心之所向，魂则随之，乃化雁化鱼遭弹击钩钓之苦，林甲化鱼遭捕杀一段与《薛伟》基本相同。后林甲之友章琢古之妻亡，林向曾见之，心惊其艳，此时略忆之，魂即离壳，至章家凭其妻之尸，章妻乃死而复生。躯体虽是章妻，而魂则为林，故性情嗜好、声音举动绝不类向时。数月后，林俟机说明原委，林躯与魂合一，而章妻则真亡。此篇无甚深意，第以想象奇幻见长，而其想象的最初灵感即来自《薛伟》。

3. 以《东阳夜怪录》为代表的物语①故事

《太平广记》卷四九〇杂传记类《东阳夜怪录》写元和八年，彭城秀才成自虚雪夜投宿于东阳驿附近的一座破庙，与僧智高（骆驼）、卢倚马（驴）、朱中正（牛）、奚锐金（鸡）、苗介立（猫）、敬去文（狗）、胃藏瓠兄弟（猬）吟诗夜话事。众兽所化之人借诗隐喻身份，互相赞美或讥刺。此篇无甚深意，为游戏之笔，第以稽古、用典以见作者学问与诗才。此类物语体作品《潇湘录》中有多篇，如《姜修》篇中酒瓮化为成德器，《王屋薪者》中铁铮化为老僧，龟背骨化为道士，《张珽》中玉带、金杯、枯树化为人，《崔导》中橘树化一丈夫等。《贾秘》篇写贾秘与七个树精饮酒赋诗事，与《东阳夜怪录》较相近。《传奇》中《宁茵》篇写宁茵夜吟，有斑特、斑寅先后来访，及明视门外惟虎蹄牛迹，方悟二人一为牛，一为虎，亦是同类作品。

乾嘉文言小说中物语体作品甚夥，从构思上亦可见其与唐人

① “物语体”小说之称由薛洪勣先生提出，这类小说将动物、植物、器物等非人之“物”赋予人的身份，“所描写的是一种拟人化与神怪化相结合的艺术形象和艺术境界”（《传奇小说史》，第53页，浙江古籍出版社，1998），如《灵怪集·姚康成》、《广异记·张纵》、《玄怪录·元无有》、《东阳夜怪录》等。

物语体小说之渊源。如《凉棚夜话》中《武夷山怪》写海盐朱生常客武夷山，穷山水之胜，一日游幔亭峰下，徘徊不能去，日抵暮，忽迷旧道，踯躅山间。忽闻松上笑语声，见冠带者三人，藉草坐，傍有数童侍侧。三人一为古先生、一为耕叟、一为黄老。三人谓良宵佳客，当联吟，免使青山笑其不文。“耕叟即望月掉头牟牟作声，久之成一句曰：‘望月心犹怯短箠。’黄老笑曰：‘何不改“望”字为“喘”字。’耕叟曰：‘我喘月何如君吠雪！’既而古先生续曰：‘是侬邱首熟眠时。’次至黄老，谢不能，耕叟笑曰：‘君祖为华亭主人寄书时文彩焜耀一时，传至子，风斯下矣。’黄老怫然曰：‘女本田野服轭之夫，因在郑康成家触墙识字，后为蒲山公负书小吏，遽尔咬文嚼字，欺凌我耶！’耕叟亦怒曰：‘我为小吏，女非白丁耶！主人不牵女上东门，令女安眠啮骨，尚不知足乃尔！’”① 从联句中不难得知三人身份，耕叟为牛，黄老为狗，古先生为狐，三人所联句中皆隐三种动物典故。黄老与耕叟互相讥笑亦用彼此典故。后又有一遍身白毛者来，古先生谓其为长眠翁。朱生渐觉其非人类，欲避去。古先生急谓遇雅人学作雅事，反成不雅，不如各从所好，毛人即出骰盆，与众呼卢。忽小童报曰武夷君命寅将军来巡山，即见二黑虎跳跃而过。“朱生惊倒晕绝。及明遇樵人救之醒，具述所以，见一狐、一犬、一野兕暨兔子数头死岩下，旁一破冢，朽槥翻露，一白毛僵尸倒卓丛草中而已”②。兔子当为小童，俗称娈童为兔子。此篇与《东阳夜怪录》相似，亦无甚深意，只是以文为戏，卖弄作者所知动物典故，而安排白毛僵尸则意在渲染恐怖气氛。

《夜谭随录》卷八《陆珪》亦是一篇典型的物语类作品，写陆夜潜随一僧（猿）至一山楼，闻其与熊、马、兔等所化男女玩月谐谑，值参戎夜猎，均被射杀。构思似《东阳夜怪录》，但

① 《凉棚夜话》续编卷上，第6页。

② 《凉棚夜话》续编卷上，第7页。

陆未参与聚会，只是暗中旁听，诸兽亦非吟诗掉文，而是调笑戏谑。郦三娘子（兔）以胡大师（狐）之预言警告众兽，谓“乐不可恃，欲不可纵”，而众兽“近年狂乐极矣，岂能不反”①，似有一定寓意。《小豆棚》卷五《文酒》写一铜酒爵化为好饮之士公孙伯雅，与蜀人万秋池作文酒之会。酒器化为人的构思与《潇湘录》中《姜修》篇相似，但情节更为曲折，人物形象亦栩栩如生。伯雅因醉后与人争执被人用拳猛击，复化为酒爵，又为人掷裂为二。万拾爵归而合之，上有箴曰：“无怒恶，无思虑，辑尔颜，柔尔气，君子欢焉，小人是庆。”伯雅因不忍小忿而殒身，此篇于此微寓劝世之意。

王露《无稽谰语》中有多篇物语故事，如卷一《噩梦》篇记牛二业长随，奉主人命入都探听补缺消息。时方酷暑，牛乘马趱行，马惫甚，牛力策之，甚而以石击其股，马倒地，鼻间流血。牛不得已小憩，梦三人前来责己，曰黄、白、卢，乃其坐骑所化。牛与三人互詈，黄、白以足踢之，牛负痛哀乞，卢欲溺其口，牛惊寤，见其坐骑各怒目蹬土作声。牛惧，牵驴马步行入都。此篇物语故事意在讽劝不可虐待牲口。卷一《孟子诗》亦是一篇物语体故事，写武进司马生月夜醉归，入一园亭，有着古儒士衣巾者四人揖生入，提议吟诗以酬好景。诗题皆《孟子》中句，各吟七律一首。吟毕，生见棠梨树下有一绝色女子，众呼其为天香妹子，邀其入会赋《孟子》诗。四人一曰徂徕叟，当为松；一曰新甫翁，当为柏；一曰潇洒君，当为竹；年少者曰东阁粉郎，当为梅。各赋诗见志，皆合身份，且用相关典故。如徂徕叟诗中有“森森百峙秦封（詹按：此句原文脱一字）”句，新甫翁诗中有“浣花祠畔碧阴阴”句，潇洒君诗中有“雨过淇园洗眼看”句，粉郎诗中有“罗浮村外岁华新”句。天香诗中有句云：“怕向沉香亭北倚，有人乘醉草清平”，天香当为牡丹。卷三《夜光》篇写南丰曾生散步远村，迷惘失路，入一舍，有

① 《夜谭随录》，第218页。

少妇独处，自称小名夜光，曾生与之欢合。又有一女子入，自称姓胡名栩栩，生亦与调笑，妇请女歌以侑酒。继之，胡之弟三郎至。生本有男好，见之神魂飞荡，强之饮，三郎醉卧，生欲淫之，而其姊入，姊弟携手而去，生颇失落，妇亦歌以悦之。生梦醒，则卧丛草间，卧处有流萤闪烁。则夜光者，即此物也。栩栩姊弟当为蝴蝶。卷五《梅花庵》写某生居括苍山下白杨村，励志读书，贫不能给食，乃就山中采樵易粟而食。一日深入迷路，入梅花庵借宿，庵中三尼俗姓陆，法名采苹、采蒿、采芩，又有少年卯二官。某生与三尼及少年交合、宴饮、行令。观其姓名及后文跛胡道人突至，以手爪抓卯二官，三尼呦呦以啼，当为鹿所化，卯二官为兔所化，跛胡道人则为狼。《无稽谰语》中物语体故事构思虽可见受唐人小说影响，而又加入了《聊斋》式的人与异类遇合故事，但篇中往往有秽亵描写，堕于恶趣。

《博异志》中《崔玄微》篇薛洪勣先生称之为“物语体小说的变体”①，记崔玄微遇杨、李、桃、石榴（石醋醋）等花神及风神（封十八姨），风神性轻佻，致醋醋怒，石不愿低回求之，乃求崔为阻恶风。《聊斋志异》中《绛妃》篇作者记自己梦中被花神绛妃邀去作讨风檄文，即从此篇脱胎而出。此期亦有才士遇花神故事，如《耳食录》初编卷三《长春苑主》和《小豆棚》卷五《梦花记摘略》。其远源即为《崔玄微》，但更明显地吸收了清初王晫《看花述异记》的构思。此篇中名言“美人是花真身，花是美人小影”屡为乾嘉文人征引，如《耳食录》初编卷三《梅花美人》篇后非非子评中即引王丹麓此言，《镜花水月》卷四《梅花化身》亦提到：“王丹麓有言：‘美人是花真身，花是美人小影。’此其美人耶？花耶？真身耶？小影耶？即色即空，非真非幻。”②《夜谭随录》卷十二《藕花》篇后兰岩评曰：

① 《传奇小说史》，第120页。

② 娄东羽衣客：《镜花水月》，申报馆仿聚珍版印本。版本下同。

“花是美人全影，美人是花后身，原无分别耳。”① 虽与原文有异，但意思大致相同。可见这篇小说在当时脍炙人口。《耳食录》中《长春苑主》即是一篇拟作。作品记元生因嗜花爱花，梦中为花神招致仙界，花神皆古今美人，如赵飞燕、梅妃、杨妃、昭君等，几为《看花述异记》之翻版。《梦花记摘略》则对前人之作有所发展，作品篇后评谓“即《聊斋》之《十八姨》等耳”，《十八姨》当即《绛妃》篇。此篇写史子峰梦游碧落九层天源，遇司花史吴慕娥与数仙姝，诗歌酬唱事。从名字及姿容气质看，冰夫人梅素仙及另一仙姝椒青似是梅花与美人蕉之神，吴慕娥与其常侍谢妙香则均为人间女子死后入仙界，成花神者。此篇虽与《绛妃》梦遇花神的构思相同，但具体情节与细节则与《绛妃》及其祖《崔玄微》迥异，不再写花神与风神之间的斗争，而着眼仙界花神昔在人间时的身世，及成神后与才士交往的事迹，更近《看花述异记》。但花神则并非历史上的著名美人，而是红颜薄命的现世才女。篇中谢妙香集古咏《对镜》一绝中用了小青的诗句“卿须怜我我怜卿”，篇中女主角吴慕娥的身世与小青颇为相似，亦是被人纳为小星而遭大妇凌虐致死者。由此可见，《梦花记摘略》的构思受到《绛妃》、《看花述异记》和《小青传》三篇作品的影响，内涵较为复杂。才士遇花神的故事从《崔玄微》这篇物语体作品发展到《梦花记摘略》，花神的身份已由人化的物变成了掌管物的人，作者的着眼点亦由将物赋予人的特点转向本为凡人的花神们的情感生活，藉死后化为花神的美丽想象表达对红颜薄命的人间才女的同情与怜爱。

4. 以陈玄祐《离魂记》为代表的离魂故事

《离魂记》是唐代小说中为后人摹拟、改编较多的一篇作品。改编之作如元代杂剧《迷青琐倩女离魂》在原作基础上添枝加叶，基本故事框架未变。《聊斋》卷二《阿宝》、卷三《连

① 《夜谭随录》，第352页。

城》两篇将离魂的倩女改成了痴男。《小豆棚》卷十一《胡曼》篇写女子之魂随情人之鬼魂私奔事，与《离魂记》大体相似，但男子非生人，则与之有别。《耳食录》初编卷十《萧点云》写柳生悦邻女萧点云，致魂离躯体与之欢会，题材渊源上承《离魂记》，而离魂者为男子，则与《阿宝》和《连城》相同。但此篇情节较彼三篇简单，篇幅不长，亦无甚新开拓。

5. 消面虫故事

唐人小说中多写胡人能识宝物，视宝如命，并不惜一切以得宝、藏宝。《宣室志·陆颙》是这类小说的代表作。作品写陆腹中有消面虫，诸胡人欲得之，着意结纳，终得此虫，盖以此虫煎熬可逼海神献出宝珠，并以此任取海中宝物。《镜花水月》卷二《消面虫》故事与《陆颙》故事相似，殆对原作略加改动而成。作品将主人公陆颙改成范胜陶，诸胡人改为江西客人，略去了陆随同诸胡海上取宝的生动情节。无论文采、想象均逊于原作。

6. 以《原化记·崔慎思》和《集异记·贾人妻》为代表的侠女题材

《崔慎思》与《贾人妻》均写侠女为报仇而与普通人结婚生子，得一栖身处，待复仇事了，即杀子断念而去。《小豆棚》卷二《齐无咎》篇故事与上两篇完全相同，当是取其事迹，而易主人公之姓名，增加一些细节而成。

7. 《酉阳杂俎》等书中怪异故事

周作人先生曾指出乐钧《耳食录》受《酉阳杂俎》很深影响："《耳食录》亦谈报应，但其纯为志怪而作者多诙诡可喜，如卷一之《邓无影》，卷六之《廊下物》，颇有《诺皋记》之风。又卷五《白衣妇人》一则，迷离惝恍，莫明究竟，后世小说中少见此种写法，实乃是《诺皋记》下卷戴詧事的翻案，可知乐君受段柯古之影响为不浅矣。唯原文云：詧为诸妇人牵入坑，及詧出，又失其弟。家人恸哭，詧独不哭，曰：'他亦甚快活，何用哭也。'《耳食录》述少年语曰：'彼甚乐，尚何哭为。'此则殊有点金成铁之慨。文字之事盖甚难言，乐君尚未能辨其中甘苦，益可知此事之真不易矣。”① 周先生认为《邓无影》与《白衣妇人》写得诙诡可喜，但又对《白衣妇人》将原作生动传神的口语变成板滞的文言深为不满，认为乐钧此处点金成铁，未能体会原作的妙处。钱钟书先生则指出《廊下物》的故事渊源："乐钧《耳食录》卷二《廊下物》即本《寿安男子》②、《范季辅》③ 两则而添花叶作波折者。"④ 钱先生指出《廊下物》用了"修词之增华法（amplification）"，其理几如名学之归谬法，所谓"充类以至于尽"。乐钧将极简短的两篇原作铺衍成了一篇想象奇幻、风格诡异的作品，可称志怪之作中的杰构。

唐代除以上几类小说故事题材多为乾嘉文言小说作者所取外，韩愈的《毛颖传》在构思与写法上也对乾嘉文言小说作者产生了影响。《毛颖传》是以古文体所作的俳谐之作，韩文公以拟人化笔法，仿照司马迁《史记》人物纪传的体例与写法，为兔毫毛笔立传。陈寅恪先生曾将此文与元稹《莺莺传》比较，认为它是以古文试作小说，而未能甚成功者。而《莺莺传》则亦以古文试作小说，而真能成功者。陈先生并分析其原因："盖《莺莺传》乃自叙之文，有真情实事。《毛颖传》则纯为游戏之笔，其感人程度本应有别。夫小说宜详，韩作过简。《毛颖传》之不及《莺莺传》，此亦为一主因。"⑤ 乾嘉杂著《岂有此理》卷二"传"体中《管城子传》、《罗太仆传》、《毛太史传》、《孔又方传》等篇皆为古文体小说，而构思与写法皆可见模仿《毛颖传》痕迹。其中《管城子传》中传主管城子乃笔，明显模仿韩愈《毛颖传》。另如《毛太史传》中毛太史为有唐捕鼠尉虎威

① 《知堂书话》第二辑《谈中国古书》中《耳食录》条，第547页，海口：海南出版社，1997。版本下同。

② 《太平广记》卷三六七收《寿安男子》，谓出《朝野佥载》。北京：中华书局，1961。版本下同。

③ 《太平广记》卷三六一收《范季辅》，谓出《纪闻》。

④ 《管锥编增订》，第65页，北京：中华书局，1982。

⑤ 陈寅恪：《元白诗笺证稿》，第119页，北京：三联书店，2001。

将军白猧子毛公，乃戏以唐明皇与杨贵妃故事编撰而成，白猧子为杨妃宠物。上述以拟人化笔法为物作传的俳谐作品皆可视为受《毛颖传》直接影响的产物。

（二）宋人小说

与唐代小说相比，为乾嘉文言小说所取材的宋代小说少得多。芙蓉城故事为此期小说改编较多的一篇。芙蓉城故事北宋时盛传于世，故事传说王迥（字子高）与仙人周瑶英游芙蓉城，胡微之有《芙蓉城传》，王铚《默记》卷上、王明清《玉照新志》卷一等均有记载，而最著名的还是苏轼《芙蓉城》诗①。此期有数篇拟作、续作，如《谐铎》卷十一《芙蓉城香姑子》、《耳食录》初编卷十《芙蓉馆扫花女》、《镜花水月》卷二《芙蓉楼志异》等。文人们对芙蓉城如此感兴趣，主要原因不仅仅在于小说及笔记所述故事，因其叙事均较质实，更在于东坡诗作的魅力。其诗飘逸灵动，将芙蓉城及周、王遇合故事写得美不胜收，且洋溢着超凡脱俗的仙气。芙蓉城由此成为文人们可以发挥自由想象的一个空间，其中任何一个仙女都可以与凡间男子发生一段浪漫故事。上述三篇小说故事灵感即由此而来，三篇作品的女主人公一为芙蓉城香姑子，一为芙蓉馆扫花女，一为司花史，均因微过谪人间，而与人世男子遇合。其中《芙蓉馆扫花女》一篇情节尤为曲折，扫花女幻设种种险象与情欲诱惑，意在警醒士人“孽海茫茫，回头是岸”。篇后非非子评中曰：“夫在昔已有子高、瑶英共游事，则芙蓉片土，亦花里送郎之地矣。而谷竟以是获谴，岂其不幸欤？呜呼！士君子守身克念，暗室无欺，一念之差岂不远哉？岂不危哉！”② 一段遇仙和历险故事最后被作者加上了“守身克念”的劝诫。《芙蓉城香姑子》中香姑子因彭生夙企仙缘而主动相招，但一知彭生无孝心，即跨凤而去。怒责

① 参见程毅中：《宋元小说研究》，第25—29页，南京：江苏古籍出版社，1999。

② 《耳食录》，第135页。

彭生“有儿女情而无父子性，必非仙器”，“是儿全无心肝，大罗天岂无父之国哉”①，借人仙遇合宣扬孝道。两篇故事与主题虽不同，但以遇仙故事而寓道德教化之意则一致。《芙蓉楼志异》与上述两篇有所不同，虽然司花史亦劝贾生勿恋温柔乡，并拒绝与其同赴高唐之梦，但只是修道者为得道而须节欲，并无道德劝诫之意。篇中写此女与贾生饮酒时出鞋杯，颇涉低级趣味。

（三）《聊斋志异》

此期作品有多部被人认为是拟《聊斋》、续《聊斋》，或曰《聊斋》型作品，如《夜谭随录》、《柳崖外编》、《谐铎》、《耳食录》、《小豆棚》等等，后文将对这种观点进行辨析，此处先论列与《聊斋》可见明显故事题材渊源关系的篇章。

1.《王六郎》：人鬼友情故事

《聊斋志异》卷一《王六郎》记王六郎因酒醉而溺死，作鬼性犹不改，嗜酒如故。许姓某业渔，每夜携酒饮河上，饮且渔，每饮则酹河中溺鬼。六郎因与交好，一酹之恩，必图报，为许驱鱼。后有代者，六郎怜其有子，不忍残二命，舍之。善念感天，被授为某镇土地。六郎贵显不忘旧交，嘱许往探，并预告当地居民，助其资斧。蒲松龄在这个故事中开掘了两个主题：一是赞美友谊，如异史氏评所言“置身青云，无忘贫贱”，知恩图报；二是劝善，存善心行善事必获上天眷顾。第一主题篇中写得颇为感人。同类故事在乾嘉作品中屡见，较早的同类故事是张泓《滇南忆旧录》中《成公祠》，《滇南忆旧录》成书于乾隆前期②。《成公祠》与《王六郎》故事情节基本相似，但两篇相比，《王六郎》篇将渔夫与水鬼从相识到相知的过程写得更为细腻，《成公祠》则着重突出第二主题。两作在细节上有一些明显差异，

① 《谐铎》，第165页。

② 此书中《耕耤》篇开篇云：“乾隆己未（乾隆四年，1739）三月四日同沈秋部诣先农坛，……”《地震》篇开篇亦云：“己未春阅邸抄，见少司马……”见《艺海珠尘》本子部杂家类。版本下同。

从这些差异中正可见出蒲松龄的艺术匠心。如《成公祠》中的溺鬼贸然前来，且见面即自道为鬼，而《王六郎》中渔夫与溺鬼交好的最初媒介是酒，将人鬼交往处理得更合人情。《成公祠》中写溺鬼成神后预知当地将有时疫，请渔夫将其炉中灰携去，以水和丸，可愈万人，而渔夫亦因此成富人，溺鬼明告渔夫此即"吾以报子也"。《王六郎》中溺鬼成神后渔夫往访，当地村民争来致赆，渔夫因此稍裕，溺鬼并未明言，但这自然也是对友人的一种报答。渔夫回乡时，溺鬼化风随行十余里，依依不舍，写出了两者之间的深情厚谊，此为《成公祠》中所无。从以上比较可知，就艺术细节的人情化与作品的情感力量而言，《成公祠》远不如《王六郎》。

成书于乾隆末年的《耳食录》初编卷六《南野社令》亦写渔夫与溺鬼故事，与《王六郎》故事有明显的题材沿袭关系，人鬼交往、溺鬼舍代、溺鬼成神、溺鬼报恩这几个基本情节乃至细节大体相同。但此篇写溺鬼第二次相见即自道身份，并谓"君贶吾酒而不费，我贡君鱼而不劳，可谓相须复相济"，此语将人鬼友情说成了一种物质交换关系，远逊于原作之处理，文情亦不逮，不免削弱了第一主题。周作人先生谓此篇"虽是劝戒老调，而文情斐娓，无惹厌处，其工巧似出《阅微草堂》之上"①。周先生若是将其与《王六郎》篇做一对比，则此评当不会加于此篇。

《小豆棚》卷十《折腰土地》情况较《南野社令》复杂，不像后者一读即知出自《王六郎》。作品基本故事框架与《王六郎》和《成公祠》相同，但对人物身份及细节则进行了较多改动。作者将渔人换成了屡试不售、老于训蒙的私塾先生，溺鬼乃因拖官谷无算而赴水死者。二人相交之契机非如《王六郎》中所写为均爱杯中物，而是因彼此倾谈颇称快。塾师往访故友时，作者写其伛偻拜，而庙中新塑土地神亦如鞠躬状，颇为生动。篇

① 《知堂书话》第二辑《谈中国古书》中《耳食录》条，第547页。

后有评语曰："这亦往往有雷同记之者，独折腰伛偻最新。"① 当是作者的得意之笔，故此篇即以"折腰土地"为题。《折腰土地》中溺鬼舍代之举与《成公祠》相同，即较《王六郎》多了一次：第一次舍去一个家有八旬老母待养的孤子，第二次舍去一个即将临产的孕妇，使溺鬼的恻隐之心给人更强烈的印象。而溺鬼成神后的报恩方式则与《王六郎》相同，即让友人因村人赠送而小裕。《折腰土地》似与《王六郎》和《成公祠》两篇均有渊源关系，而作者对于原故事的改动亦较大。就艺术水平而言，三篇乾嘉作品均不及《王六郎》，尤以《成公祠》为劣。

2.《书痴》：书呆子故事

《聊斋》卷十一《书痴》记书呆子郎玉柱不知人事，日唯知诵读，后于书中得一纱剪美人，化为生人，此美人自名颜如玉，戒郎勿痴读，教以博弈、弹琴，又令出结客，并教以人道。后邑宰闻名欲一睹丽容，拘郎与女，女闻知遁匿。宰讯一婢得知颠末，以为妖，至郎家尽焚其书。郎后中进士，以直指巡闽，访得县宰恶款，籍其家。《耳食录》二编卷五《陈著》亦记一书呆子陈著事。陈著不知夫妇之道，赖其妻教之一节与《书痴》相同，但作品主要写其死读书，不解文义而又处处按书中语行事所闹出的种种笑话，如以猪为珠之类。乐作无论思想深度与艺术水平均不及原作。

3.《水莽草》：中毒死鬼求代故事

《小豆棚》中《胡曼》篇后作者自识曰："是《聊斋·水莽草》一段情景脱化出来。"《水莽草》记祝生访友，路遇中水莽草毒死者，诱其食毒。友知鬼为南村寇三娘，诣其家求其故衣，煮服可痊。寇三娘之父以祝将代女死，靳不与，祝因死。祝切齿恨之，死后将已投生之三娘捉来，并结冥婚。祝与寇之鬼魂至祝家助其母哺祝之遗孤，寇家知女之鬼魂已为祝家媳，亦资助祝母。祝之鬼魂常驱求代之水莽鬼，活人不少。二鬼为祝母送终，

① 《小豆棚》，第196页。

为祝子娶妇后，上帝以祝有功人世，策为四渎牧龙君，夫妇鬼魂从此而去。《胡曼》故事即从《水莽草》中毒死鬼诱人求代一段化出。但整体故事框架则不同。《胡曼》中麦秀曾向黎女求婚，黎家嫌其贫而不允。黎女中胡曼之毒垂死，其魂游于村外野篱边，麦适遇之，女招之野合，亦中毒。黎女得羊血救甦，麦家往黎家乞羊血，黎恐麦不死，女便不得生，终不与，麦遂死。麦死后不舍黎女，黎女之魂乃与麦私奔至闽，居五六年，生二子。后因黎女思亲而归。归则黎女之魂与躯合一。可见《胡曼》虽由《水莽草》一段情景脱化出来，但又引入了离魂故事，因此后半段与《水莽草》不同。

4. 《邵九娘》、《细柳》：女子善相术预知命运故事

《聊斋》卷七《邵九娘》与《细柳》写了两个善相术的女子，邵女自顾命薄，因愿为柴廷宾妾，柴妻奇妒，邵女明知火坑而固蹈之，忍辱含垢，终令柴妻悔悟。细柳亦善冰鉴，择婿必亲窥其人，久而不就，乃听命于父母，适高生。细柳预知高生死期，虽多方设法避免，终乃回天乏力。细柳守寡，抚高前室遗孤无异己出，卒使二子一富一贵。《谐铎》卷二《屏角相郎》中的湘瑄与邵九娘和细柳相似，亦善相术，自知相薄，不宜主人中馈，但可赋小星，与邵九娘相似。湘瑄一见洪生，即愿许身，盖其自知三年后合孀居，而观洪生相亦当于此年不利。后果然。湘瑄乃矢志守节。在《邵九娘》和《细柳》篇中，作者虽写二女善相术，能预知命运及未来事，但主要篇幅描写的却是二女欲以人力胜天命的顽强生命力。邵女屈身事悍妇，终使胭脂虎改性。细柳择婿时即欲以人胜天，虽不成，但此念不息，一方面尽力设法避免高生早死，另一方面又做好守寡的准备。高生亡后，细柳抚孤的事迹尤令人服其智而有深心，不惮于受人误解，亦不图虚名，非常人所能及。《屏角相郎》则重在表现湘瑄与其夫生聚时已预知死别的惨痛与伤感，对于其夫亡后的生活则仅略写其守节之心甚坚，且缄口不谈相术，缺少《细柳》那样沉重而深厚的内涵。

5.《嫦娥》：仙女、狐女善表演、摹仿故事

《聊斋》卷八《嫦娥》写宗子美与被谪人间之嫦娥及西山狐女颠当遇合事，此篇标题为《嫦娥》，篇中两个女子按作者的安排亦以嫦娥为主，颠当为次，如戏中之青衣与花旦。嫦娥虽是主角，但她严冷的神仙做派远不如狐女颠当的慧黠与和易富有人情味。《小豆棚》卷八《颠当》篇由《嫦娥》篇引发创作灵感，作者直接沿用颠当之名并以其为主角，其善于摹仿与表演的本领则集中了《嫦娥》篇中嫦娥与颠当之所长，《嫦娥》写宗子美见美人画卷，遗憾不曾见飞燕、杨妃，嫦娥即能摹拟，“长短肥瘦，随时变更；风情态度，对卷逼真”①。嫦娥罚颠当学童子拜，颠当“伏地翻转，逞诸变态，左右侧折，袜能磨乎其耳”②。《小豆棚》中的颠当妙于音律，“每度一曲，不惟能作新声，更多媚态。有时一手支颐，以目流盼，无不与曲中情景绘画而出”③，其子十岁时，颠当教之词曲，“又令习妖态，作愁眉啼、折腰步、龋齿笑，大有母风”④。《颠当》情节不如《嫦娥》曲折，人物安排亦不如《嫦娥》有映衬、对比之妙，但将原作中嫦娥之所长移于颠当，令人觉得更为自然。

6.《念秧》：骗子故事

《聊斋》卷四《念秧》写骗子团伙作案，骗术高明，行人防不胜防。《小豆棚》卷十四《放鹰》故事与《念秧》中吴生之事相似，写骗子以自己女儿为饵，结局则是赔了女儿又折兵。

7.《莲香》：男子与狐女、鬼女遇合故事

《聊斋》卷二《莲香》写桑生遇狐女莲香及鬼女李氏。二女争风，均对桑生揭对方底细。桑生因与鬼女昵而得病欲死，幸莲香相救。后李女附魂于张氏女之躯，与桑生结为夫妇。莲香生子

---

① 《全本新注聊斋志异》，第1071页。

② 《全本新注聊斋志异》，第1073页。

③ 《小豆棚》，第157页。

④ 《小豆棚》，第158页。

后暴病死，约十年后复见。至期有一妪携女求售，即莲香转世。《小豆棚》卷十四《李峄南》记李遇一鬼女，一狐女，二女争宠构思亦似《莲香》，但主旨则在戒淫。作者写李之友人胡生历数狐鬼之罪，又告于城隍，狐鬼二女绝迹，而李则自此“药炉刀圭，未尝斯须去诸身”。曾作文采远不及原作。

三、改编、抄录同代作品

改编、抄录同期早出作品是乾嘉文言小说中较突出的现象。鲁迅曾指出《夜谭随录》“颇借材他书（如《佟觞角》、《夜星子》、《疡医》皆本《新齐谐》)，不尽己出”①。而据今人考证，《夜谭随录》成书年代早于《新齐谐》。方正耀《和邦额〈夜谭随录〉考析》一文即以版本证据及对成书时间的考察得出了与鲁迅先生相反的结论②。方先生指出《子不语》与《续子不语》中有15篇与《夜谭随录》内容相近的作品，他对其中《人同》、《孝女》、《白莲教》、《喀雄》四篇摘录《夜谭随录》的情况作了分析，并指出《怪风》、《落漈》、《淘气》、《疡医》、《佟觞角》、《夜星子》亦摘录自《夜谭随录》，又指出《常熟程生》、《义犬附魂》、《换尸冤雪》3篇与《夜谭随录》中的相关篇章“似属传闻不同”。上海古籍出版社《子不语》前言则谓《夜谭随录》与《子不语》内容基本相同的有13篇，即《噶雄》、《落

① 《中国小说史略》，见《鲁迅全集》第九卷，第211页。

② 见《文学遗产》1988年第3期，第103—110页。此文考析《夜谭随录》作者字号和生年、成书年代及版本。作者在上海图书馆找到《夜谭随录》乾隆己亥（乾隆四十四年，1779）自序刻本，又考定《新齐谐》二十四卷刻本问世时间不会早于乾隆戊申（乾隆五十三年，1788）冬，且即使有属草未定而为书肆窃刊的现象，亦无和邦额借材其书的可能。文章认为鲁迅《中国小说史略》中和邦额“借材”《新齐谐》的定论必须推翻。虽然学界对方正耀在上海图书馆发现的乾隆四十四年己亥自序本《夜谭随录》是否为初刻本存在不同意见，如薛洪勣先生《〈夜谭随录〉并没有“己亥本”》一文就认为“所谓‘己亥本’是根据作者自序的署年而定的，并没有书牌等其他的证据”（见《文学遗产》1991年第4期），而认为乾隆己酉（乾隆五十四年，1789）本衙刊本为初刻本。但方正耀先生认为《夜谭随录》成书早于《新齐谐》则是有根据的。

潦》、《伊五》、《尸异》、《怪风》、《棘闱志异》之一、《夜星子》之一、《异犬》、《佟觭角》、《孝女》、《霍筠》、《萤火》、《白莲教》，但认为“二书互见者，其原作者为谁，似尚难定论”。据笔者统计，《新齐谐》和《续新齐谐》中与《夜谭随录》内容相近者共 17 篇，对比分列如下：

《新齐谐》	《夜谭随录》
卷六《人同》（第 121 页）	卷四《人同》之末则（第 101 页）
卷六《喀雄》（第 132—133 页）	卷二《噶雄》（第 52—55 页）
卷六《常熟程生》（第 133—134 页）	卷六《棘闱志异》八则之首则（第 159—160 页）
卷六《怪风》（第 134—135 页）	卷五《怪风》（第 137—138 页）
卷六《孝女》（第 135—136 页）	卷八《孝女》（第 230—231 页）
卷六《义犬附魂》（第 136—137 页）	卷六《异犬》（第 181—183 页）
卷十五《麻林》（第 318 页）	卷五《麻林》（第 136—137 页）
卷十五《佟觭角》（第 330—331 页）	卷七《佟觭角》（第 210—212 页）
卷十五《淘气》（第 331—332 页）	卷十《萤火》（第 285—286 页）
卷十五《白莲教》（第 332—333 页）	卷十一《白莲教》（第 319—322 页）
卷十五《服桂子长生》（第 333 页）	卷五《吕琪》（第 141 页）
卷十五《伊五》（第 333—334 页）	卷三《伊五》（第 80—82 页）
卷二十三《落潦》（第 524 页）	卷三《落潦》（第 78—79 页）
卷二十三《铁公鸡》（第 524—525 页）	卷十一《铁公鸡》（第 308—310 页）
卷二十三《夜星子》（第 525 页）	卷六《夜星子》之首则（第 174—175 页）
卷二十三《疡医》（第 526—527 页）	卷九《霍筠》（第 241—251 页）
《续新齐谐》	
卷六《换尸冤雪》（第 681—682 页）	卷四《尸异》（第 121—122 页）

笔者同意方正耀文中对于《新齐谐》抄录和摘录《夜谭随录》篇章的分析，对他未作具体分析的作品在此不一一详细对勘。方文认为《常熟程生》、《义犬附魂》和《换尸冤雪》3 篇与《夜谭随录》中的相关篇章“似属传闻不同”，他未作进一步说明，笔者将作品对读后认为这一猜测亦近事实。《新齐谐》卷六《常熟程生》与《夜谭随录》卷六《棘闱志异》八则之首则所记常熟某生（《新齐谐》明标为“程生”）因昔曾诱奸柳生，柳羞忿自缢，某生于闱中遭报事大体相同。某生诱奸柳生一段细节两则基本相同，某生挑逗柳生的五言绝句仅有一字之差。但两

则故事时间不同，《新齐谐》为乾隆甲子（1744），《夜谭随录》为雍正间。《夜谭》中故事乃陈扶青夫子所言。《新齐谐》则未标故事来源，并且多出程生与柳生为冥吏牵至阴间，柳生诉冤，神判案一节。此节亦庄亦谐，有典型的袁枚风格。神判鸡奸者以秽物入人口例，决杖一百，程生为人师，罪加一等，尽削其科名、禄籍。柳嫌太轻，要程抵命。阴官举出三条理由说服柳生，第一，柳生非程生所杀；第二，身为男子，上有老母，不得学妇女之见羞忿轻生；第三，从古朝廷旌烈女不旌贞童，应知圣人立法之意。因此《新齐谐》中故事结局与《夜谭随录》不同。《夜谭》中某生遭报自缢，而《新齐谐》中常熟程生仅被削去科名、禄籍，未至死。神终判将柳生发往山西作节妇，享受旌表。这一安排颇有喜剧色彩。《新齐谐》中此则故事结局与书中其他条中对于男同性恋的同情态度一致，如卷十九《兔儿神》、卷二十三《双花庙》等。从上述两作情况看，方先生猜测两书所记故事来自不同传闻渠道是近乎事实的。《新齐谐》中多出的一节则很可能是袁枚之戏笔。

《新齐谐》卷六《义犬附魂》与《夜谭随录》卷六《异犬》所记故事大致相同，但文字简略得多，仅为事件梗概，基本没有细节描写。《新齐谐》中常公子遭遇恶少一次，其义犬被恶少打死后，随即附魂于癞狗咬伤恶少。而《夜谭随录》中某侯遭遇恶少两次，第一次义犬被恶少打伤，未即死，归家数日，创昏溃而毙。某侯第二次于另一地点复遇前恶少欲行强暴，义犬附魂于癞狗咬伤恶少。《夜谭》有直接可靠的材料来源，篇末云："恩茂先为侯内兄，茂先深知其事。侯今袭爵三年，予曾于茂先汤饼会中识之，真璧人也。"恩茂先是和邦额的好友，这个故事当是他向作者叙述的。因此，《夜谭随录》中所记应是此故事的最初版本。《新齐谐》大约得自传闻，且传闻与原作所记已有较大差距。

《续新齐谐》卷六《换尸冤雪》与《夜谭随录》卷四《尸异》两书所记兵丁为塞责而换尸致真凶暴露事相同，而细节有异，文字不同。《续新齐谐》中死而复苏者乃为人殴伤致气绝，《夜谭》中则为一老人暴死。《续新齐谐》中记叙较《夜谭》细致，如营兵因醉酒疏于防备致失尸事及营兵商议换尸事均有对话记其过程，《夜谭》中则无。方先生猜测其来自不同传闻应是合理的①。

方先生文中未提到《服桂子长生》、《麻林》与《铁公鸡》三篇。《新齐谐》卷十五《服桂子长生》当摘录自《夜谭随录》卷五《吕琪》。《夜谭随录》明标材料来源，篇末云："平原董太史见之，问而志之，故能凿凿言之。"而《新齐谐》未标故事来源，在摘录时又做了删节及文字变动。摘录求简致有疏误，如首句云："吕琪从其兄官岭南司马"，令人费解，《夜谭》原文为："吕司马季弟琪，从司马官岭南。"又有句云："夏夜纳凉，见井中有声琤琤然，升起数红丸，大如弹棋。""声"何能见？盖袁枚为求简，将原文所闻与所见均由一"见"字统领故。原文为："隐闻井中井井之声不绝。吕琪凭栏而窥，见井中水白如银，中有红丸，大如弹子，……"

《新齐谐》卷十五《麻林》与《夜谭随录》卷五《麻林》故事同《义犬附魂》篇情况相似。《夜谭随录》所记为最初版本，《新齐谐》中故事与之大体相同，但细节有较大差异。《夜谭》有直接的材料来源，开篇云："天津林茂子，家人刘忠密友也。以面麻，故麻林称也。"《夜谭》中麻林共三次梦其友宋某之鬼魂求其祭奠，而《新》中仅有一次。《新齐谐》卷二十三《铁公鸡》与《夜谭随录》卷十一《铁公鸡》故事基本相同，

① 程毅中先生论文《从换尸案看古代文言小说的特点》（见《社会科学战线》1992年第3期）亦曾涉及上述两篇作品。笔者发现除程先生提到的作品外，本期关于换尸案的小说还有《秋坪新语》卷一《借尸》，所换之尸乃一不受污之少女之尸，这是在《续新齐谐》和《夜谭随录》之外关于换尸案的另一个传说版本。程先生文中所引梁恭辰《北东园笔录》初编卷四《贞女鸣冤》与《秋坪新语》基本相同，仅字句小异。《秋坪新语》作于《北东园笔录》之前，则后者当抄自前者，只对文字略作变动。

但《夜谭》描写细致，尤其写人物语言，口吻毕肖，如媒婆之用俚语与翁自言居积之难，均曲尽其态。《新齐谐》则仅为简略之故事梗概，两篇文字几无完全相同处。《夜谭》中狐女报仇之原因乃补叙，而《新齐谐》改为狐女自叙。笔者推测《新齐谐》中这两篇是对《夜谭》中原作进行大幅度改写的结果。

据笔者统计，在《新齐谐》和《续新齐谐》与《夜谭随录》内容相近的17篇中，从文字上即可明确看出直接摘录、改动《夜谭随录》而成的篇章多达11篇，即《人同》、《喀雄》、《怪风》、《孝女》、《佟觭角》、《白莲教》、《吕琪》、《伊五》、《落漈》、《夜星子》和《疡医》。袁枚《新齐谐》与《续新齐谐》除大量抄录《夜谭随录》中作品外，还大量抄录了《阅微草堂笔记》中的作品。上海古籍出版社《子不语》前言中指出《续子不语》与《阅微草堂笔记》中《滦阳消夏录》内容相同的有9篇，即《文人夜有光》、《狐仙正论》、《唐公判狱》、《郭六》、《刘迂鬼》、《痴鬼恋妻》、《狐仙惧内》、《军校妻》、《飞天夜叉》，并指出"《滦阳消夏录》作于乾隆五十四年，不久即为书肆窃刊，早于《续子不语》结集时间，且二书重见的篇目多叙纪昀事，有些文字《子不语》有明显改动痕迹，因此可以断定是《子不语》录之于《阅微草堂笔记》"①。《续子不语》与《阅微草堂笔记》内容相同的9篇中除《郭六》条②作者将原作

① 《子不语》，申孟、甘林点校，上海古籍出版社，1986。

② 《阅微草堂笔记》卷三"郭六"条及"孟村女"条故事发生的地点淮镇与孟村均邻近纪昀故乡。《续新齐谐》将《阅微》中两条并做一条，删去原作中议论文字，抄录故事时亦有删节。《阅微》中已将此二条并提，纪昀录其父言谓此二事正相反。纪录此二条，并引其先祖及先父之语表示对此二事不敢妄下断语，但作者对二女的同情与理解则流露于叙事中。袁枚则直接发表自己的见解曰："孔子曰：'殷有三仁焉。'郭六改行，箕子为之奴也；孟村女抗节，比干谏而死也。古人于徐孝克妻、乐昌公主尚怜之，而况此二人乎！"袁枚首先将郭六与孟村女的行为与孔子推为仁人的箕子与比干的事迹相提并论，表彰郭六忍辱以全孝及孟村女的气节，其次又引徐孝克妻、乐昌公主的典故，此二妇失身仅因偷生畏死，古人尚能怜而宥之，何况郭六与孟村女这样的孝妇与烈女。作者的倾向性于此表现得十分鲜明。

中两条故事并作一条，并出以己评外，其他8篇均抄自《阅微》，且文字基本相同，仅略有小异。

袁枚抄录、摘录、改写他人作品均不标明来源，与其文坛宗师的身份殊不相称，当时略有声名的作者尚不如此。如徐昆《柳崖外编》卷二《贾焕林义》篇末云："二事出于刘在园《杂记》，少删润之。"① 卷二《血怪》开篇云："刘在园先生（廷玑）《杂志》载其外祖母云：……"②《小豆棚》卷十六《邵士梅》篇末作者云："余在郧阳守恒德侄署，客有襄人徐子为余言，因取留仙、渔洋、竹垞所记，总而成之，更增补其说。"均标出来源。殆袁公自题"戏编"，即可任意攘取他人文字耶？

此期另一部多借材于同代早出作品的小说集是《镜花水月》，此书中有多篇袭自《耳食录》③，其基本故事情节与构思皆与《耳食录》相同，只有一些细节上的差异。如卷二《妒妇津奏捷》与《耳食录》卷五《宓妃》篇故事相似，乐作据有关宓妃与曹植的传说及妒妇津故事铺衍而成，篇幅曼长，情节曲折。《妒妇津奏捷》保留了原作中宓妃为刘伯玉之妻段明光所嫉，段率军压境，宓妃请洛水书生告急于曹植的情节，但乐作中因寇情诡秘，曹师数次远来，皆无功而返，后由书生督鬼兵三千大败段师。而此篇则写曹植兵至，书生指挥，一战而捷。情节较乐作简单。卷七《盗盗》中第一个故事与《耳食录》卷一《张将军》相同，均记盗扮书生附武帅之舟入海捕盗，与武帅谈论甚相得，不意书生即盗，武帅竟窘于盗，盗则仅以此戏武帅，使其知盗可服不可捕。又如上文提到过的《梅花化身》，由《耳食录》初编卷三《梅花美人》稍加变化而来。乐作记陈嵩画梅入神，有一客一日观其所画梅，见"每一花现一美人，步虚而下。

① 《柳崖外编》，第38页。

② 《柳崖外编》，第41页。

③ 《镜花水月》书前作者自序作于嘉庆五年（1800），作品成书晚于《耳食录》。

须臾，次第入花去”。此篇则写花生爱梅，一夕对花独酌，“每一花现一美人身，步虚而下”，歌舞以娱，生“乃悟花神即美人也，出世为美人，离世为花神”。卷八《五代花月》则系抄录李调元同题之作，略作文字变动。

从以上对乾嘉文言小说作者阅读视野及其作品中故事来源的论列与分析可以看出，其时作者熟悉历代小说作品，往往主动从中寻找故事素材或由之触发创作灵感。摹拟、改写前代小说故事十分普遍，既有能在原作基础上踵事增华的作品，亦有不少逊于原作甚至点金成铁者，更有直接抄录、节录他人作品而不言来源，使人误以其为祖构者。从数量上看，后二者比重较大，能如上述《谐铎》、《耳食录》、《夜谭随录》中有关篇章那样表现出作者的创造性与超越前人的艺术才华的作品是少数。因此，故事题材的继承性这一文言小说的突出特点在乾嘉文言小说中表现得颇为复杂。

第二节　作者交游与小说写作

鲁迅先生认为小说起源于休息，“人在劳动时，既用歌吟以自娱，借它忘却劳苦了，则到休息时，亦必要寻一种事情以消遣闲暇。这种事情，就是彼此谈论故事，而这谈论故事，正就是小说的起源”①。谈论故事不仅促成了小说这一文体的形成，在古典小说已臻于成熟的乾嘉时期，它仍然是文言小说最主要的故事来源渠道。唐人有征奇话异之风，唐传奇中的不少名篇如《任氏传》、《庐江冯媪传》、《李娃传》等均是文人将在闲暇或旅行时借以消遣的故事记录下来的产物。宋代这种风气有盛无衰，从宋人留存下来的大量笔记中即可窥见一斑。王明清生动地描绘了这样的场景：“夜漏既深，互谈所睹，皆侧耳耸听，使妇辈敛足，稚子不敢左顾，童仆颜变于外，则坐客愈忻忻，怡怡忘倦，

① 《中国小说的历史的变迁》，见《鲁迅全集》卷九，第302—303页。

神跃色扬，不待投辖，自然肯留，……”① 苏东坡强人说鬼的轶事更是为后代文人津津乐道，他们或仿效，或拈出这个故事证明这是博通如坡公者尚不能免的雅好。如蒲松龄说自己“才非干宝，雅爱搜神；情类黄州，喜人谈鬼”②，纪昀亦自称“说鬼似东坡”③。乾嘉文言小说作家多有喜人说鬼谈异的爱好，征奇话异之风不减唐宋文人，朋友聚会、公余闲暇以此消遣为常事，而所说的故事往往便成为其作品中的素材。

一、谈异之风与小说写作小圈子

和邦额《〈夜谭随录〉自序》中说：“予今年四十有四矣，未尝遇怪，而每喜与二三友朋，于酒觞茶榻间灭烛谭鬼，坐月说狐，稍涉匪夷，辄为记载，日久成帙，聊以自娱。昔坡公强人说鬼，岂曰用广见闻，抑曰谭虚无胜于言时事也。故人不妨妄言，己亦不妨妄听。夫可妄言也，可妄听也，而独不可妄录哉?”卷四《杂记（五则)》乃作者与同学聚会时谈狐说鬼之记录：“中秋夜，聚饮于南楼下。……相与说狐。”作者“择尤者五则记之”④。卷十一《市煤人》开篇云：“癸巳仲夏，过访宗室双丰将军，立谈廊下。见一人……怪而询诸将军，将军曰：……乃煮酒设馔，为予详述之。”⑤ 为述奇闻而煮酒设馔，亦可见作者及其友人嗜谈异闻之好。袁枚《〈新齐谐〉序》中称其生平寡嗜好，“文史外无以自娱，乃广采游心骇耳之事，妄言妄听，记而存之”。曾衍东解释自己何以会写作《小豆棚》，原因之一就是“平日好听人讲些闲话”⑥。乐钧谓《耳食录》初编乃“追记所

---

① 《〈投辖录〉序》，见《投辖录 · 玉照新志 》，上海：上海古籍出版社，1991。

② 见《〈聊斋〉自志》。

③ 见《阅微草堂笔记》附录《诗两首》，第567页。

④ 《夜谭随录》，第102页。

⑤ 《夜谭随录》，第317页。

⑥ 见《〈小豆棚〉序》。

闻，亦妄言妄听耳”①，初编付梓后，“诸君子竞来说鬼，随而记之，复得八卷”②，又成二编。《阅微草堂笔记》成书与之相似，《滦阳消夏录》属草未定，遽为书肆窃刊，即有以新事续告者，于是作者又成《如是我闻》四卷。二书刊行后，友朋聚集，“多以异闻相告”③，复成《槐西杂志》四卷。

其时有一位著名的画鬼与说鬼故事者，即画家罗聘。罗聘乾隆三十六年（1771）沿大运河进京，以所绘《鬼趣图》八幅名动京师。此画名流题咏甚多，袁枚有《题两峰鬼趣图》三首，其一云：“我纂鬼怪书，号称《子不语》。见君画鬼图，方知鬼如许。得此趣者谁？其惟吾与汝！”④ 纪昀亦有《题罗两峰鬼趣图》⑤，开篇云：“文士例好奇，八极思旁骛”，结尾道：“儒生辨真妄，正色援章句。为谢皋比人，说鬼亦多趣。”矛头不忘针对他所厌恶的讲学家。从袁枚与纪昀的诗中可见罗聘的鬼画颇受二人称赏，袁枚更将罗聘引为得鬼趣的知己。著名学者钱大昕亦作有《罗两峰鬼趣图》，开头四句曰：“人言鬼可憎，君独观其妙。触于目所遇，审厥象惟肖。”⑥ 指出罗聘与众不同的情趣，赞其画工。乐钧亦有《题罗两峰鬼趣图二首》⑦。郭麐《樗园销夏录》中云：“罗两峰聘《鬼趣图》，一时名流长篇短咏，题句几满。牛腰之卷凡二，余到邗时止见其一。船山、兰士诸君皆各有作，旁行斜上而书。其令嗣介之属为赋之，乃以三、四、五、

① 见《〈耳食录〉自序》。

② 见《〈耳食录〉二编自序》。

③ 见《阅微草堂笔记》，第228页。

④ 见《小仓山房诗文集》上《小仓山房诗集》卷二十七，第684页，上海：上海古籍出版社，1988。

⑤ 见《纪晓岚文集》第一册“诗”第十卷“三十六亭诗”，第501页，石家庄：河北教育出版社，1991。

⑥ 钱大昕：《潜研堂文集诗集》卷十，《四部丛刊》本。

⑦ 见《青芝山馆诗集》卷二。其一云：“聚窟神香那得焚，九幽甘露更无门。尺缣替写陈人照，摄入豪端便返魂。”其二云：“空山残月夜窗风，扇手叉头戏恼公。傥过南方逢赤郭，群魔齐避画图中。”

七言古今体八首应之。"① 下文他并详细描绘了《鬼趣图》八幅具体所画，并指出其"大率皆寓言也"。郭麐谓船山亦有题咏之作，张问陶《船山诗草》中果收有《戏题罗两峰鬼趣图》，共七律八首，每图一诗，诗前有数语描绘图中所画，诗作皆生动传神，足可见《鬼趣图》何以耸动京师，今录如下：

第一图：黑气笼二鬼，隐约见头面，自肩以下殆不可辨。

黑雾浓烟望不真，几无形影尚摹神。零星尸气成何物，闪烁灵光别有身。漫骇泥犁多变相，须怜鬼国少完人。残魂渐散难收拾，好逐酸风到转轮。

第二图：一鬼锐头赤足，敝衣穷袴，抗手前行。一鬼削面瘦躯，两手扪腹，著缨帽随后，若主仆然。

夜台谁与辨尊卑，双影遥遥绝可悲。冠狗随人空跳舞，沐猴无发尚威仪。奴心已丧魂尤巧，捷足如飞死未疲。寄语阎罗逢此辈，莫分鬼马令同骑。

第三图：美女衣红衣，左曳长袖，右据男子臂。男子执兰媚之，幽情惨恋，偕行冷雾中。有高帽白衣鬼，持伞摇扇送之。

幽魂相送白衣冠，还与冰人一例看。鬼手冷于前日否，色心浓到此时难。花迷泉路尸能笑，月走阴风魄未残。画出娉婷身后影，退红衫袖不胜寒。

第四图：短鬼卓杖而立，头大如身。一红衣小鬼偻背缩首，捧盂侍其右。

侏儒卓杖倚僬侥，同飧黄垆酒一瓢。鬼不争长偏妩媚，身虽苦短亦消摇。暴腮何处能容首，小物从来惯折腰。料得九幽天最矮，人人台背学承蜩。

第五图：长身散发，竟体纯绿，鹰目血口，飞行云雾中。是两峰亲见于焦山者，殆水魈，非鬼也。

白雾横腰气象雄，长人披发走空中。身凝碧血腾千丈，

① 郭麐：《樗园销夏录》卷中，第8页，见《灵芬馆全集》第24册。

口烂红云嚼五虫。魔大定嫌天偪仄，妖奇翻笑鬼朦胧。焦山黑夜相逢处，怪汝传神笔有风。

第六图：三鬼。一鬼头大如丘，面目臃肿，身仅如首，两手覆领下，匍匐逐二鬼。一鬼绿色疏发，飞立张巨手如箕。一鬼首如桃实，上锐下丰，束手回顾。皆作惊避状。

头重如山强步趋，鬼穷还被鬼揶揄。几人毛发无端竖，尔辈形骸太不拘。大手凭空扇道路，丰颐随意插牙须。笑他一样衣冠客，一凿凶门貌便殊。

第七图：云雾浸淫半鬼，笼破帽前行。一鬼执伞荫一鬼，作避雨状。皆半身。伞上复隐隐有鬼面。

风雷破胆夜三更，逐队游魂避雨声。冷面无光相上下，顽云有路不分明。一棺纵压黄泉湿，群丑终难白日争。安得神龙齐攫食，免教昏暮太横行。

第八图：青林黄草中黑石一丛，藏骷髅二具，皆人立。一倚石外向，一据石内向，盖男女也。

愈能腐臭愈神奇，两束骷髅姿路歧。对面不知人有骨，到头方信鬼无皮。筋骸渐朽还为厉，心肺全空更可疑。黑塞青林生趣苦，莫须争唱鲍家诗。①

张问陶还作有《罗两峰墨幻图（鬼斗也）》、《墨戏图（鬼戏也）》及《两峰道人画昌黎送穷图见赠题句志之》，可知罗两峰画鬼图颇夥。罗聘不但以画鬼闻名，且逢人便说鬼。《新齐谐》卷十四《鬼怕冷淡》、《鬼避人如避烟》两篇均为罗两峰所言，《阅微草堂笔记》卷一“罗两峰目能视鬼”条、《履园丛话》卷十五《鬼神》目“净眼”条下均记罗公自言能见鬼物。各书所载其言鬼之情状基本相似，然故事各各不同。《耳食录》初编卷十《髑髅》所记最为详赡。作品开篇云：“余偕数君子看花丰台，饮于卖花翁。座中相与说鬼，罗两峰述一髑髅事，亦可乎（詹按：疑为“发”之误）一噱。”罗聘的《鬼趣图》成为

① 《船山诗草》（上），第298—299页，北京：中华书局，1986。

当时的一个文化热点，他说的鬼故事亦闻名于世，为人收录于作品中，从这一现象中可见当时文人好奇谈异风气之一斑。

乾嘉时期文人征异话奇不仅仅限于口说耳听，还往往落实到笔头。其时写作小说类笔记和小说专集成风。友人之间以此为尚，互相影响，互相竞争，互相赠阅，形成了一些写作小圈子。如屠绅与其数友人均有志怪作品，他与金捧阊同时作志怪书，洪亮吉题金氏《客窗二笔》诗中一首云："屋后回环西小湖，谈空时觅北街屠（此句下原注：谓屠刺史绅时亦著《琐蛣杂记》等书）。比邻各逞如椽笔，争作人间鬼董狐。"① 乾隆六十年（1795）屠绅自京还滇。其友徐书受送别诗中云："各有文章堪志怪，莫嫌纸贵费抄胥。"下注："时君以《琐蛣杂记》见贻，君亦索予所著《谈薮》。"②《谈薮》为杂俎集，记异闻、轶事、典故等，中有不少志怪短章。

沈起凤与吴翌凤、戴延年为诗友，据吴翌凤《东斋脞语》记载："丁亥（乾隆三十二年，1767）清明后一日，与诸同人结水村诗社。"③ 诗社同人凡十人，沈起凤与戴延年皆为社中人，各有诗数十首，且吴翌凤又尝与沈起凤、戴延年等填词。此书又载沈起凤与其夫人张灵韵事，谓沈"尝泥其室人张湘人灵以金钗作贽，拜为闺塾师。桐威谱北曲一套示之"④。吴翌凤暮年选编《怀旧集》，收录已故师友诗作，沈起凤诗亦被收入，沈名下吴翌凤有长注，其中提到《谐铎》："司谕祁门时，著《谐铎》一书，多所讥刺。余寄诗规之。有云：'无慘漫续《齐谐记》，

① 见《守一斋客窗笔记》（偶笔四卷，二笔一卷）书首名公题词，《粟香室丛书》，光绪十六年（1890）冬十月广州重刊本。

② 据沈燮元《屠绅年谱》，第20页（上海：古典文学出版社，1958），此诗见徐书受《教经堂诗集》卷十三，笔者所见两种版本《教经堂诗集》（一为梁溪杜氏刻本《教经堂诗集》，一为乾隆间刊本《教经堂全集》）均为12卷，不知沈先生所据为何版本，姑录于此。徐所作《谈薮》今有《教经堂全集》本。

③ 见《东斋脞语》，第16页。《丛书集成续编》本。版本下同。

④ 见《东斋脞语》，第11页。

舌剑唇枪莫浪传。'盖为蒉渔危之也。"① 由这些记载可知吴翌凤与沈起凤关系密切，吴作为沈的友人，对《谐铎》"多所讥刺"可能造成的后果颇为担心。吴翌凤有《逊志堂杂钞》十集，《镫窗丛录》五卷、补遗一卷，其中一些志人条目也颇有小说意味。戴延年著有《秋灯丛话》，为志怪类短章，杂以志人条目，虽文笔疏简，无甚文采，但亦可见其写作旨趣。据杨复吉跋及书中纪年可知此书作于乾隆中后期，乾隆四十九年（1784）前已成书②，时间早于《谐铎》。

乐钧与吴嵩梁为同乡好友，均以诗闻名。《听松庐诗话》谓："江西诗家，蒋苕生后当推乐莲裳、吴兰雪。两人同为江西人，同为孝廉，同为翁覃谿先生弟子，同以才名遨游王侯公卿间。"③ 乐钧《青芝山馆诗集》中多有与吴兰雪一同出游及一同访友的诗篇，而吴嵩梁《香苏山馆诗钞》中亦时时可见乐钧的名字。卷一《题乐莲裳莲隐图》诗云："莲裳与我生同丙戌（1766）年，我居东乡之东君临川。两家相距不到六十里，西畴南陌隐隐相钩连。吾家伯兄与君早相识，一军初冠才调闻翩翩。己酉（1789）仲秋访我豫章馆，倾心半面遂结平生缘。……"④ 回忆了两人的同乡之谊和相识经过。在乐钧旅居京师创作《耳食录》期间，两人过从尤密。两人不仅是诗友，也称得上是小说和笔记写作的同好。《耳食录》初编有数篇得之于吴兰雪，如卷一《蕊宫仙史》篇末云："此篇得于吴君兰雪，余绝爱之，并录于此。"⑤ 标明是抄录吴作。卷六《绣鞋》篇末云："此篇得

---

① 《怀旧集》卷七，嘉庆十八年（1813）自序刊本。

② 见《昭代丛书》续编卷二十三，杨复吉跋作于乾隆甲辰（1784），中云："药砰别余十有二年矣。今夏自粤旋里，侨居松陵，空谷闻跫，且得快读别后等身著作，《丛话》亦其一也。"

③ 张维屏：《国朝诗人征略》二编卷五十三，台北：明文书局，1985。

④ 《香苏山馆诗钞》，嘉庆二十三年（1818）自序刊本。

⑤ 《耳食录》，第13页。

自吴兰雪。"①《异石》篇末云："此篇亦吴兰雪笔记。"② 可知二篇亦抄自吴之笔记。同卷《绀霞》开篇云："吴仲子兰雪，少多诗梦，今记其一。"③作品素材由吴提供。吴兰雪所作笔记今不见传本，或是当时即未结集出版，或是今已散佚，但从乐钧《耳食录》中还可得见其一鳞半爪。就这仅存的三篇看，《绣鞋》与《异石》虽为志怪短章，但文笔生动，《蕊宫仙史》记一位早逝少女生前轶事，富于诗意。其写作风格与乐钧近似，而水平亦不相上下。与乐钧相似，冯梓华在《昔柳摭谈》中也收录了好友陆生西厢的作品。此书卷四《绿衣女郎》篇记柳生一见绿衣女郎而倾心，梦中与其相会事，作者云"曾见西厢杂记中有此传稿，……姑点窜以存之"，同卷《名花倾国》篇记陆生梦遇海棠仙之事，谓陆乃总角研友，善吟诗，喜卉木，故有此梦。

嘉定文人程攸熙与朱淞先后作文言小说集《吹影编》和《寄闲斋杂志》，朱淞为《吹影编》作序，而程攸熙则任《寄闲斋杂志》卷一校雠并为此卷作评。朱淞在《寄闲斋杂志》卷一《梦鹑集怀》篇中记其业师王绅梦验事。程攸熙评中谓王为"我师"，且曰"笠江者，诚不愧我师之高弟也"④。则二人当少同砚席，朱称程为"大兄"，程应长于朱。朱淞《〈吹影编〉序》开篇即曰："语神语怪，大抵寓言；说鬼说狐，类皆借喻。若以班扬之妙笔，多述桑梓之旧闻，事取夫奇，理归于正，岂比《齐谐》志怪，总属虚词；宁同干宝《搜神》，都非实录。"指出《吹影编》之写作宗旨，亦是其所认同且其后在自作《寄闲斋杂志》中所秉承者。朱淞在序中如此称赞程攸熙所著《吹影编》："置旧史遗经而勿引，独发心声；惟前言往行之是搜，足资掌故。描摹入画，几如添颊以毫；谈论生风，不屑拾牙之慧。劝惩隐寓，怪僻亦收。苟使理有足凭，无不事皆备录。苏子瞻嬉笑怒

① 《耳食录》，第84页。

②③ 《耳食录》，第85页。

④ 《寄闲斋杂志》卷一，第10页。清刻本。版本下同。

骂，尽属文章；李长吉牛鬼蛇神，亦供诗料。只觉新奇可喜，何曾荒诞不经！”而程攸熙在《寄闲斋杂志》卷一前识语亦赞朱淞之作曰：“予尝著《吹影编》，嘱笠江为之序，笠江此书嘱诸同人分卷校雠，予适得首册。阅之竟夕，快心悦目，遂至忘倦。此书出，《吹影编》当覆瓿矣。”他在《寄闲斋杂志》卷一《尹小》篇后评语中还将两人同样题材之作进行对比：“此即予《吹影编》中唱莲花落事。笠江更畅言之。”① 朱淞在《寄闲斋杂志》卷一《杜文学》篇中记杜文学芳椒深明医理，并记其数件医事，皆他医误诊，或他医所束手，而杜能辨明病源，对症下药，起死回生。此篇后程攸熙评曰：“笠江尊甫云泉先生亦精于医理，故笠江述此事，能于脉症药饵言之凿凿。他书即传医术，总不能如是之详也。”② 由以上引述可知，朱淞动笔写作《寄闲斋杂志》，在某种程度上是受到程攸熙写作《吹影编》的感发。二人写作宗旨相近，多记乡邦人物与异事。朱淞之作后出，篇数较程作为多，亦更多记述委曲之作，后来居上。二人互赞对方之作，虽是文人客套，亦不尽为虚语。今日读者从二人序言、识语、评语中能明确感受到友人之间的互动与激励。

宋弼志人小说《州乘余闻》是在其好友纪昀嘉勉下整理成书的。书前小引谓：“己巳（1749）、庚午（1750）间葺州乘，网罗旧事，偶得一二，辄札记之。然志乘举要而已，余者顾弃之可惜，因更述所见闻并刺取前人文字，都得百数十条，遂命曰《余闻》。草率写录，几不可辨。献县纪晓岚见之，漫谓似临川《世说》。遥遥千载，纵有一二相似，那可便唐突古人。念晓岚之意，聊复芟录，偶然披阅，亦觉神明奕奕，……”③ 纪昀为本书题词第一首云：“六朝小史艳缣缃，萧绮王嘉总擅场。独与临川传《世说》，可怜刘峻在齐梁。”此书写人记事确有几分《世

① 《寄闲斋杂志》卷一，第13—14页。

② 《寄闲斋杂志》卷一，第18页。

③ 《州乘余闻》，光绪戊子（光绪十四年，1888）养知堂刻本。

说》的神韵，体例亦仿之，分为“德行”、“言语”、“政事”、“文学”等共24门，但因体例、风格均着意模仿《世说》，无甚新意。不过从此书成书过程可看出友人的趣味与好评对于小说作者写作与整理作品具有相当大的影响。

许桂林的《七嬉》与《春梦十三痕》① 均是以小说见才学者。许桂林是李汝珍的姻亲②、好友，二人不仅是学术上的同道③，在小说写作上亦互相切磋。《七嬉》中《冰天谜虎》篇后松石道人评云：“予与冰天主人有旧，亦曾以谜虎粘其窗。余尚有谜虎甚多，世有与吴君同癖者，当于《镜花缘》内请教。”④《七嬉》中《洗炭桥》篇作者自称是受到《镜花缘》所写酒、色、财、气四关的启示而写出来的。而《镜花缘》初稿写成后，李汝珍曾请许桂林之兄许乔林斧正⑤。许桂林亦曾见过付刻前的初稿⑥，以二人的交谊，他极有可能对李作提出过意见与建议。由此可见，李汝珍与许桂林志同道合、趣味相投，虽然用不同的语体进行小说创作，但在写作上互相影响，作品路数亦相近。

二、作者交游与故事的几种来源

从几种详细标出故事来源的作品看，乾嘉时期文言小说中故事提供者的范围极广。从与作者关系的亲疏看，既有作者的至交密友，亦有仅为一面之交、萍水相逢者。从社会地位来说，上自

① 《七嬉》中《司花女子诵诗》篇后小沧评中提到他昔日曾读野客所著《春梦十三痕》，则此书之作先于《七嬉》。笔者未见传本，从小沧评中知其为才学之作。

② 李汝珍家海州后续娶的许氏夫人与许桂林同宗，为其族中堂姊。

③ 许桂林《〈李氏音鉴〉后序》中称李汝珍“方在朐时，与余契好尤笃。尝纵谈音理，上下其说，座客目瞪舌挢，而两人相视而笑，莫逆于心”。

④ 《七嬉》，道光丁酉（1837）镌，三味堂藏板。

⑤ 据徐子方《李汝珍年谱》（见《文献》2000年第1期）：嘉庆二十年（1815），李汝珍有致许乔林复书一封，称《镜花缘》“日前虽已完稿”，又称“刻下本已敷衍了卷，现在赶紧收拾，大约月初方能誊清。一俟抄完，当即专人送呈斧正”。

⑥ 许桂林《七嬉》中《洗炭桥》篇中云：“顷见松石道人作《镜花缘演义》初稿已成，将付剞劂。”

达官贵人，下至仆役婢媪。与作者关系密切、本人亦爱谈异话奇者是此期文言小说重要的故事提供者。如和邦额的友人恩茂先，《夜谭随录》卷一《梨花》、卷六《异犬》、卷十《秀姑》与《萤火》诸篇故事均得自此人。恩茂先生平不详，此人有文人好奇之癖则从作品中可以看出。如《梨花》篇中写其听完梨花男扮女装的奇事后“神驰者一晌”，并作《梨花开》四绝；《秀姑》记太原布客田瞵遇其姑与表妹秀姑鬼魂事。末段云：“恩茂先有田数顷，隶顺德，时往征租，与田氏子相交。……茂先下榻其家，因得吊女之墓焉。其唱和之作，皆录归以示所亲，予因得以寓目。……”① 由这两则记载可知恩茂先颇好吟咏，好奇并形之于笔墨，自己虽无小说传世，但可以肯定他对于奇闻颇具文人浪漫气质的热情关注在他讲述故事时颇具感染力，对于刺激作者和邦额的文学想象有一定作用。有的人得知作者正在撰写或已经撰有小说著作，主动前来告知异闻或谈狐说鬼。《咫闻录》多处提到友人见其有志怪之书而以异闻相告，如卷八《黑旋风》开篇云：“有朋自远方来，见予志怪，坐而言曰：……”卷九《顾友》开篇云：“未可园先生至，见余假传奇消闲，谈及苏友朱楚翘在天井鹾幕中时，……”②

袁枚与纪昀均是交游广、名气大的当世闻人，二人作品中所记故事亦多其时名流显宦所说，如阿桂（谥文成）、董邦达（谥文恪）、裘曰修（谥文达）、尹继善（谥文端）等。两人共同的朋友如蒋士铨、程晋芳等在书中多次出现。有学者认为纪昀书中的叙事者“不少是乾隆年间的显宦学者”，纪昀以此方式取得读者信任，这是“挟知名之士以踵华”③。这种说法似可商榷。因为我们看到，《阅微草堂笔记》中的故事提供者中亦有不少在当

① 《夜谭随录》，第278页。

② 慵讷居士：《咫闻录》，道光己丑（1829）知不足斋刊本。

③ 侯健：《阅微草堂笔记的理性主义》，见《中国小说比较研究》，第155页，台北：东大图书有限公司，1983。

时被认为是社会地位低下的人物，如婢仆、艺人、小贩、佃户等。略举数例：卷七记青县一民家厕中敝帚成精事，乃奴子王廷佑之母所言；同卷记一五十余老妇以一少年美妇诱一选人，而夜以身代，赚夜合资，乃琴工钱生所言；卷二记一丽妇托言为狐与邻家少年狎，为狐所骂，乃卖花妇所说；卷二十二记佃户刘破车妇云其邻人之女与月作人私会，为鬼所惊，并僵卧，其事遂泄。说故事的人物身份固然卑微，所说故事亦多鄙俗，但作者却能通过对故事的评点议论，使人从鄙俗的故事中看清世相或悟出某种人生哲理。可见《阅微草堂笔记》的魅力主要源于作者的学识与才力。以纪昀的身份，似不必要"挟知名之士以踵华"。只是由于他所处的地位使他所交往者多为名流显宦，而这些人又多有好奇谈异之癖，因此故事的叙述者亦多名人。

不过，倒确实有一些人主动将自己的作品寄给作者，欲借名人之作留名或将所写故事传之更广；亦有作者将亲友、门生作品采入己作，如上述乐钧采录吴嵩梁作品。《阅微草堂笔记》中这两种情况也较多。据笔者统计，《阅微》中所录他人作品如下：

1. 卷十，第 208 页，转录门人萧山汪辉祖《佐治药言》二卷中数条近事，作者认为"颇足以资法戒"。

2. 卷十八，第 455 页，摘王昆霞《雁宕游记》中一条，记其于雁宕遇仙事。

3. 卷十八，第 465—466 页，记济南火灾事，乃德州山长张君庆源录以寄作者，作者点定字句，录入《姑妄听之》(四)。

4. 卷十八，第 470—471 页，录宝坻王泗和《书艾孝子事》一篇。

5. 卷十九，第 486—487 页，录孟鹭洲自记巡视台湾事。事前有乩仙预告未来，其语皆验，纪谓此"可使人知无关祸福之惊恐，与无心聚散之踪迹，皆非偶然，亦足消趋避之机械矣"。

6. 卷二十，第 499 页，录宗室敬亭先生《拙鹊亭记》。纪案云："此记借鹊寓意，其事近在目前，定非虚构，是亦异闻也。先生之弟仓场侍郎宜公，刻先生集竟，余为校雠，因掇而录之，以资谈柄。”敬亭先生即敦诚，《拙鹊亭记》见敦诚《四松堂集》。纪昀又曾应敦诚之弟桂圃侍郎（詹按：即上文所提到的宜公，名宜兴）之请，为《四松堂集》作序。纪昀赞敦诚之作“翛然自成一家”，其人“亦人杰也哉”①。

7. 卷二十二，第529—530页，录门人吴钟侨《如愿小传》，纪公谓其寓言滑稽，以文为戏，而偶一为之，以资惩劝，亦未尝不可。

8. 书末附长子纪汝佶所作杂记六则。汝佶所作杂记尚未成书，而“其间琐事，时或可采”。

从上述八种可知纪公采录他人作品入己作有一定的原则，或是所作符合其道德标准，可资法戒，如《佐治药言》、《书艾孝子事》等；或是故事奇幻、文笔飘逸，如《雁宕游记》；或是富于寓意与哲理，如《如愿小传》、《拙鹊亭记》。其他作家采录他人作品亦大体出于道德与文章两种考虑。

三、故事提供的一种流行类型：寓言

《阅微草堂笔记》是此期小说中将故事提供者标得最清楚、详细的一种。作者好友董元度（号曲江）、田中仪（字白岩）、程晋芳（字鱼门）、宋弼（号蒙泉）、申丹（字苍岭）、戴震（字东原）等人的字号在书中反复出现。值得注意的是，作者的这些友人已不满足于仅仅讲述奇闻异事，还要借谈异特别是狐鬼故事以讽刺世相、针砭世风、抒发人生感慨乃至表述自己的学术观点与思想观点。出于这种动机，他们不止是直述所见所闻或转述他人见闻之可异可叹者，还有意无意虚构一些故事，较之单纯满足好奇心的征奇话异有了更多的内涵。在纪昀与其友人形成的这个文化层次颇高的士人圈子里，借谈狐说鬼以寓意成为一种风气。

借狐鬼以讽刺世情，书中最为多见。作者好友田白岩颇善于

① 《纪晓岚文集》第一册，第196页。

此，卷八记田白岩僦居一宅，此宅传闻有狐，周兰坡学士曾居之，周去后，狐亦他徙，田居之数月，狐复归。田乃为文以祷，希望幽明异路，各守门庭。狐答以一帖，谓虽异类而好诗书，不愿与俗客为伍，闻其家学渊源，故望影来归，非期相扰。田并以此帖示人。作者谓有人猜测田白岩托迹微官，滑稽玩世，“故作此以寄诙嘲”，又谓此事与李庆子遇狐叟事大旨相类，“不应俗人雅魅，叠见一时，又同出于山左，或李因田事而附会，或田因李事而推演”①，总之此事真实性可疑。但田白岩说此故事的用意则是无疑的，那就是寄托不遇于时、得知音于异类的感慨，借狐之口讽刺唯知歌舞酒肉追欢逐乐的世风。卷十一记其所说真山民故事讽世之意更为明显。田曾与诸友扶乩，乩仙自称真山民，唱和方洽，外报某二客来，乩忽不动。他日复降，众问其故，原来此仙甚狷介，二客一世故太深，酬酢太熟，仙拙于应对；一心思太密，礼数太明，仙不耐苛求，故避去。

纪昀的友人们还常借鬼神狐怪之口阐述其对于事理的看法，卷二十一程鱼门言某狐女论构精成胎之理，颇合传统医学阴阳之说，非通医理者不能出此言。卷七姜白岩言某士人行桐柏山中遇地神论鬼神之本始，驳斥宋儒之说。让鬼神现身说法，故篇末作者谓此乃白岩寓言，托之于神。

由于作者及其友人均是学识修养丰富深厚的学者，借狐鬼之口谈论学术问题、阐发某种学术观点亦很普遍。戴震是考据大师，他故事中的狐鬼亦长于此道，卷五记其所说一事，谓两生争《春秋》周正夏正，遭鬼揶揄，言下之意谓其缺乏基本历史常识，争论徒费口舌，不值通人一哂。在借狐鬼之口阐明学术观点的故事中，卷十二周永年所说叔姬托梦和卷十四游鹊华闻鬼论文故事、卷一朱子颖所说泰山经香阁故事及何励庵先生所说书生遇狐翁论修仙与读书之道故事最具代表性。叔姬托梦故事意在驳斥元朝程端学《春秋解》之臆说，抨击宋学家擅解经文，不顾历史

① 《阅微草堂笔记》，第152页。

事实，悍戾狂谬；鹊华论文之鬼认为“质文递变，原不一途”，对于后世学者的门户派别之见不以为然。经香阁故事涉及当时学术界的汉宋之争，有明显的右汉倾向。狐翁论修仙故事亦意在讽刺以圣贤自居的道学家。作者认为经香阁故事荒诞，“殆尊汉学者之寓言”，何励庵所说故事“殆先生之寓言”。周永年自言亲耳所闻的鹊华鬼论文事，作者亦不相信，谓其以平心之论托诸鬼神，周微愠曰其一生不能作妄语，以其人格担保所说为事实。于是此事之虚实似乎成了疑案。

上述数则纪昀友人所说故事，中有多则作者指为寓言。作者心知其为虚构，但“姑妄言之妄听之”，当他指出友人所说为“寓言”，则有像周永年那样坚不承认的，亦有如申苍岭那样以攻为守的。卷十一记申说某士人欲与好诗鬼接谈，此鬼因其衣饰华美，非同调，避不见。作者诘问曰：“此先生玩世之寓言耳。此语既未亲闻，又旁无闻者，岂此士人为鬼揶揄，尚肯自述耶?”申则掀髯曰：“钮麑槐下之词，浑良夫梦中之噪，谁闻之欤？子乃独诘老夫也!”① 申苍岭引《左传》典故为自己辩解，亦是间接承认自己所说故事为虚构。

纪昀将友人们所说的这种故事称为“寓言”，其语词渊源当出自《庄子》。《庄子》杂篇《寓言》云：“寓言十九，重言十七，卮言日出，和以天倪。寓言十九，藉外论之。亲父不为其子媒。亲父誉之，不若非其父者也；……”释文曰：“寓，寄也。以人不信己，故托之他人，十言而九见信也。”② 友人们不直接说出自己的看法，而借鬼神狐怪之口说出，正是《庄子》所谓“寓言”之意。在狐鬼故事已盛行的时代，人们无须如《庄子》那样假造一些子虚乌有的人物，或假托现实名人，而是将故事托于信则真不信则假的狐鬼，省去了不少麻烦，也增加了更多灵活性。

① 《阅微草堂笔记》，第249页。
② 《庄子集释》卷九上，第947页，北京：中华书局，1961。

友人们将自己的见解托于神怪狐鬼，纪昀则通过转述加评论的方式将友人们所说的故事转化成小说文本，巧妙地引导读者不执著于故事的真假，而重在体会叙述者及转述者通过故事所要表达的思想与观点，使作品富于理趣。其时一些作品如《谐铎》等也有同样的情况，如卷五《换形乞丐》，此故事乃西蜀李太史墨庄（鼎元）所言，故事叙述一乞丐一日乞于富贵家，归而痛哭不平，怨阎老不公，夜梦十王为其易富贵者之体，天晓此丐不满于通常之饮食、衣服，并厌薄其妻，妻问知原故，讽刺他"满身都换却，只未换得石季伦富贵命"。作者曰："此或太史一时游戏之谈，而世之不为疯丐者，鲜矣！"铎评又曰："太史发此论，可以醒愚。"① 卷六《森罗殿点鬼》为作者同乡名进士李堡所述故事。作者亦称此为李"游戏之谈"。这两个故事的类型正是纪昀所谓的"寓言"，但《谐铎》以及同时其他作品均未能像《阅微草堂笔记》那样大量转述这种类型的虚构故事，并拈出"寓言"一词以概括之。

从以上所述可知，乾嘉时期谈异之风颇盛，与文言小说特别是志怪题材小说写作之间有一种互动关系。其时文言小说写作成风，形成了一些小群体，在写作趣味与创作风格上互相影响。作者的亲友及各种交游是小说故事的重要提供者。在文化层次较高的圈子里，提供"寓言"类故事颇为流行。

第三节　游宦、游幕与小说题材的开拓

乾嘉时期文言小说作者大多有游宦或游幕的经历，对于官场生活有亲身体验。官场百态在其作品中有广泛而深入的表现，特别是对于这一时期的官吏贪黩腐败现象不遗余力的揭露与鞭挞，形成了此期文言小说题材上的一大特色，也是对传统文言小说题材的一个拓展。在清末谴责小说出现以前，此期小说是最早大量

① 《谐铎》，第70页。

描写刺贪题材的作品。

一、乾嘉文言小说作者游宦、游幕的经历

考察乾嘉文言小说作者的生平履历及其作品，可以看出游宦、游幕的经历为其写作刺贪作品提供了直接材料。此期作者既有长期身居高位的显宦，也有只作过县学教谕之类微官的下层官员，还有终身靠依人作幕宾为生的游食文人。就数量来说，中下层官吏居多，他们经科举而入仕途，或知一县，或守一州，本人就是帝国庞大的官僚机器上的一个部件，对于官场内幕的了解自然要比蒲松龄这样从未踏入仕途的作家更为直接，而对仕途中人的心态也有更为切身的体验。亲历或耳闻目睹的官场贪污腐败现象以实录或变形、幻异的形式构成了其小说作品的一个重要内容。

乾隆朝号称盛世，是清代社会发展的鼎盛时期，嘉庆朝承盛世之余，海内富庶，社会基本安定。但乾隆朝也是清代由盛而衰的转折期，吏治废弛、贪官污吏层出不穷是其时一大突出的社会问题。乾隆六十年间，官场风气日益腐败，贪风屡惩不止，愈演愈烈。上至部院督抚，下至胥吏衙役，“侵贪之员，比比皆是”①。乾隆中后期，此风更有恶性发展。大案要案迭起，贪贿数额巨大。据朱彭寿《旧典备征》记载，乾隆一朝，仅二品以上大员因贪赃被处死者，就有 30 人之多②。但正如薛福成所言：“诛殛愈众而贪风愈甚，或且惴惴焉惧罹法网，惟益图攘夺刻剥，多行贿赂，隐为自全之地。”③ 官风由此愈坏。乾隆五十五年（1790），内阁学士尹壮图巡视归来，上奏中云：“各督抚声名狼藉，吏治废弛。臣经过地方，体察官吏贤否，商民半皆蹙额

---

① 《清实录》（高宗纯皇帝实录）卷二八九，第 4178 页，北京：中华书局，1985。

② 见朱彭寿：《旧典备征》卷五《大臣罹法》，第 123—126 页，北京：中华书局，1982。

③ 《庸庵笔记》卷三《人相奇缘》，光绪丁酉（1897）遗经楼校刻本。

兴叹。各省风气，大抵皆然。”① 耐人寻味的是，乾隆认为此奏并未指实，“至称经过诸省商民蹙额兴叹，竟似居今之世，民不堪命”②，尹壮图后反因此获罪。嘉庆亲政，面临的是乃父留下的积重难返之局面，清王朝中衰已呈显势，吏治愈益颓败，如洪亮吉所指出的：“今日州县之恶，百倍于十年二十年以前，上敢隳天子之法，下敢竭百姓之资”，“凡朝廷捐赈抚恤之项，中饱于有司，……无事蚀粮冒饷，有事则避罪就功”③。嘉庆初亦欲在整饬吏治上有所作为，在翦除乾隆重臣和珅后，又接连查处了几宗大案，但由于其措施不力，执法不严，惩治不彻底，故虽查处了不少贪赃案，对贪风有一定抑制，但总体而言，嘉庆一朝吏治并无多少起色。

身处官场的乾嘉文言小说作者对于这种腐败黑暗的形势有深入体察。乾嘉时期位望最高的文言小说作者纪昀在宦海中浮沉数十年，还曾与当时的一桩侵贪案有关联。纪昀女婿卢荫文之祖卢见曾久任两淮盐运使，“在扬州时，屡值南巡大典，历年就盐商提引，支销冒滥，官商并有侵蚀”④，乾隆三十三年（1768）六月，乾隆帝得知两淮历任盐政营私侵蚀事，下令革职查办所有涉嫌官员，指示“将卢见曾原籍赀财，即行严密查封，无使少有隐匿寄顿”⑤。纪昀知道消息后设法通知卢家，卢见曾得以提前转移资财。纪昀则因漏言被革职发往乌鲁木齐。纪昀此举自是曲徇人情，但这并不意味着他在思想上与侵贪者同流合污。《阅微草堂笔记》对于贪赃枉法与官场种种黑暗现象做了尖锐、深刻的揭露与抨击。

---

①② 《清史稿》卷三二二《尹壮图传》，第10800页。中华书局，1977。版本下同。

③ 洪亮吉：《征邪教疏》（戊午二月廿七大考题），见《卷施阁集》文甲集卷十，上海中华书局据原刻本校刊，《四部备要》本。版本下同。

④ 《清史稿》卷三四一《卢荫溥传》，第11107页。

⑤ 《清实录》（高宗纯皇帝实录）卷八一三，第989页，北京：中华书局，1986。

乾嘉时期另一位声名显赫的文言小说作者袁枚曾任溧水、江浦、沭阳、江宁等县知县①，他为官正直爱民。曾做地方官的经历使他对官场黑暗深有感触，并最终辞官归隐。曾衍东与屠绅亦曾任地方官。光绪三十四年（1908）《嘉祥县志》记载："曾衍东，字七如，举人，任湖北江夏知县，抚民育士，著循声。"曾衍东少时即随父游宦岭南，后曾"为当道诸公内记室"②，自己又有做官的经历，而且是其时难得的循吏，《小豆棚》中不少篇章入木三分地刻画了其时各级官吏贪婪、昏庸、无耻的嘴脸。屠绅30岁出任云南师宗县知县，此后长期在云南、广州等地任知县、知州、通判等职，为官云南时间长达20余年。屠绅做官伤于酷，洪亮吉追挽诗云："诗人循吏谈何易，一著终当让义仍。"下注："君生平慕汤义仍为人，然作吏伤于酷，以此不及。"③但不闻其贪，洪亮吉所谓"纵官刺史无千石"④。《六合内外琐言》中刺贪故事多达十余篇，当与其人为官不贪、为人恶贪有关。沈起凤乾隆三十三年（1768）中举，此后"应礼部试，五荐不售，年未四十，绝意仕进，以著书自娱"⑤。乾隆四十六年（1781）前后，曾在两淮巡盐御史伊龄阿全德衙门充幕僚，乾隆五十六年（1791）前后，先后任安徽祁门、全椒县学训导。沈起凤一生坎坷，沉沦下僚，先是做人幕客，后又作县学训导这样的"无气官"，深知官场内幕，也深知下层官吏贪贿所用的手段。

此期其他重要作家如和邦额曾任知县，《夜谭随录》即在任上写成。徐昆曾任阳城县教谕，《柳崖外编》卷六中多载邑中铁

① 《清史列传》卷七十二，袁枚本传中云其"散馆改知县，分发江南，初试溧水，调江浦、沭阳，再调江宁"。

② 《小豆棚》卷十六《卖菜李老》。

③ 洪亮吉：《更生斋诗续集》卷一，《检得屠刺史绅所寄诗追挽一首》，道光己酉（1849）海宁杨氏刻本。

④ 洪亮吉：《卷施阁诗》卷第十五《关岭冲寒集》，《岁暮怀人二十四首》，见《卷施阁集》。

⑤ 沈清瑞：《〈谐铎〉跋》。

事，他进士及第后又曾在京师供职[①]。二人均曾涉足宦途。乐钧的经历与上述诸人有所不同。他一生未曾入仕，靠为人幕宾谋生。从他的《青芝山馆诗集》中可知作者自乾隆庚戌（乾隆五十五年，1790）至乙卯（乾隆六十年，1795）旅居京师，《耳食录》作于他旅居京师期间，初编成于乾隆辛亥（乾隆五十六年，1791），二编成于乾隆甲寅（乾隆五十九年，1794）。二编自序作者落款识曰作于“京邸芳阴别业”，芳阴别业为讷斋主人（詹按：即怡亲王永琅）别墅，其时作者以其幕宾的身份居于其中。此前作者居于李介夫（如筠）太史斋中，身份亦是幕宾[②]。乐钧虽是以诗文游公卿间，主要陪奉幕主游赏及文酒之会，与襄助幕主军政事务的幕客不同，但周旋于官场人物之间，对于官场的了解亦较深切。

其他作家如张太复曾任浙江太平知县，后以洋案谪戍，改迁安县教谕[③]。于宦途险恶亦有切身体会。俞蛟曾为人幕客，并曾作吏[④]。《梦厂杂著》卷五《纪西粤幕》中作者论刑、钱幕友之重要性，可知他对于官场用人颇为了解。

二、乾嘉文言小说中的刺贪故事

《阅微草堂笔记》卷三《滦阳消夏录》记某公捶杀一干仆，仆魂附于一痴婢，与某公辩曰：“奴舞弊当死，然主人杀奴，奴实不甘。主人高爵厚禄，不过于奴之受恩乎？卖官鬻爵，积金至巨万，不过于奴之受赂乎？某事某事，颠倒是非，出入生死，不

---

① 参见占骁勇：《〈柳崖外编〉作者徐昆生平考》，载《明清小说研究》2001年第2期。

② 参见《青芝山馆诗集》卷三《初客怡邸芳阴别业病起作》、《奉和讷斋主人七夕二首》等诗。

③ 见光绪戊子（1888）校刊《重修南皮县志》卷十一人物志下“文苑”本传，本衙藏板。

④ 《梦厂杂著》姚兴泉序谓俞蛟“隐于吏”，孙鉴序中称其“竟以一尉，奉发南越”。另可参见《霞外捃屑》卷六《梦厂杂著》条，第369—370页，上海：上海古籍出版社，1982。

过于奴之窃弄权柄乎？主人可负国，奈何责奴负主人？……”①奴仆之魂指责主人卖官鬻爵、颠倒是非，这当不只是某公一人如此，纪昀以此故事道出了当时整个官场的风气。乾嘉文言小说作品对此有全面的展现。

揭露贪官以索受贿赂、搜括民财为手段敛财以饱私囊的丑恶现象是此期作品的重要内容。

《新齐谐》卷二十一《一字千金一咳万金》第二事记汶上令见某巡抚，失声一咳，巡抚怒其不敬，必欲提参，县令私献万金方免。《秋坪新语》卷三《卧楼对》、《假美人》二篇记某中丞豪奢、荒淫事，其时大僚之纵情声色及贪贿之风可见一斑。《假美人》写一监司贿赂中丞，“工为逢迎，赇赂所入，莫可纪极。……煽惑既久，言听计从，附膻趋势之徒，朝夕冠盖云屯，一时忘其复有中丞也者”②。此人百计为中丞搜罗美女，竟至其妻亦为中丞所乱。《六合内外琐言》卷十九《吴虎孙》更借一桩诈骗案写出了其时贿赂公行的风气。骗子伪装某贵官之公子携家人至灵隐寺养疴，行踪诡秘，诱使寺主起疑，并故意让一侍童以伪装身份告知，骗子又假因身份暴露而离去，于是郡守、县尹均登舟相送，各有馈遗，骗子假意不受，郡守、县尹乃于花盆中埋以金物，诡言送花草追送之。后郡守以事入京，访某公子踪迹，方知受骗。骗子利用地方官巴结大官的心理诈骗钱财，亦正说明此风之盛行。

下属行贿的巨额钱财归根到底出之于民，此期小说对于搜括民财的官吏深恶痛绝。《新齐谐》卷十六《阎王升殿先吞铁丸》写李某生前做官恶迹昭彰，死后以平生不食牛肉为功德，欲以此抵消他罪。判官驳云：“此之谓‘恩足以及禽兽，而功不至于百姓’也。子不食牛肉，何以独食人肉？”李辩以未食人肉，判官曰：“民脂民膏，即人肉也。汝作贪官，食千万人之膏血，而不

① 《阅微草堂笔记》，第42页。

② 《秋坪新语》，嘉庆丁巳（1797）刊，本衙藏板。

食一牛之肉，细想小善可抵得大罪否?”① 此篇将贪官的残暴本质用“食人肉”这一形象揭出，触目惊心。《谐铎》卷六《森罗殿点鬼》与之相似，篇中称县官皆饿鬼转世，冥王曰：“若辈埋头地狱，枵腹垂千百年。今一得志，必至狼餐虎噬，生灵无噍类矣!”② 借佛教轮回之说表露了对于贪官的憎恨。《梦厂杂著》卷三《甘泉令》记云间金某，为陕西甘泉令，“黩货无厌，握篆数载，闾阎膏血几枯”。此人以权势强取豪夺，无所不用其极，而终于人财两空，所夺之古玉为其私奔之女携去。《六合内外琐言》卷五《鬼瞰》写贪官臧某所藏四库财物为鬼所瞰，一夕尽为盗劫。此篇揭露贪官“视民财如寄，旦暮取之”，臧某甚至有诀传其子孙初仕者：“官视其色，凡取财于民，色喜而终不怒；致财于上官，色惧而勿骄，实无他谬巧也。”让贪官现身说法，将其时官吏索贿行贿之状如漫画般呈现在读者眼前。卷七《射民》篇记王孙巩“巢于孔方”，嫚辱士人，索贿富室。一日某巨商伪以海物进而内置一牍，责巩“射利如神，射民如贼，是宜处堂以待天殛”③，巩由是得奇疾，惟嗜粪便。某日有郭生来称善治疾，愿与之共眠。旦视之，则郭生与巩首不见，巩肠胃四裂，群粪溢床。如果说以上两篇还是借鬼神报应之说以表达作者对于贪官的憎恨，卷十八《呕白痰》则更直接写出了贪官现世即遭毒报，甚至激起民变、酿成暴动之事。作品写党有得官太守，性嗜贪黩，征求无度，百姓恨之入骨，“愿以颈血溅”，两次伺机围攻出击。第一次遭围时，党嗾戍将麾二百人御侮，“民吼地若雷，二百人皆溃”，党有得卧于棺内，伪装死人方得脱。第二次遭围时，党有得率部下长跪乞命，誓不敢扰民，天明州将率师至，围始解。如此贪官，“因其家世多拥节钺，延缘上官得为庇”，又得某帅器重，故虽屡激民变，却能逍遥法外，因某帅

① 《新齐谐·续新齐谐》，第351页。

② 《谐铎》，第79页。

③ 《六合内外琐言》，《申报馆丛书》本。

恐其噬脐，不揭前匿，仅以病免其官。党北归，遭盗掠。行至武陵，呕白痰数升而卒。作者写其死后示诗于武陵令曰："曾是前身吐墨鱼，不遭墨辟快何如。白金化作白痰吐，生死无忘货殖书。"将贪官至死不改其贪的嘴脸刻画得入木三分。

与贪黩相连的往往是贤否不分，营私舞弊。善于钻营、逢迎者夤缘得中，仕途畅通，从而造成仕风颓败。如《梦厂杂著》卷八《刘孝廉》讽刺科场黑暗，行贿得中。作品记太仓顾宁人一夕梦入宣圣庙，见群豕约千头，中一豕独人首，乃其妹婿刘孝廉。刘自言生时行贿得中，罚为豕，以祀宣圣。作者评曰："顾目前营营苟得者不少，恐圣人食之不遑。且当时割不正且不食，此等腥膻肉味，尤恐食之而呕也。"① 下又记丙辰（1796），嘉庆嗣位，诏天下举孝廉方正，"而不肖者，咸藉此为终南捷径，进身之阶，钻营奔竞，无所不至"②。反之，若不徇世风，立身清正，则处境艰难，如《小豆棚》卷九《庄仙人》中庄培封任江西瑞金令，某抚军过境，"家人索勒不遂，诟庄"，庄气愤之下，把官印还给抚军，请解任。抚军假意慰之，还其印绶，逐其家人，而"旋以他事中伤之，遂罢官"。《新齐谐》卷八《土地受饿》写一土地神因"素讲操守，不肯擅受鬼词，滥作威福"而受饿，谓"解应酬者，可望格外超升；做清官者，只好大计卓荐"，作者借阴间事写出了阳世的风气。

贪黩更严重、恶劣的后果是颠倒是非，制造冤狱，草菅人命。《谐铎》卷八《棺中鬼手》写某县典史死后为鬼犹向人索钱不已。此人"生前受两贯钱，便坐私衙打屈棒，替豪门作犬马"。其贪婪昧心可知。《新齐谐》卷九《莆田冤狱》记莆田恶霸王监生欲取田邻张妪之田，乃贿某县令，此县令即将张妪田断归王监生。王后又杀张妪，并诬陷其子。县令与王串通一气，竟判其子凌迟。贪官受贿即颠倒黑白，鱼肉百姓，视人命如草芥，令人发指。《六合内外琐言》卷十四《文则敬》故事与之相似：

①② 《梦厂杂著》，第287页。

乡绅恶霸鱼鲸侯欲强买曹厚基家墓地，曹不允。鱼乃告官系曹于狱。县令尝借鱼数千万钱而未偿，故拷讯曹以结鱼之欢。恶霸勾结官府，仗势欺人，县官则为私利，不分曲直而兴冤狱。

面对腐败黑暗的官场、险恶难测的仕途，乾嘉文言小说作家们的心态是复杂的。一方面，良知与正义感促使他们创作出了大量刺贪及揭露官场丑恶现象的作品。他们希望为官者正直廉明，恪尽职守，如《柳崖外编》卷一《徐观察》写徐观察于洞庭湖中绝粮，一羽客以豆腐相赠，且以豆腐为喻，谓："今夫州县为亲民吏，浸渍之者有之，荡摩之者有之，约之束之者亦有之，然朘民以生，而生未尽，急为之所，虽腐犹存，观察复懵懵然任州县之所为，而腐者且败矣。慎勿任其腐且败，徒作自了汉也。"①借羽客之口表达了这种期望。他们还希望国家能整顿吏治，对于贪官污吏严惩不贷，如《阅微草堂笔记》卷一写一道士除妖被人阻拦致妖遁去事，篇末作者议论曰："姑容墨吏，自以为阴功，人亦多称为忠厚，而穷民之卖儿贴妇，皆未一思，亦安用此长者乎。"② 正体现了这种思想。另一方面，每况愈下的官场风气也使他们对于吏治及仕风的好转没有太大信心。一些作家由此对仕途产生了厌倦情绪。《阅微草堂笔记》卷六记戴东原所述鬼隐士故事颇耐人寻味。故事记一县令因"恶仕宦者货利相攘，进取相轧，乃弃职归田。殁而祈于阎罗，勿轮回人世，遂以来生禄秩，改注阴官，不虞幽冥之中，相攘相轧，亦复如此"，后不得已避居于深山岩洞，自觉"虽凄风苦雨，萧索难堪，较诸宦海风波，世途机阱，则如生忉利天矣"③。作者借鬼隐士的故事表达了对于"宦海风波，世途机阱"的厌恶与痛恨，也透露出作者自身对于仕途的厌倦。《小豆棚》卷十六《卖菜李老》篇后作者自识其"乡荐后，心羡仕途，遂尔一行作吏，簿书鞅掌，

① 《柳崖外编》，第 32 页。

② 《阅微草堂笔记》，第 8 页。

③ 《阅微草堂笔记》，第 108 页。

仆仆尘埃。回忆曩昔襟期，不啻霄壤，正与李菜佣同一失足，良可恨叹”①。对于自己误落尘网、进入仕途的后悔之情溢于言表。作者“曩昔襟期”是像卖菜李老那样安贫乐道，却被名利心驱使误入官场，丧失了清贫的雅操，从此身心俱不得自由。他与纪昀所写的那位鬼隐士一样憎恶宦途扰攘、为名利而争竞，但身不由己，苦于无法解脱。

三、刺贪作品的题材拓展意义

乾嘉文言小说将官场生活这种贴近现实的题材大规模引入文言小说，并集中出现了一批刺贪之作，在文言小说史上有题材拓展之功。此前文言小说虽也有涉及官场生活、揭露官场黑暗现象的作品，但有刺贪内容的作品只是零星篇章，散见于不同时代作家的作品中，均未形成同一时代一群作家创作出一批相似题材作品的现象。魏晋志怪小说如《搜神记》中已有讽刺官场贿赂的作品，如《蒋济亡儿》写到冥中走关节，行请托事。唐代小说中这类作品如《纂异记》中《浮梁张令》写张因贪财不偿还所许之贿，遂丧五年之寿，亦以冥间行贿事曲折反映阳世的风气。皇甫枚《三水小牍》中《温京兆》② 写到温璋“性黩货”，纳贿抗旨。同书《王表》③ 塑造了一个典型的贪暴之官裴光远的形象。裴光远“性贪婪，冒于货贿”。好击鞠，所蓄白马因暑月不胜其役而毙。又悦里长王表之子，要王以子相饷，王不从，裴衔之，借故杀之而取其子。后得病，王表及白马均来索命，裴自以阴间亦可行贿，欲与王表作功德，厚赂阴钱以求免，终不获免而死。明代《烟霞小说》中《纪周文襄公见鬼事》④ 写到一个贪官团伙。《剪灯余话》中《何思明游酆都录》最后写到“惩戒赃滥狱”：“皆人间清要之官，而招权纳赂，欺世盗名，或于任所，

① 《小豆棚》，第325页。

② 见《太平广记》卷四十九。

③ 见《太平广记》卷一百二十三。

④ 陆贻孙辑：《烟霞小说》，明隆万间刊本。

阳为廉洁，而阴受苞苴，或于乡里，恃其官势，而吩咐公事。凡瞒人利己之徒，皆在其中。”① 《聊斋志异》中多篇写到贪官污吏，著名者如《梦狼》、《席方平》与《续黄粱》等。乾嘉文言小说作者鉴于当时官场的黑暗现实，结合自己游宦、游幕生涯中的耳闻目睹，将前代作品中已出现的刺贪题材作了进一步拓展。这主要表现在以下三点：

首先，此前有刺贪内容的作品多与其他恶迹一同揭露，刺贪往往只是作品的意图之一，因此，严格说来，不能仅称之为刺贪之作。而此期作品主题多集中于刺贪，如上述《森罗殿点鬼》、《甘泉令》、《鬼瞰》、《射民》、《呕白痰》等等，均有感于当时社会政治生活中最突出的一种黑暗现象，具有鲜明的针对性，表现了强烈的主观爱憎情绪。又由于同样题材的作品以相当的数量在同一时期先后不断出现，以不同的故事，从不同的角度触及同一个主题，给读者留下了深刻印象。在以幻怪、情爱题材为主的文言小说中，这种贴近现实政治生活、有明确讽喻目的的作品格外引人注目，并相当程度地增强了此期作品的现实性。

其次，此前有刺贪内容的作品对于官吏之贪基本只有概括交代与说明，而此期作品如上所述对于贪官的敛财手段、行贿受贿的种种丑态以及因贪黩而造成的恶劣后果均有细致描写。贪官激起民变的故事《聊斋》中《梦狼》和《续黄粱》已有涉及，《呕白痰》将官民对峙的白热化场景写得更为生动、曲折。作者屠绅虽然身为朝廷命官，但却站在暴动民众一边，以官兵在他们如雷的吼声中溃败的情节表现其行动的正义之威，对他们采取的激烈手段亦以赞美的态度进行描写。在文网森严的乾隆朝，写出这样的作品不仅需要良知，更需要勇气。

再次，刺贪题材类型众多，拓展了文言小说表现现实生活的途径。此期刺贪之作的题材类型多种多样，直接暴露现实中贪官

① 《剪灯余话》，第166页，见周夷校注：《剪灯新话》（外二种），上海：古典文学出版社，1957。

污迹的作品主要采取两种选材方式，一种为叙述一个贪官的生平劣迹，选取此人仕宦生涯中具有代表性的恶迹组织成篇，《甘泉令》、《呕白痰》等均采取这种方式。另一种为选取典型事件，或典型场景，如《棺中鬼手》、《射民》等。另一类作品则不直接聚焦于贪官或贪贿事件，而是侧面落笔或反面着笔，如上述《六合内外琐言》卷十九《吴虎孙》和卷十五《我心如秤》，均写骗子利用地方官吏和恶霸巴结大官的心理诈骗得逞的故事，以此讽刺当时官场上的贪风，从侧面切入以表现主题。《梦厂杂著》中《庄仙人》写庄培封因拒绝行贿而落职的故事，则是从反面凸现主题的例子。

冥界故事是文言小说常见的题材，此期刺贪小说有意识地以阴间故事影射人间现实，写出了一些优秀作品，如《耳食录》卷四《上官完古》写上官完古于丛冢间遇鬼，鬼谓完古曰："此地官长自丞簿以上，贪残如狼虎，数年工役繁兴，科派乡里，日役丁男数千而少给其食。小民失业，劳苦吁天，饥馑洊臻，道殣相望，无以供租税。悍吏日来吾乡，叫嚣隳突，鸡狗不宁，乡民流离，死丧殆尽。今副使且至矣，闻县官捉人除道，副使爪牙千百，所在骚扰。不死于劳悴，则死于敲扑。"又描写众鬼哀哭之状，及众吏乘夜捉人，鬼男丁宵遁之惶恐，绝似《石壕吏》及《捕蛇者说》之阴间版，而惨厉过之。篇末非非子评曰："今观于上官氏之所闻，乃知长梦之人，更有新安、石壕之苦也。"文中写到阴间一吏似是上官之族子某，篇末之评中又提到作者先父夜闻鬼哭，询其居人，"乃知有孀妇，贫而无子，以冻馁死"，此二笔为这个虚幻的故事添上了现实背景，亦可知此篇之意乃以阴间影射阳世。《新齐谐》卷八《蒋厨》记常州蒋用庵御史家厨子遭冥吏索诈事，并记蒋公之评曰"谁谓阴间官清于阳间官乎"。《续新齐谐》卷八《鬼买缺》写乾隆辛亥（1791）年间山阴户书徐某病尚未死，其故兄已为其买缺于冥府，而有祝姓某亦谋此缺，与徐之兄争先，篇中云"冥司事如人间"，作者写冥间卖官鬻爵风行，亦正可知人间此风之盛。由这两个故事亦可知作者对于现实的绝望，阴间往往寄托着人们对于公平、正直与廉明的幻想，而在袁枚看来，阴间与阳间没有差别。

在乾嘉文言小说作者笔下，不仅冥界如人间，天宫及幻域亦被贪风吹遍。《六合内外琐言》卷九《两小人》写饕餮神多逋负，天门诸灵官索之急，神之门下士两小人乃设计令雷州某村乡民失踪，须其家多献金银楮方可赎还。篇末朴庵先生评曰："巨人嗜利，小人与谋，见其人闻其语矣。"此篇以饕餮神及其门下士的所作所为影射现实中贪官及其走狗百计搜括民财，无所不用其极的丑恶行径。卷十五《蛇首人》写龙伯别墅司土者鱼头丈人"能飞行绝迹，吸蛇民血"，大旱之年，鱼不能飞，"民争裂其皮曝日中以致雨"，若雨不足，"皮出火自燔而丈人骨裂死"。旷无极乘海船游至此地，作诗刺丈人吸民血，丈人即麾其徒来攻。此篇则以幻域故事刺吸民血之贪官，并写出百姓对贪官的仇恨。

《谐铎》卷五《泥傀儡》则借助民间宗教观念，以一个荒诞的故事刻画出了一个贪黩而欲自讳的官吏可笑而可鄙的形象。作品写柳州府土地庙中泥傀儡，"遇郡守廉，则两手纳于袍袖；如贪黩者守是郡，则伸手作乞钱状"。某公来守郡，黩货无厌，"神手出袖者一尺。而某公欲自讳，阴使心腹奴夜诣庙廊，强挽入袖。明日视之，转益五寸许，且手指坚握不可开"①。

鲁迅指出"光绪庚子（1900）后，谴责小说之出特盛"②，刺贪正是谴责小说的一大重要内容。而乾嘉文言小说在这一题材上已进行了颇为深入的开拓。由于受篇幅限制，它们在题材的广度与表现的细致程度上不及晚清谴责小说，但如上所述它们在题材类型的多样化上显然胜过后者，在题材选择与处理上亦有其自身特点。乾嘉文言小说中的刺贪之作多为短制，以精炼、简洁取

① 《谐铎》，第76页。

② 《中国小说史略》第二十八篇《清末之谴责小说》，见《鲁迅全集》第九卷，第282页。

胜，作家们又发扬文言小说长于志怪的传统，在实录型故事之外，借助佛教轮回与因果报应等观念拓展故事空间，创作了大量幻异型作品，使文言小说在现实与超现实的空间之中自如地转换、打通，充分表现其创作意图。

第二章　乾嘉学风与文言小说创作

在中国学术思想史上，清代汉学是与春秋战国的诸子学、两汉经学、魏晋玄学、隋唐佛学与宋明理学齐名的一代之学，乾嘉时期则是清代汉学的鼎盛期，流风所及，整个知识界几乎为其所笼罩，梁启超先生曰："乾嘉以来，家家许、郑，人人贾、马，东汉学烂然如日中天矣。"① 此语虽有夸张，但形容汉学在乾嘉时期以来的显学地位则颇为生动。经学、史学、语言文字学及金石、考古、天文、历算、舆地等学自不必说，文言小说作品中亦可见到受其影响的痕迹。乾嘉时期文言小说作家虽然学问有高低之别，所持的学术立场亦不尽相同，但对于汉学的治学方法与学风则多有所了解，其中一些人一身而兼为学者与作家，本人即是学术界的知名人物，甚或是某一学派的成员，学者是其自觉的人生追求，而小说作家则只是今天的研究者赋予他们的身份。他们的作品就更深地打上了当时学风的印记。

第一节　乾嘉学风与文言小说作家的学术背景

一、乾嘉学风

美国学者艾尔曼在他的《从理学到朴学——中华帝国晚期思想与社会变化面面观》一书中概括地描述了清代汉学的特点："与其理学先辈相反，清代学者崇尚严密的考证、谨严的分析、

① 梁启超：《清代学术概论》二十一，见《梁启超论清学史二种》，第60页。上海：复旦大学出版社，1985。版本下同。

广泛地搜集古代文物、历史文件与文本保存的客观证据，以具体史实、版本及历史事件的考证取代了新儒学视为首要任务的道德价值研究和论证。”① 以考证为学的清代汉学在学术方向上的这一转变余英时称之为“儒家智识主义”的兴起：“清代考证学，从思想史的观点说，尚有更深一层的涵义，即儒学由‘尊德性’的层次转入‘道问学’的层次。这一转变，我们可以称它作‘儒家智识主义’（Confucian Intellectualism）的兴起。”② 清代学术路向的这一变化意味着学者们对于“闻见之知”亦即客观知识给予了更多的重视，人们不再热衷于空谈性与天道，而是将精力用于博实的经典考证。

汉学在乾嘉时期达到极盛，占据了学术界的主导地位，形成了代表其最高成就的乾嘉学派。学术界一般认为，这一学派的奠基人是清初顾炎武，他在研究方法与研究内容上开乾嘉学派之先河。康熙年间的阎若璩与胡渭专以考证见长，可称乾嘉学派的先驱。惠栋复原汉代易学，标志着乾嘉学派正式形成，登上了学术舞台。钱大昕评曰：“汉学之绝者千有五百余年，至是而粲然复章矣。”③ 乾隆三十八年（1773）戴震奉召入京，预修《四库全书》，戴学自此大行于世。戴震是乾嘉汉学的集大成者，戴学的风行昭示着乾嘉学派发展至高峰期。这时虽然还有宋学家固守理学营垒，与汉学对抗，并出现了既不宗宋、亦不尊汉的史学派与经世派，但汉学的影响支配了整个学术界，宋学已失去了对于士子的吸引力，受到冷落。据昭梿记载：

> 自于、和当权后，朝士习为奔竞，弃置正道。黠者诟詈正人，以文已过，迂者株守考订，訾议宋儒，遂将濂、洛、

① （美）艾尔曼著，赵刚译：《从理学到朴学——中华帝国晚期思想与社会变化面面观》，第5—6页，南京：江苏人民出版社，1997。

② 余英时：《戴震与章学诚——清代中期学术思想史研究》，第21页，台北：东大图书股份有限公司，1996。

③ 钱大昕：《潜研堂文集》卷三九《惠先生栋传》，见《潜研堂集》，第699页，上海：上海古籍出版社，1989。

> 关、闽之书，束之高阁，无读之者。余尝购求薛文清《读书记》及胡居仁《居业录》诸书于书坊中，贾者云："近二十余年，坊中久不贮此种书，恐其无人市易，徒伤赀本耳！"①

昭梿崇奉理学，他这段话虽然是从世风不古、人心堕落的角度着眼，但亦可见时人对于理学的态度。濂、洛、关、闽之书已被束之高阁，明代理学大师薛瑄与胡居仁的著作在典籍荟萃的北京竟然买不到，因为书商怕"无人市易，徒伤赀本"而不愿进书。至于以章学诚为代表的史学派和以陆燿为代表的经世派在当时亦均不堪与汉学抗衡，章学不为时人所重，陆燿甚至鲜为人知。

章太炎论清儒，又将乾嘉学派分成吴、皖两派："其成学著系统者，自乾隆朝始。一自吴，一自皖南。吴始惠栋，其学好博而尊闻。皖南始戴震，综形名，任裁断。此其所异也。"② 钱穆先生认为章太炎的吴皖分帜说不尽符合事实，他指出："东原论学之尊汉抑宋，则实有闻于苏州惠氏之风而起也。""惠、戴论学，求其归极，均之于六经，要非异趣矣。"③ 当代学者如陈祖武则认为从惠学到戴学是一个历史过程，"治乾嘉学术史，对于地域学术的研究，自然应当加强，而按地域来划分学派，则还可商量，尤其不宜以吴、皖两派，或者说惠、戴二家来概括整个乾嘉学派"④。虽然学术界对章太炎的吴皖分派说有不同意见，但这一分法已被广泛采用，只是在两派以外，不少学者主张还应加上扬州学派，其代表人物是汪中、焦循与阮元⑤。

---

① 《啸亭杂录》卷十，第317—318页，北京：中华书局，1980。

② 章炳麟：《訄书》（重订本）第十二《清儒》，第158页，见《訄书》（初刻本 重订本），北京：三联书店，1998。

③ 《中国近三百年学术史》第八章《戴东原》，第355页，第357页，北京：商务印书馆，1997。版本下同。

④ 陈祖武：《清儒学术拾零》，第167页，长沙：湖南人民出版社，1999。

⑤ 参见王俊义、黄爱平著：《清代学术与文化》，第365页，沈阳：辽宁教育出版社，1993。

虽然乾嘉学派内部有派别之分，其治学方法、研究范围与学术成就各有千秋，但作为一个学术派别，总体上有一些共同特征，对此梁启超先生有简明扼要的概括："其（詹按：指清代思潮之正统派，亦即乾嘉学派）治学根本方法，在'实事求是'、'无征不信'。其研究范围，以经学为中心，而衍及小学、音韵、史学、天算、水地、典章制度、金石、校勘、辑逸等等；而引证取材，多极于两汉，故亦有'汉学'之目。"① 又将其学风之特色归纳为十条：

> 一、凡立一义，必凭证据；无证据而以臆度者，在所必摈。二、选择证据，以古为尚。以汉唐证据难宋明，不以宋明证据难汉唐；据汉魏可以难唐，据汉可以难魏晋，据先秦西汉可以难东汉。以经证经，可难一切传记。三、孤证不为定说。其无反证者姑存之，得有续证则渐信之，遇有力之反证则弃之。四、隐匿证据或曲解证据，皆认为不德。五、最喜罗列事项之同类者，为比较的研究，而求得其公则。六、凡采用旧说，必明引之，剿说认为大不德。七、所见不合，则相辩诘，虽弟子驳难本师，亦所不避，受之者从不以为忤。八、辩诘以本问题为范围，词旨务笃实温厚。虽不肯枉自己意见，同时仍尊重别人意见。有盛气凌轹，或支离牵涉，或影射讥笑者，认为不德。九、喜专治一业，为"窄而深"的研究。十、文体贵朴实简絜，最忌"言有枝叶"。②

不难看出，乾嘉学派重视实证、崇尚理性，在学术研究中尊重他人的成果，尽量采取公正的立场，不为私心与私人感情所蔽，颇有近代科学研究的客观精神。尤其是实事求是的治学原则，影响深远。

---

① 《清代学术概论》，见《梁启超论清学史二种》，第4—5页。

② 《清代学术概论》，见《梁启超论清学史二种》，第39页。

二、文言小说作家的学术背景

从现存可考的材料来看，乾嘉时期文言小说作家可列入汉学阵营甚或可称为汉学家者为数不少，重要作家如下：

1. 纪昀：纪昀是《四库全书》总纂官，江藩《国朝汉学师承记》称纪昀："公于书无所不通，尤深汉《易》。力辟图书之谬，《四库全书提要》、《简明目录》皆出公手。大而经史子集，以及医卜词曲之类，其评论抉奥阐幽，词明理正，识力在王仲实、阮孝绪之上，可谓通儒矣。"① 梁启超将他称为乾嘉学派的护法②。阮元在论纪昀学术时指出："公之学在于辨汉、宋儒术之是非。"③ 纪昀虽然主张经学"消融门户之见而各取所长，则私心祛而公理出，公理出而经义明矣"④，但他的经学批评常常流露重汉学、轻宋学的倾向。

2. 沈起凤：沈清瑞《〈谐铎〉跋》谓其"好儒术，旧著《十三经管见》、《人鹄》诸书"，其经学著作今已不存。沈起凤生长吴门，此地正是乾嘉学派中吴派活动区，为其《谐铎》作序的友人如王昶是乾嘉学派的重要人物，王序中称沈"足下青衿满座，学授淹中；紫气霄浮，经传棘下。偶以订顽之义，托诸志怪之书"。钱湘舲《〈谐铎〉序》云："汉儒经学，不尚卮词。……予与蕢渔大兄共笔砚者垂二十年，知其湛深经术，偶以余绪，溢为外编，而标其名曰《谐铎》，殆得史氏劝惩之旨，而不屑自侪于魏晋杂书者！"从王序与钱序传达的信息可知，能被以汉儒经学为尚的王、钱二人称为"经传棘下"、"湛深经术"的

---

① 《国朝汉学师承记》，第93页，北京：中华书局，1983。

② "其全盛运动之代表人物，则惠栋、戴震、段玉裁、王念孙、王引之也，吾名之曰正统派。……当时学者承流向风各有建树者，不可数计，而纪昀、王昶、毕沅、阮元辈，皆处贵要，倾心宗尚，隐若护法，于是兹派称全盛焉。"《清代学术概论》，见《梁启超论清学史二种》，第4页。

③ 阮元：《纪文达公集序》，见《揅经室集》三集卷五，《四部丛刊》本。

④ 《四库全书总目》（以下简称《总目》）卷一，《经部总叙》，北京：中华书局，1965。版本下同。

沈起凤当对经学有专门研究。沈起凤虽以小说家和戏曲家名世，但从他的朋友们为《谐铎》所作序跋看，他们更为推崇其经学成就，并以此为其小说创作辩解或抬高身份。

3. 许桂林：许桂林终身教书著述，在哲学和数学方面造诣很深，对音韵学亦有专门研究。在为李汝珍《李氏音鉴》所作后序中，他自述其研习音韵学的历史云："余年十三时读书马陵山，雪夜闻折竹声，得双声、反切之义，因好其学。自《说文解字》下迄于《交泰韵》，近代则顾宁人、毛西河、毛驰黄、沈去矜、柴虎臣、蒋湅畻、江慎修、李太初之书，咸加研核。"① 并著有《许氏说音》四卷，可见其用功之深。许桂林是两淮盐运使曾燠的座上客，与其兄许乔林多次游学扬州，两兄弟还受到阮元的赏识和奖掖，与洪亮吉、孙星衍交好，可列入扬州学派学者中②。许桂林生平著述宏富，有《易确》、《味无味斋文集》、《味无味斋诗集》等数十部。

4. 吴骞：据《清史列传》卷七十二："吴骞，字槎客，浙江海宁人。诸生，负异禀，过目成诵。笃嗜典籍，遇善本倾囊购之，校勘精审，所得不下五万卷，筑拜经楼藏之。钱大昕为之序谓所藏百氏皆具，独言经者，统于尊也。尤喜搜罗宋元刻本，如陶渊明、谢元晖诸集，皆取而重梓之，学者珍为秘宝。尝得宋本咸淳《临安志》，刻一印曰'临安志百卷人家'，其风致如此。兼好金石，以所藏商鸟篆戈、吴季子剑等作拜经楼十铜器诗。少与陈鳣讲训诂之学，所为诗文词旨浑厚，气韵萧远，晚益深造，不屑为流俗之作。……"由上述记载可知吴可称藏书家、校勘学家与版本学家。曾致力于小学。《拜经楼丛书》收录有他撰写的金石考据著作《国山碑考》和《蜀石经毛诗考异》（二卷），以及他辑录的《孙氏尔雅拾遗》。《国山碑考》前有卢文弨所作序，称此书辨析史书有关记载之误，"其言凿凿有证据"，并赞

① 见《李氏音鉴》，光绪戊子（1888）重修扫叶山房藏板。

② 支伟成《清代朴学大师列传》将其归为皖派经学家。

赏吴骞"好古搜奇，不惮危阻"。可见吴骞的金石考据之学有很深造诣。

5. 徐昆：徐为朱筠弟子，朱筠倡汉学，任安徽学政时，曾奏请校辑《永乐大典》，直接导致了四库全书开馆。朱筠《怀京华及门诸子》诗中第一首即为徐昆而作："驿漏催人觉五更，深惭吾辈易钟情。每怀太末仁王裔，欲称平阳才子名。曲相底须淫以丽，经师终是博兼精。落红流翠关谁事，所过山川恋又生。"①第三联出句称徐为"曲相"，《柳崖外编》卷十六《花落余芬》篇可为此做一注脚，篇中作者自记曾为其妾要姬做《合欢竹》传奇二十四出，并谓其中《哭花》、《送魂》等剧，为竹君夫子所艳赏。此联对句则以博兼精的"经师"誉徐，可知徐既有曲才，其经学成就亦颇为其师欣赏。他的主要著作有《春秋三传阐微》、《书经考》、《易说》、《说文解字长笺》、《诗学杂记》等十余种。《柳崖外编》卷十五《断肠草》一篇正文与评中考证名物，亦可见其考据功夫。

6. 宋永岳：据平步青《安越堂外集》卷九《记青城子〈志异续编〉》："青城子为慈利宋永岳别号，字静斋。川楚军兴，以增广生援例官香山、新安、太平巡检，迁海阳丞，微过议黜。贫不能归，以医寓广东。诗、古文皆拔俗。既失职无聊，著书自娱，托为稗官小说者凡数十卷。"②《志异续编》书前洪涛序中称宋"情深稽古，性爱搜奇"，宋永岳虽无学术著作，但从《志异续编》中可知其究心经史，小学功底颇佳，于音韵、训诂均有研究，颇有考据癖。与宋永岳情况相似的有徐承烈，虽不够资格称为汉学家，但对考据有浓厚兴趣。他的《听雨轩杂记》正如沈玮所作序中所言"考古者十之二三"，有不少对古书、古迹、地名等进行考察的篇章。如《续纪》中《杨髡发陵》、《梅岭》、《石上古迹》、《琵琶记》、《牡丹亭》诸篇等。

---

① 朱筠：《笥河诗集》卷五，嘉庆癸亥（1803）开雕，椒华唫舫藏板。

② 《安越堂外集》，甲子年（1924）四有书局印安越堂平氏藏书。

从现存材料中尚未发现乾嘉文言小说作家中有以宋学名家者。乐钧为翁方纲弟子，翁方纲考据宗汉儒，性理宗程朱，但他的这位弟子于其师理学实无所继承。乐钧个性洒脱不羁，无论为人为文均无理学家面目。诗集中颇有言情之作，据郭频伽《樗园销夏录》，他还曾为扬州名妓雪如作过小传①。这显然不是理学家的作为。《耳食录》卷十《香囊妇》写某妇以香囊通意诱袁生，袁生峻拒，至杀妇。作者评论以为杀之太过，认为“完其节而复全其躯，斯盛德之至也”，这更不是理学家能说得出来的。他的友人中也不乏汉学家，如在扬州与他同赴文酒之会的钱坫（献之），但他平生专注于诗文创作，以文才闻名，因此虽然交往密切的师友中既有理学家，又有汉学家，他自己在学术上则列不进任何一方。

此期以诗才闻名的文言小说作家还有屠绅。屠绅 20 岁成进士，少年得志，为人狂放，其好友赵怀玉有词谓：“弱冠科名，唾手拈来，宜近乎狂。……仆本多愁，君能自放，礼法宁为我辈防。”② 可见是名士派人物。他曾与洪亮吉、黄景仁等诗酒唱和。屠绅的好友如洪亮吉、孙星衍等均为著名经学家，他本人虽不以学术见长，但博学逞才，嗜古尤甚，作诗好押险韵，诗文风格古奥，正如其友人所谓“游戏文章都奥衍”③，“评诗争论唐以前”④，他的两种小说《六合内外琐言》与《蟫史》均善于从古代典故、传说生发故事，形成具有个人特色的“衍古性构思”⑤。他对于考据学亦知其门径，如《六合内外琐言》卷十二《狒狒

① 《樗园销夏录》卷中录乐钧所作《雪如小传》，谓：“吾友乐元淑作《雪如小传》，其略云：……”见《灵芬馆全集》，第 24 册。

② 《沁园春》（亦园次屠贤书韵），见《亦有生斋集》词卷第一《秋籁吟》，道光元年（1821）题词武进赵氏刻本。版本下同。

③ 陆继辂：《五哀诗》第一首《广州通判屠君讳绅》，见《崇百药斋文集》第三《邗上题襟集》，嘉庆二十五年（1820）合肥学舍刊版。

④ 赵怀玉：《亦有生斋集》诗卷第一《八月十九日钱八璟、庄四宝书、刘大骏、洪大莲、屠二绅集味辛斋桂树下》。

⑤ 详见本书第三章第二节。

吟》中人物在酒令中考较小学与考据之学①，可见流风所及，连名士加才子派人物如屠绅也以此为尚。乾嘉时期另一位著名文言小说作家曾衍东亦是才子型文人，据彭左海为曾衍东所撰小传，他“性落拓不羁，工诗及书画，笔墨狂放”，与屠绅一样，他不是学界中人，但也颇有考据癖，《小豆棚》中收有《水晶眼镜考》（卷六）、《人参考》（卷十五）之类考据文字。《人参考》之后作者自识云：“余在边外四年，此条辨证最确，不特得之采访，亦复亲为考据。一物一地，曾无摭饰半字。”② 对自己的考据成果颇为得意，亦可见他受考据风影响之深。

不属于汉学与宋学两大派别，而能自成一家者，以袁枚为代表。袁枚抨击宋儒，对汉学亦有批评，虽然并无系统的学术著作，但在对于两派的批评中阐明了他富于怀疑精神与反传统观念的学术思想。钱穆谓：“简斋既不喜当时经学家托足权门，自居至高之风气，故亦不喜宋儒所谓‘道统’之说。”③ 袁枚在学术上既不宗汉，亦不宗宋，自称“郑孔门前不掉头，程朱席上懒勾留”④，力图自树一帜。但在汉学全盛的乾嘉时期，即便是宋学家也不能完全避开考据学的影响，如姚鼐虽尊宋学，但主张义理、考据、文章三者相结合，他的《九经说》不仅博采宋元旧说，亦采两汉旧注，于名物训诂有所考证，吸收了汉学的治学方法。翁方纲亦认为“学者正宜细究考订诂训，然后能讲义理”⑤。袁枚亦不能外，他批汉学，吴派初起，他就致书惠栋，指出：

---

① 《狒狒吟》是一篇物语体小说，写镳铲化为鹿仲、卢仲兄弟二人，居响山下，与兔所化之东郭居士交好，东郭常招二仲饮酒，酒令则举子部之僻者，一日，居士下令曰：“辨字亦考据之一。”二仲如令，居士于是问二仲“能”何以同“耐”，“谊”何能通“义”。

② 《小豆棚》，第292页。

③ 钱穆：《中国近三百年学术史》，第478页 。

④ 《小仓山房诗集》卷三十三《遣兴》组诗第二十二首，见《小仓山房诗文集》，第933页。

⑤ 《复初斋文集》卷七，《与程鱼门平钱戴二君议论旧草》，道光丙申（1836）开雕，光绪丁丑（1877）重校本。

“闻足下与吴门诸士，厌宋儒空虚，故倡汉学以矫之，意良是也。第不知宋学有弊，汉学更有弊。宋偏于形而上者，故心性之说近玄虚；汉偏于形而下者，故笺注之说多附会。”① 但他对汉学有深入研究，在思想方法上颇得其精义，正如钱穆先生所言：“然简斋虽深斥考据，而其思想议论，亦往往能得考据深处。”②他并举例说明袁枚的一些见解“非深通于考据家法者不能知，不能言”③。

与袁枚情况相似的有俞国麟与方元鹍，俞、方二人的名声与文学成就虽不能望袁枚项背，但皆可称为能独立思考的文人。《蕉轩摭录》卷二《应声虫》篇后作者借题发挥，指出“后世尝窃宋儒道学以为己学，往往有应声虫之诮”，对于宋学末流颇有讥嘲。卷六《女校书楼》写女校书之鬼魂与邓生纵论学术，讥讽考据家曰：“若视今之考据淹博者，直一现成印板儒生矣。”圣人垂戒云述而不作，“顾其述之正其作也，其不泥于古，遂为真信古、真好古者也”，蕉轩氏评女之论曰：“何处得来清磬一声，敲破霜天梦晓矣。”可见作者对缺乏思想、一味尊古的考据家颇为不屑。从《蕉轩摭录》中作者的数篇史论看，他的学术路数虽偏于阐说义理，但也颇知考据。方元鹍既不喜饾饤笺注的汉学，亦深恶剿袭陈言、空谈仁义的宋儒，《凉棚夜话》续编中有讥刺汉学末流及宋儒的篇章。在《嫏嬛福地》篇中，作者借道者之口，指出“大约读书当求实用，不求实用，则六经均为可废”④，可知作者治学旨趣。虽然作者不喜汉学，但亦受当时风气影响，在《按考九幽》篇中借篇中人物之口，谓：“朱注之可议者指不胜屈，……朱子故欲深曲其词，遂使一部四书随处挂

① 《答惠定宇书》，《小仓山房文集》卷十八，见《小仓山房诗文集》，第1529页。

② 钱穆：《中国近三百年学术史》，第475页。

③ 钱穆：《中国近三百年学术史》，第478页。

④ 《凉棚夜话》续编卷下，第33页。

碍也。”① 篇中人物举例说明朱注之可议之处，可知作者对于笺注之学亦颇关注。

以上按学术倾向与学术水平对乾嘉时期文言小说作家的学术背景做了一个粗略分析，大体可将其分为三类：其一是纪昀、吴骞、许桂林这样的汉学家或像徐昆这样治学路数可列入汉学阵营者，其二为袁枚这样不宗任何派别而自成一家者，其三如屠绅、乐钧这样以文才为世所知而不以学术见长、没有明确的学术宗尚者。汉学家自不必论，对于朴学皆有专门研究；自树一帜者或隐或显将汉学作为其对立面，亦颇知对手底细；不够资格归入任何一家者处身于汉学盛行的时代，大多亦自觉或不自觉地受其风气所熏染，以博学、好古为尚，有的还颇有考据癖。

第二节　乾嘉学风对文言小说创作的影响

乾嘉文言小说作家生活在学术繁荣的时代，他们的学术倾向鲜明地体现在文言小说作品内容之中。从前节所述其学术背景看，此期作家多有汉学修养，受其学风熏染，或对其有一定了解。又因乾嘉文言小说大多成书于乾隆中期以后，尤以乾隆末年与嘉庆初年为多。此时汉学已大彰于世，汉学学风对文言小说创作产生了明显影响。这种影响表现在写作目的、写作方式与写作趣味诸方面，对于文言小说发展既有一定的积极作用，也造成了一些负面效应。

一、以学问为小说

乾嘉学风以博学为尚，这在此期文言小说内容中有突出表现。严羽称宋人以才学为诗，此期作家则以学问为小说。这有两种情况：一是借小说这种形式谈学问，即作家们虚构小说故事以表达对各种学术问题的观点，这类小说可称之为学术小说。二是

① 《凉棚夜话》续编卷上，第27—28页。

在小说中显学问，这又可分为三种类型：一种是在小说中显示辞章之学，如骈体小说《燕山外史》；一种显示在当时盛行的考据之学，如《志异续编》中的不少篇章；一种则是与《镜花缘》类似的杂家小说，如许桂林的《七嬉》在作品中写到算学、音韵、棋法等等学问。第二类可统称之为炫学小说。

（一）学术小说

所谓学术小说，即借小说谈学问，小说形式只是它的外在框架，作者利用这个框架将自己的学术观点更为生动而富于个性色彩地表达出来。名之为学术小说，主要是为了将它们与炫学小说区分开来。在乾嘉文言小说作品中，纪昀《阅微草堂笔记》中此类篇章甚夥，涉及的学术论题亦颇多，大者如儒道释之争、汉学宋学之争、诗学流派之争等等。方元鹍《凉棚夜话》中亦有数篇学术小说颇为引人注目。如《天台僧》篇：

> 武林某生游天台山，闻山顶茅茨有僧道行甚高，兼通儒理，往访之。见其案置《愣严经》一部，乃揖而请曰："吾闻释迦住世，但有传衣；达祖西归，不留文字。贝多之叶几何，谬谓驮因白马；梵呗之音无字，空闻谱自鱼山。意者西方象教本属空虚，东土经文多由伪造乎？"僧曰："然。是固有之。然吾闻女儒书火自嬴秦，购于汉代。伏生所授，语是方言；孔壁所藏，文皆蝌蚪。曲台半为赝作，周官已属伪书。海外之逸篇，徒闻其语；冢中之遗竹，孰辨其讹？以彼易此，庸有愈与？"生曰："子欲并释于儒乎？请言儒释之异。夫儒言人而释专言鬼，儒言生而释专言死，儒言仁民而释专言爱物。轮回地狱，何当于治国齐家？戒杀放生，何补于博施济众？然且剽窃元言，高谈寂灭，髡缁列院，刹宇成林，蠹国病民，莫斯为甚！而世反有尊释而卑儒者，吾不知其何心也。"僧曰："夫释何敢望儒，然所贵乎儒者，谓能赞两间之化育，植万世之纲常。上而帝王经纶，将相事业；下而文章名世，博物见称，无不于儒统之。故曰：儒者，通天地人之谓也。若夫释教之放生戒杀，不过体上帝之好生；

地狱轮回，不过胁顽民之梗化。明心见性，了悟参禅，则释子修持之学也；法象庄严，金钱布施，则庸僧衣食之谋也。较之于儒，何啻霄壤！无如女儒教之人自占地步太低，立门户太隘。阳尊辟我之名，阴奉似我之实。不求实用，专事虚谈。家家论性，何如我教之谈禅？处处聚徒，何如诸僧之说法？语录本宗门之学，而女窃之；心传乃衣钵之称，而女效之。主德性，主问学，此南北之分宗也；曰直截，曰积累，此顿渐之异义也。程门立雪，依附于神光断臂之事；南安闻钟，仿佛于无住闻鸦之语。种种衲子家风，禅门习气，反薄济时之功业为粗疏，用世之才华为浅躁。甚而头脑冬烘，语言臭腐，一班假道学，议论纷纷，误人家国事。反不如我教慈悲之说，或能助天地之生成；果报之言，或足坚庸愚之敬信。故卑儒者，儒也，非人也；尊释者，亦儒也，非释能自尊也。”生不能诘，逡巡而退。以其言颇尽两家之得失，故笔而存之。①

此篇以一儒一僧辩论形式论儒佛两家得失。儒生本盛气而来，意欲压倒僧人，而僧人则以退为进，终于压倒儒生。僧人谓道学家阳为辟佛，而阴似之。道学家谈心性、聚徒讲学，乃至奉语录、谈心传，皆效佛家。而程门立雪、南安闻钟亦仿效佛家故事。其论刺到假道学要害，大约亦是当时学界颇为盛行的看法。此篇文字犀利、畅达，亦可见方元鹍之学养非一般文言小说作者所能比。

《阅微草堂笔记》中亦有多篇涉及儒道释之争，如卷四记东光马大还夏夜裸卧资胜寺藏经阁，有自称守藏神之老者曳其起，使勿亵佛经，马因呼与对谈，老者纵论儒道释之社会文化功能，出以形象化的比喻：“盖儒如五谷，一日不食则饿，数日则必死。释道如药饵，死生得失之关，喜怒哀乐之感，用以解释冤愆、消除佛郁，较儒家为最捷；其祸福因果之说，用以悚动下

① 《凉棚夜话》续编卷下，第3—5页。

愚，亦较儒家为易入。特中病则止，不可专服常服，致偏胜为患耳。儒者或空谈心性，与瞿昙、老聃混而为一；或排击二氏，如御寇仇，皆一隅之见也。”① 此处比儒为五谷，不可或缺；比释道为药饵，不可专服常服，主次立见，而释道则有儒家所不及之长处，则三者之社会功能有互济之效。末批空谈心性之儒者与释道混而为一，上述方元鹍批道学家阴效佛家，论点与之相似。《阅微草堂笔记》卷十四写一士子上公车时阻止其同行者与同宿逆旅之僧人闲谈，谓僧为异端，僧人不平，因与争论。纪昀记述此事后大发议论，阐述了他对儒佛之争的看法，亦出以比喻，谓譬如居家，儒犹主人，佛来自西域，犹挟技之食客，其说于世不为无补，“本可以无争，徒以缁徒不胜其利心，妄冀儒绌佛伸，归佛者檀施当益富。讲学者不胜其名心，著作中苟无辟佛数条，则不足见卫道之功。故两家语录，如水中泡影，旋生旋灭，旋灭旋生，互相诟厉而不止。然两家相争，千百年后，并存如故；两家不争，千百年后，亦并存如故。各修其本业可矣”②。纪公认为佛家学说于世有补，本可与儒家并存，主客相容，而徒以讲学家沽名、缁徒渔利，故相争不已。在同卷中更有一则记述二冥囚之堕落故事，一为讲学家之徒，自谓：“吾师日讲学，凡鬼神报应之说，皆斥为佛氏之妄语。吾信其言，窃以为机械能深，弥缝能巧，则种种惟所欲为，可以终身不败露；百年之后，气反太虚，冥冥漠漠，并毁誉不闻，何惮而不恣吾意乎！不虞地狱非诬，冥王果有。始知为其所卖，故悔而自悲也。”另一囚则自悔曰：“尔之堕落由信儒，我则以信佛误也。佛家之说，谓虽造恶业，功德可以消灭；虽堕地狱，经忏即可以超度。吾以为生前焚香布施，殁后延僧持诵，皆非吾力所不能。既有佛法护持，则无所不为，亦非地府所能治。不虞所谓罪福，乃论作事之善恶，非论舍财之多少。金钱虚耗，舂煮难逃。向非恃佛之故，又安敢纵

① 《阅微草堂笔记》卷四《滦阳消夏录》（四），第80页。

② 《阅微草堂笔记》卷十四《槐西杂志》（四），第340页。

恣至此耶?"① 纪公谓"《六经》具在，不谓无鬼神；三藏所谈，非以敛财赂"，其信鬼神思想虽有时代的局限，而针砭儒佛二家一沽名一渔利之流弊，则一针见血。

汉宋之争是乾嘉时期学术界的热门话题，作家们不仅仅在学术著作及诗文中发表议论，还在文言小说中予以形象化的表现。方元鹍《凉棚夜话》中《鼠精》篇讥讽拾汉儒唾余的所谓汉学家，颇具谐趣：

> 浙水某生资性超悟，不屑为时俗之学，倦游后结庐处州青田山中，即诚意伯读书处也。松风水石，吐故纳新，翛然有尘外之想。一夕，有款门谒者，白衣古装，高视阔步，谓生曰："足下温经耶?"生曰："未也。"其人见生案无一卷，笑曰："凡学必先研经，研经必于笺注，何足下之空空而自谓超超也!"乃随口举十三经疑义十余条相诘，生不能答，谢曰："仆性拙于记诵，且志不在是也。"其人拊掌大笑而去。次夕复偕一人至，向生谈论字学。上自结绳以来蝌斗鸟迹，下及大小篆、隶、刻符摹印，无不分晰缕缕，复手书数十字示生，生皆不能识。笑曰："足下尚未识字，而高谈出世之学耶!"生恧然无以应。忽有白衣老人须眉皓然，入门指二人曰："某生之学未达，先天已超凡解，岂女等饾饤笺注以为博、补缀字书以为古者所能凌压哉!"二人曰："子伏生、夏侯胜之流耶?"曰："非也。""程邈、王次仲之流耶?"曰："亦非也。""然则子何学?"曰："予之学非女等所谓学也。且予诘女，女说研经，知轩帝以上尚有何经?女云识字，知仓后以前尚有何字?"二人笑曰："此等渺茫蹈空之说，欺三尺童子耶!"老人即取笔书数字令之识，二人反覆传观，神变色沮。老人随置灯上焚之，霹雳一声，二人伏地踉跄而没。生惊问故，老人曰："此二鼠精也，曩在郑康成、许慎两家乱书故纸堆中东咬西嚼，识得几条笺疏、几

① 《阅微草堂笔记》卷十四《槐西杂志》(四)，第357页。

字古文，遂出以惑人耳。”生曰：“然则叟何人？”曰：“余白猿公也，向为九天元女看守天符，适所焚者，元女扫邪符也。记往时与刘伯温在此宵谈，老夫恒多助益。今子识悟虽超，定慧尚少，故山精小魅得来相戏耳。好为之，十年后当再相晤也。”拱手而别。生自是扃户扫迹，遂不复出山焉。①

篇中浙水某生应是作者自况，作者借白猿公之口，讥讽汉学末流“在郑康成、许慎两家乱书故纸堆中东咬西嚼，识得几条笺疏、几字古文，遂出以惑人”，鄙薄之情溢于言表。作者对于假道学的宋儒的鞭挞则更不留情，《凉棚夜话》中《儒林秘书》篇谓江右某为人性迂，喜谈经济，“作文历叙理学源流，隐然以身自任，夜忽梦方巾大袖、高视阔步而来者，曰：‘吾宋儒也，以子博极群书，立志高远，吾道幸有传人矣。然尚有儒林秘书数种，子所未见。今并以相付。’视其书，一《宋襄公仁义新编》，一《王莽周官宝笈》。某曰：‘宋襄以仁义祸身，王莽以周官祸世，尚安用此！’曰：‘仁义本属空谈，周官原无实效。宋襄、王莽欲见诸行事，故败耳。若我辈理学传中人，不过剿袭陈言，坐谈往事，复井田，行封建，节取数条，编入语录中，便可希两庑中一席矣。子奚过虑哉！’言毕，履声橐橐而去，某亦惊寤。”②《凉棚夜话》中《春秋堂》篇批驳目标是宋代大儒朱熹，并及宋代王安石、胡安国：

郄落生，不详其名，喜为高论。……生平酷嗜《左氏》，……又谓《春秋》一经，必合传方备，离传则《春秋》为空文矣。……一日阅至“虞不腊矣”句，反覆于朱子秦始有腊祭之说，倦而伏几，忽梦一古衣冠丈夫，自称杜预，谓生曰：“子锐思于《春秋》，亦欲一登春秋之堂乎？”生唯唯从之。旋见殿宇峨然，金铺朱户，旁有甲胄执兵而立者，左关壮缪，右岳武穆也。入门见堂阶甚高，伛偻拾级而

① 《凉棚夜话》续编卷上，第7—9页。

② 《凉棚夜话》续编卷下，第1—2页。

上，视其额曰：春秋堂。室中洞洞然，但列古竹简无数。杜上指曰："此经也。"旁指曰："此传也。"俄闻珮声琅然，二童子扶一老人出，朱冠绣裳，须眉苍古而双目皆闭。生伏谒，老人诏之起，曰："子于吾书颇能阐发新义，然有待剖者数事。夫妖异神鬼之事，史册以来，列代多有，孔圣不语神怪，但不语耳，非谓无也，何独于吾书而疑之？至于卜筮神验，缘迩时之人用心独精，传术亦异，故其言若操左券耳。后世小儒，目细于椒，胸黑如漆，遇此等处便群吠所怪，反加我以失诬之目，真可笑也。又我系孔圣同时之友，一经一传，互相发明，亦互相质证，而朱紫阳乃谓此传非我所作，推我为古之闻人，等于乌有先生无是公之例，且引'虞不腊矣'之句以为秦时始有腊祭，彼独不见《月令》'腊先祖五祀'之文乎！又谓司马迁但云左邱失明，非名明也。彼独不思孙子膑足，即名膑，岂左邱失明不可名明乎！执一字之疑而遽欲破千秋之案，此愚公移山之见也。女可将此数条晓谕世人，余无多谈也。"言毕即麾生出。逡巡下阶，见左厢一室有人囚首垢面，荷校而跪，头顶一巨石，上刻"春秋"二字。生问此何人，杜曰："此王安石也。生前废《春秋》不刻于学宫，目为断烂朝报，故令跪顶此石，陵迁谷变不能脱身也。"又见右边有清池，一囚系缧持一竹简，跪而洗之。曰："此胡安国也，缘彼生前党附秦桧，助成和议，诬蔑《春秋》以迎合高宗意旨，如召陵之役而讥为渎武，长勺之战而责其用兵，以至斥隐公，贬吴札，畔经藐传，种种谬悠，至使数百年竹册无光，尘垢坌积。罚令跪此洗涤，每一简费数十年磨濯不净也。"……①

此篇借左丘明托梦批朱熹"秦始有腊祭"之说，又批朱熹否定其为《左传》作者之说。又因王安石废《春秋》而罚其跪顶巨石，胡安国诬蔑《春秋》而罚其洗涤竹简，殆因方元鹍如

① 《凉棚夜话》，续编卷上，第22—24页。

篇中瓠落生，推尊左丘明及《左传》，容不得否定左丘明为《左传》作者及贬低乃至诬蔑《左传》之说，故令王荆公与胡安国受冥罚。

方元鹍《鼠精》与《儒林秘书》两篇作品构思巧妙，颇具讽刺意味，但阐发义理尚不够深入，对汉宋两家的批判亦停留在表层。《春秋堂》篇设想虽亦甚奇，但作者观点颇有可议之处，理据不足。在乾嘉时期有关汉宋之争的学术小说中，《阅微草堂笔记》和《新齐谐·续新齐谐》中有两篇最具代表性。纪、袁二公借小说故事深入探讨学术问题、发表学术观点，说理透辟，而又饶有趣味。

纪昀《阅微草堂笔记》卷一《滦阳消夏录》记朱子颖所言泰山经香阁故事①，谓一士人至岱岳深处，闻人语出于石壁，继而石壁中开，有耆儒下迎，谓此乃经香阁。其中所贮乃圣人删定的经书初本、历代官刊之本、私刊之本及唐以前诸儒经义。士人因四世前为刻工，故能得见。作者认为这个故事是尊汉学者的寓言，因经香阁中的耆儒解说经香之义表现了鲜明的尊汉倾向，对北宋以后经学“新说”对经典原旨造成的冲击深为忧虑：“汉代诸儒，去古未远，训诂笺注，类能窥先圣之心；又淳朴未漓，无植党争名之习，惟各传师说，笃溯渊源。沿及有唐，斯文未改。迨乎北宋，勒为注疏十三部，先圣嘉焉。诸大儒虑新说日兴，渐成绝学，建是阁以贮之。”纪昀转述这个故事之后借机阐明他对于汉宋之学的看法：“夫汉儒以训诂专门，宋儒以义理相尚。似汉学粗而宋学精，然不明训诂，义理何自而知。……盖汉儒重师传，渊源有自。宋儒尚心悟，研索易深。汉儒或执旧文，过于信传。宋儒或凭臆断，勇于改经。计其得失，亦复相当。惟汉儒之学，非读书稽古，不能下一语。宋儒之学，则人人皆可以空谈。……”作者力图消除门户之见，对于汉宋学术给予恰当的评价，这与他在《四库总目》中对于汉宋学术优劣的看法措辞一致。

① 《阅微草堂笔记》，第9—10页。

《总目》中称："夫汉学具有根柢，讲学者以浅陋轻之，不足服汉儒也。宋学具有精微，读书者以空疏薄之，亦不足服宋儒也。"① 但在作者的知识价值体系中，汉儒之学显然地位更高，因其学博实，而宋儒之学因人人皆可空谈，良莠混杂，其总体可信度与学术价值不免要打折扣。故作者认为朱子颖所说的这个故事并非无因而作。事实上，作者对于汉宋学术的评价与经香阁中的耆儒就颇相似，只是立场较为客观而已。

《续新齐谐》卷五《麒麟喊冤》则代表了袁枚对于汉宋学术的看法。作品写邱生幼习时文，屡试不售，故藐视程朱而从事于考据之学。后游学过峨眉山，为白额虎衔入深谷，得进仓颉所居文明殿，听殿中人谈经学千年公案。故事讽刺汉学家解经穿凿附会，如谓孔颖达生造注疏，"说郊天必剥麒麟之皮蒙鼓，方可奏乐。信如斯言，人主郊天一回，必杀一麒麟。麒麟何罪，遭此屠毒"②，故麒麟向天帝喊冤。汉儒之说行于天下将及千年，怨声大作，天帝以其气运已衰，欲召明心见性之人试其伎俩，仓帝于是带领宋儒上殿，"最后四人扛一大桶，上放稻草千枝，曰：'此稻桶也，自孔孟亡后，无人能扛此桶。唐人韩愈妄想扛桶，被我取他与大颠和尚书札，搜出真赃，把他所扛之桶多掀翻了，何况郑、孔，敢与我四人为难乎！'……"③ 试与他在《策秀才文五道》中对于宋儒道统的看法相对照，可看出小说正是文章中观点的形象化。在《策秀才文五道》中，他指出："而道者乃空虚无形之物，曰某传统，某受统，谁见其荷于肩而担于背欤？尧、舜、禹、皋并时而生，是一时有四统也，统不太密欤？孔、孟后直接程、朱，是千年无一统也，统不太疏欤？甚有绘旁行斜上之谱，以序道统之宗支者。倘有隐居求志之人，遁世不见知而不悔者，何以处之？或曰：以有所著述者为统也。倘有躬行君

① 《四库全书总目》卷一，《经部总叙》。

② 《新齐谐·续新齐谐》，第665页。

③ 《新齐谐·续新齐谐》，第667页。

子，不肯托诸空言者，又何以处之？毋亦废正统之说而后作史之义明，废道统之说，而后圣人之教大欤！”① 道乃空虚无形之物，不能荷于肩担于背，而在《麒麒喊冤》中作者用谐音以稻桶暗指道统，以四人扛稻桶的滑稽场景将宋学家的道统观推向荒谬的极致，极尽嘲弄戏谑之能事。作品结尾处更借天神之口云：“天故生此一流飧糠核而饱稊稗之人，或琐屑考据，或迂阔讲学，各就所长，自成一队。”② 对考据家与讲学家均表示了极大的不屑。但从这篇小说中也不难看出，作者对于汉唐经学注疏相当熟悉，讽刺汉学采用的正是以子之矛攻子之盾的方法，指出其注疏中种种悖谬不合情理之处以彰其非，颇有说服力。

上述文言学术小说是乾嘉时期浓厚学术氛围的产物，具有鲜明的时代特色，尤其是纪袁二公的两篇代表作直接触及学术界的热点问题，亦庄亦谐，妙语连珠，将严肃的学术观点化入轻松诙谐的人物语言中。虽然只有纪昀与袁枚这样的大家才能写得出这样的作品，学力、识力与文才不足者均难于仿效，故此期可称得上学术小说的作品为数不多，但它们在文言小说史上无疑值得重视，因其拓展了文言小说所能涉足的领域，在这一形式中注入了新鲜的思想与材料。尤其是袁枚的《麒麟喊冤》，篇幅曼长，想象丰富，形象生动，语言活泼、犀利，堪称杰构。

(二) 炫学小说

炫学小说指的是作者自觉或不自觉地在作品中显示、卖弄其知识与学问的小说，其所炫之学可分为三种：辞章之学、训诂考据之学与杂家之学。

1. 辞章之学

在小说中显示其辞章之学，其代表作为《燕山外史》。作品本事取自明代冯梦桢《窦生传》，以骈体写成，作者陈球自称“史体从无以四六为文，自我作古。极知僭妄，无所逃罪。第托

---

① 《小仓山房文集》卷二十四，见《小仓山房诗文集》，第1667页。

② 《新齐谐·续新齐谐》，第669页。

于稗乘，常希未减”①。事实上，用骈体写小说并非陈球首创，唐代张鷟已有骈体小说《游仙窟》。近现代学者们以为《游仙窟》国内久佚，近世方从日本传回。陈球未能看到，因此宣称“自我作古”。但潘建国先生发现《燕山外史》三陋居本胡文铨题词中有句曰：“丽制推张鷟，新编托董狐。”由此得出此书嘉庆时中土尚有流传的结论②。为陈球题词者当与其有一定渊源，题词者胡文铨知有张鷟《游仙窟》，则陈球亦有可能知有此作。他称“自我作古”，笔者推测应是其自认为《燕山外史》为史体，有本事可考，与《游仙窟》体裁不同，故敢于宣称“自我作古”。此外，《游仙窟》相对篇幅较短，叙述语言与人物语言中皆有不少非骈句者，且夹杂大量诗句，而《燕山外史》长达31000余字，全篇用严格的四六体写成，写作难度更大。

陈球用骈体改写一篇前代故事，既是他个人才性驱使，亦是时代风气促成。作者在《凡例》中称：“球在总角时，即喜读六朝诸体。长于本朝诸四六家，尤所研究。”可见他从小即喜好骈文，对于前代与当代作品均曾广泛研读。骈文在六朝盛极一时，由于受唐宋古文运动的打击而受到冷落，但在清代全面复兴，清初骈文大家有毛奇龄、陈维崧，乾嘉时期更是群星灿烂，指不胜屈，如胡天游、邵齐焘、袁枚、汪中、洪亮吉、孙星衍、吴锡麒、凌廷堪、孔广森、阮元等等。清代骈文复兴受到考据学的影响，这已为学者们所注意③。从《燕山外史》中亦可看到考据学兴盛时代博学广闻学风对小说创作的影响。

骈文文体本讲究用典，乾嘉骈文家因受尚博好古的考据风影响，多半也以用典为有学问的外在标志。《燕山外史》之所以能将一篇短短的《窦生传》扩展成3万余言的中篇小说，主要靠

① 《燕山外史·旧例》，光绪五年（1879）上海广益书局印行。版本下同。

② 参见潘建国《新见〈燕山外史〉清稿本考略》一文，载《明清小说研究》2008年第1期。

③ 参见马积高《清代学术思想的变迁与文学》，第105—110页，长沙：湖南出版社，1996。

用典对原作进行铺陈、充实。作者将原作作为底本，逐句扩展。因此，虽然故事情节并无增添而字数却多了十多倍，毫不夸张地说，这基本上是用典的结果。冯梦桢的《窦生传》是一篇千余字的文章，以极为简洁、质朴的文辞叙述了一个曲折复杂的故事，由于基本上没有展开描写，只相当于一个故事梗概。陈球选择这篇文章作为底本，除看中了它提供的故事框架外，更是由于原作有骨无肉，他可以大加润饰铺陈，以显示其才藻。如《窦生传》中写窦生之友马遴的身份只有短短的一句："有友马遴者，黄衫客流也。"而《燕山外史》则据此铺衍成了一段：

> 生有友马遴者，字子衡，绛帷右族，铜柱后人，家近上元，年方中寿。其人也，眼大如箕，须张似戟，喜击剑，好挥金，轻死生，重然诺。精知风鉴，承郭璞之真传；善识星禽，得严遵之秘授。慷慨丈夫志，跌宕古人心。满腹皆书，不屑寻章摘句；一身是胆，何辞蹈火探汤。貌类虎头，每怀投笔；力雄猿臂，最善挽弓。①

因其姓马，就用了"绛帷右族，铜柱后人"二典，原作写其为黄衫客流，作者就选择相关典故，从其气概、秉性、状貌、道术、为人等方面细加铺陈，虽然所用典故多为熟套，如作者自言"鄙作间有活剥旧句，非敢有意剽窃，实因语在口头，信乎（詹按：'乎'为'手'之误）刮用耳"②，但较之原作，陈球笔下的侠客形象显然丰满得多。又如原作写窦生因思念爱姑成疾，"有知其隐者，伪托能为昆仑事，醉生以酒，潜以村妓荐寝。生察知，患甚，病转剧"。陈球将这一情节扩展为千余字的细腻铺叙。原作仅言村妓，陈球据此详加形容：

> 悬秦镜于螭庭，奸形悉露；燃温犀于牛渚，怪状毕呈。绝非桃叶之名姝，却是杨花之下妓。始望许飞琼向蕊宫谪下，岂知鸠盘茶从鬼国飘来。历齿蓬头，备具非常之丑；涂

① 《燕山外史》卷四。

② 《燕山外史·旧例》。

> 唇抹靥，又加不洁之蒙。身住东施，音操北鄙。发何种种，口更期期。臃肿腰肢，偏植金城之柳；蹒跚足样，移栽玉井之莲。年比季隗，长加一倍；貌同嫫母，寝过三分。①

这一段几乎一句一典，从面貌、嗓音、身段、谈吐诸方面以漫画式手法极写此妓的老丑、村俗。用了这么多典故，花费了这么多笔墨来形容一个丑妓，虽然是为窦生察知真相后的失望与愤怒作铺垫，但亦有夸张与啰嗦之嫌。

从以上举例可看出，《燕山外史》用典有穷举的倾向，作者将与描述对象有关的典故尽其所知倾筐倒箧地用上，袁枚谓"人有满腔书卷，无处张皇，当为考据之学，自成一家。其次则骈体文，尽可铺排"②，陈球正是以在骈文中大量用典显示他的博学。但他用典往往有堆砌与冗沓之病。过于密集，又不避熟典，陈腐的套语不仅传达不出生活的新鲜，还钝化了读者的感受。这样即使文中有一些清新、生动的段落，也如沙中之金，被掩去了光彩。又由于整部作品全是叙述语言，没有人物语言，更显板滞。乾嘉时期骈文大家如汪中、洪亮吉用典求精、求雅，力避陈俗，以达意为上，并不一味炫学，陈球的学力与文学趣味显然远远达不到这个层次。

2. 考据、训诂之学

在小说中大讲考据、训诂之学的，以宋永岳《志异续编》为最。作品卷一《王希乔》写王希乔遇狐仙事，这是《聊斋》以来传奇小说中常见的题材。但作者让狐仙大讲考据，则颇出常格。王希乔因偶阅小说所载仙姬狐女事，不无冥想。一夜三更，有二女郎前来相邀，谓娘子久慕芳名，请即同行。王随至一宅第，俨然阀阅之家。娘子出见，为一十八九佳人。此女坐定即谈学问：

> 女曰："夙闻先生博览经史，必多心解。未审诸史中果

① 《燕山外史》卷一。

② 袁枚：《随园诗话》卷五第33条，第146页。

谁为最?"

生曰:"顷读《资治通鉴》,觉字字精密。"

女曰:"《通鉴》自是千古不磨之书,但亦有疏处。如元朔元年匈奴二万骑入汉,杀辽西太守,略二千余人,围韩安国壁,又入渔阳、雁门云云。韩安国于元光六年为将军,屯渔阳。此云围安国壁,为入渔阳可知,而云又入,非疏而何?"

生服其精卓。①

这位娘子挑出了《通鉴》记事的一个疏忽,是在对历史事件发生的先后作了一番考据之后得出的结论。接下去她又指出王生解读《诗经》所犯的错误,及其制艺文对于《论语》中文字的误解,并慨叹不仅王生一人有此误解,"举世愦愦,谁能自求真解?况司举业家又皆人云亦云,不独先生为然也"。王生所犯错误均因对于某字的解释错误而造成对于经典原意的误解。乾嘉考据学者注重由文字音训以明经达道,所谓"训诂声音明而小学明,小学明而经学明"②,从狐女的话中可见宋永岳对此颇有会心。卷二《周秉礼》中的狐女评论周之诗文,谓其"句读与音俱错,焉有佳文",又认为"识字何难?能识作字之源,并识古今沿革,乃可贵耳",从狐女们的这些议论中可以看出作者对于考据学和文字学的研究方法颇为了解。

卷五《曹元吉》亦涉考据。作品记曹元吉一夜投宿一老翁家后园茅亭,闻池外楼上二女论诗,复论缠足。一女以为四姨天姿过人,"惜不缠足,致令绝世风姿减色,殊堪恨恨",另一女不同意此说,曰:"丰姿乃由天授,岂关乎足之大小?"一女乃引诗中咏美人纤足诗为缠足辩,另一女则引咏素足诗以证古人不缠足,并谓"人之一身,头圆象天,足方象地,乃天然形质。

① 《志异续编》卷一,丁丑(光绪三年,1877)申报馆本。

② 《王石臞先生遗文》卷二,《段若膺说文解字读叙》,见《高邮王氏遗书》,第5册。

至于矫揉造作，务极纤小，乃六朝昏淫惑乱之所为，圣人断无此制”，一女以另一女所言缠足起于六朝之说未深考，引《史记》所云“临淄女子弹弦缠足”，又云“揄修袖蹑利屣”，证缠足之风由来已久，并质疑：“阿姨乃欲一人矫俗耶?”这篇小说借两女对话作了一篇缠足考与缠足论，作者显然反对缠足，但又意识到此风由来已久，矫俗不易。这篇小说比起后世某些为缠足之风寻找根据与渊源的缠足考之类显然高明得多。

《志异续编》中大谈训诂与考据的篇章还有卷四《吴稽言》、《杜自得》，卷六《曾允吉》、《殷循复》，卷七《金玉相》等篇。考据用得好的如《曹元吉》，乃表达小说主旨所必需，但多数篇章则是因为作者本人有考据癖，忍不住将他的心得借他笔下主人公之口说出。作者自然是一吐为快，但让篇中人物大讲考据，连篇累牍，终究让人厌倦。

其他乾嘉文言小说中亦有不少涉及考据、训诂之学者，如《无稽谰语》卷四《女鬼谈诗》篇写山阴名诸生周生居萧寺读书，乞巧前一夕见窗外一少妇偕一女子联肩坐磐石上，少妇谓周生腐儒，咿唔令人不耐，女子劝其莫管窗中事，且谈风月。先论咏月之诗，女赏大晏“梨花院落溶溶月”句。论诗，二人皆以三百篇为诗教之祖，两晋三唐宋元明皆不入其法眼。妇又批朱子注《诗经》“纰缪不少”，并连举数例，如谓“‘南有乔木’一章，每句以‘思’字落韵，而首句独不然者，盖‘息’字即‘思’之讹。紫阳不知更正，鲁鱼亥豕，何可训也！又如‘下武维周’，‘下’字明对‘在天’而称，谓在下之武王可上配乎在天之三后。朱子谓‘下’字当作‘文’字，谓文王、武王寔造周室，独不思下文‘三后’为太王、王季、文王，既属重复，而‘配京’一语则又单承武王，首尾绝不相应。世皆奉为名诠，吾窃以为武断”①，不一而足。女提议联句以消永夜，正吟哦间，

① 《无稽谰语》卷四，第11—12页。甲寅（乾隆五十九年，1794）兰皋居士自序刻本。

周生疾呼，请赋“月出皎兮”章。女以诗讥之为“风魔”，乃与妇踏月而去，至西廊下冉冉澌灭。生诘朝见西廊槅柎二，乃知少妇与女为鬼。情不能释，赋诗吊之。王兰皋在此篇中借二女鬼之口，以显其经学考据功夫。批朱熹解经、注经之失亦为当时士人风气。

3. 杂家之学

许桂林的《七嬉》是乾嘉文言小说中杂家小说的代表。书中收有七篇作品①，均为才学之作，涉及灯谜、音韵、算学、棋法等学问与知识。书中第二篇《冰天谜虎》与第七篇《幻影山得冰天谜虎全本》是人物与情节前后照应的两个故事。前者写伊犁将军之记室吴明试于叶尔羌赴伊犁途中，因冰山陡裂，坠人冰天中，见此地窗槅上尽粘灯谜，吴素有谜癖，一一猜去，主人为之叹服。冰天以灯为光，“灯有一大球而缀两小球者，有一大球而缀四小球者”，主人欲以此考吴数算之学，不知吴亦擅此学，他请主人告诉他大球与小球的总数，然后立即报出了五球之灯与三球之灯的数目，主人佩服他的敏捷。吴猜谜意犹未尽，主人曰:“后五年，君至幻影山，吾灯谜全本在其处。君当自见之。”第七篇即写吴明试在幻影山的经历，除收录冰天主人谜虎全本外，主要涉及音韵之学。吴明试至幻影山，山前石坛上题名以反切出之，谓“会万一顷商关”，他开始不明所以，“疑此课税所也”。他在幻影山遇一老人授以《传声谱》，书前小序中谓“传声之戏，出于翻切”，乃“文士之雅技也”。音韵学是许桂林嗜好并钻研极深的学问，除此篇之外，其他篇中亦有涉及，如用切音和双声叠韵玩名称游戏，即屡见于书中第六篇《鹦鹉地》中。《鹦鹉地》写一个奇士至鹦鹉地，历游天外（作者用切音标

① 薛洪勣《传奇小说史》第362页提到《七嬉》，谓其“二卷八篇（失传一篇）”，笔者所见道光丁酉刊三味堂藏板《七嬉》书前饲鹤山人序解释书名渊源曰：“惟《七发》滥觞于枚乘，楚骚之遗也。栖云野客以惊才绝艳，仿《南华》、《博物》，演成七篇。”则本书应即七篇，不知薛先生之说何据。

为“汀烟微快”）之俗界、花界、香界与慧界四界。四界的境界依次提高，能进入的人亦愈来愈少，如最高境界慧界就只有通诗书者方可进入。香界与慧界应是作者心目中理想的乐土，不但风光美如仙境，其中人物亦俊朗潇洒，全不受俗礼所拘。

第五篇《洗炭桥》写彭祖本来长生不死，因自矜其智，终于被鬼抓去，只活到799岁的故事。这是作者受《镜花缘》的启发，将一篇旧作改写而成的。作者在篇中自述曾在云台山听到彭祖故事，觉得很新异，“以小文叙之。但直叙众鬼捕彭祖不获，后遇洗炭者。未免寥寂。顷见松石道人作《镜花缘演义》初稿已成，将付剞劂。其中有酉水、巴刀、才贝、无火四关，寓警世之旨。因取其意，润色为甲乙至庚辛八鬼事。八鬼之外，其事皆相传旧话，余无所损益也”。《镜花缘》第九十六回写到武氏弟兄布下四座大关，“北名酉水，西名巴刀，东名才贝，南名无火”①，即酒、色、财、炁之意，“酉水”云云用的是拆字法。作品第九十六至九十九回即写义兵破此四关之事。许桂林仿效这一构思，设计了从甲乙至壬癸十鬼，它们受阎王派遣，两个一组，先后来捉彭祖，甲乙至庚辛四组八个鬼分别代表酒、色、财、气。其中彭祖对付甲乙与庚辛两组鬼用了算学与棋术。甲、乙二鬼嗜酒，彭祖乃以酒诱之，而提供的酒器则一个能盛七斤，一个只能盛三斤，如何将酒分均匀，这里隐藏着一道算术问题，彭祖帮它们将十斤酒对半分开，二鬼痛饮，醉后身体缩小如初生儿，彭祖将其置于酒瓮内，制服了它们。庚、辛二鬼气盛，彭祖设计了一个极难的棋局，勾起二鬼的好胜之心，言明败者须入蒸笼，二鬼皆输，不得不入蒸笼，因此化为了热气。

《七嬉》书前作者自识曰：“业精于勤，荒于嬉，一之已甚，其可七乎！虽然，以文嬉，嬉而未荒也，但非有用之业耳。”但又指出造物尚不能无嬉，以文嬉可以破岑寂、佐笑谭，“犹贤于博弈”，并自信“余之嬉必有好之者”。从上述《七嬉》故事内

① 李汝珍：《镜花缘》，第721页，北京：人民文学出版社，1955。

容可以看出，作品的人物与情节安排多为展示某种学问与知识服务。作者在解谜、算题、解棋局与用反切标字等活动中得到了极大乐趣，他写作《七嬉》就是要把这些学问与技艺的有关知识公诸同好。而从每篇后面他人的评语看，他的同好也的确不少。但对于不好此道的读者来说，在小说中用大量篇幅罗列谜语、讲解棋局与传声谱之类，则令人厌烦，甚至如看天书，不得其解。

虽然《七嬉》存在着堆垛学问与知识的毛病，但它的优点也是很突出的。七篇作品均篇幅曼长，故事全出于虚构，有种种出人意料的奇思异想，为前此文言小说中所未见。作品风格清新、优美。作者对于各种学问与技艺的兴趣流露出儿童般的好奇心，极富感染力。同是炫学之作，《七嬉》洒脱自如的名士风范是俗丽的《燕山外史》、学究气的《志异续编》无法相比的。

二、《扶风传信录》：以考据家治史的方式编写小说

乾嘉学者治史注重对于史籍与史实进行精细的考订与辨析，以翔实可靠的资料考订讹误，排疑解难。王鸣盛甚至将这一点作为历史学的唯一目标，认为“作史者之所记录，读史者之所考核，总期于能得其实焉而已矣，外此又何多求邪”①。虽然这一观点不免偏激，但它正体现了其时史学家辨伪求真的追求。作为金石考据家的吴骞将考据家治史的这一追求贯彻到了《扶风传信录》的编写工作中，力图让一桩小说故事看上去有历史的真实感，以所谓的第一手证据来驳斥伪误之记载。

书前吴骞序中交代编写缘起云：

> 康熙中义兴许生遇狐仙胡淑贞事，世竞传说而文人学士登诸载记，如王渔洋《居易录》、钮玉樵《觚剩》、徐竹逸《会仙记》、新旧《宜兴县志》等，不一而足，均未免参差伪误，所谓传闻异词也。友人任茂才安上示予一编曰《叙事解疑》。视之，即许生大父可觐亲笔著录，皆其祖若孙当

① 王鸣盛：《〈十七史商榷〉序》，乾隆丁未（1787）新镌，洞泾草堂藏板。

> 日身与诸娃晨夕往还问答馈遗之事。年经月纬，排日按时，晦明风雨，历历无爽，较得之传闻者为确凿可据。①

许生遇狐仙故事广为流传并且有各种记载，而这些记载互有不同。吴骞称其友人任安上为他提供了许生的祖父对于此事的亲笔记载，这自然是有关此事最可靠的第一手材料。作品欲取信于人，往往强调材料的直接可靠，吴骞正是希望以这么一份当事者的亲笔记录来驳斥他所谓的传闻异辞，让读者以他的文本为准，故书名明标“传信录”。出于这一目的，吴骞在编纂本书时，将与许生遇狐仙故事相关的资料全部收入，正文之后附有《青青柳传》，记狐仙侍婢青青柳轶事。又在附录中收录七种本事资料，计有：徐喈凤（竹逸）《会仙记》，阙名《后会仙记》，王渔洋《居易录》中有关记载，《觚剩》中有关故事，汪启淑《水曹清暇录》中所记于某人扇头所见狐仙所书诗，《宜兴县志》与《修宜兴县旧志》中有关记载。附录中有关本事的记载可分为三个系统。《会仙记》与《后会仙记》为第一个系统。《宜兴县志》所记为《会仙记》概要，作者同为徐竹逸。《修宜兴县旧志》则综合《会仙记》与《后会仙记》而作。《居易录》中记载为第二个系统，《觚剩》中所写为第三个系统。第一个系统与《扶风传信录》最为接近。而第二、第三个系统则与之差别极大。吴骞虽然没有逐条将所谓的传闻异辞与许可觐《叙事解疑》进行对勘，他的意图则是十分明确的，即让读者从比较中鉴别真伪。这从书前所载任安上《与吴拜经书》中看得更清楚：

> 《叙事解疑》一帙，珍之五十一年矣。以为枕中鸿宝，足佐千秋秘笈。又尝谓吾邑遗事，惟此可以上匹国山一考。故陶山问之于前，简斋询之于后，安上皆靳之而不出。若两《会仙记》，邑中尚少副本，故未免传伪，何怪此事之三写成乌。即如《觚剩》载蛟桥幻遇，开口便错。所遇之处乃东关桥，其相从所即今莫仁兴酒肆之楼也。非止翁老人亲笔

① 《扶风传信录》，《拜经楼丛书》本，壬戌岁上海博古斋影印，版本下同。

记载，世且认河汾赝鼎为商周法物，未免厚诬。

任安上指出《觚剩》所载“开口便错”，将许生与狐仙相遇与相从的地点这种最基本的情况都弄错了，遑论其余。事实上，不仅细节，《觚剩》与《居易录》在狐女前生的朝代以及她离开许家的原因这种大关目上均各持一说。《觚剩》记狐仙谈论宫闱事，“于汉时尤详”，则或为汉时人。写她别去是因为过访之人太多，颇厌嚣烦。而《居易录》中狐仙自言前生为唐开元宫中人，离开许家是因为许父投诉城隍，知翁有疑心，自觉无面目再住下去。两书所记均大异于《扶风传信录》。

从吴骞的序与任安上的信中可以看出，首先，他们将这桩轶事当作历史事实来处理；其次，他们让读者相信，由于他们掌握了见证人的亲笔证据，也就掌握了事件的真相，于是他们有资格评判其他有关记载，并将与他们的记载不一致者称为传闻异辞，深表不满。这样，《扶风传信录》的问世就有以公布原始证据的方式以恢复历史事件原貌的意义。

为表明《扶风传信录》确实是根据《叙事解疑》删改而来，吴骞自称他在得到任安上提供的《叙事解疑》后，并未将其原封不动地刊刻出来，原因是吴骞对于许可觐的原作不满意。他在序中指出：

> 惜可觐虽老诸生，通文义，未及援据史传，叩以当日宫闱之事，如伶元之遇通德，使人有占灯拥髻之感；又不能博征仙典，究论还丹度世之术。而所记皆寻常世俗杂务，且其辞不达意者间亦有之。爰稍翦其繁芜，并取诗辞之近雅者，著《扶风传信录》一卷。

吴骞是一位博通经史、旁及百氏的学者兼藏书家，而许可觐只是一个通文义的老诸生，学识无法与吴骞相比。因此吴骞在序里惋惜一段本来深具历史感与仙气的故事被写成了寻常世俗杂务的流水账。他举出伶元（玄）作对比，旧说伶玄遇樊通德，将其所叙赵飞燕故事写成《飞燕外传》，多涉宫闱秘事。许丹忱所遇的狐女称自己宋时为宫娥，丹忱时为宫监，相与有情而不谐夫妇。阅今七百年，特来了此宿缘。许可觐虽有与狐女通话的机会，却只是担心孙子年少为狐女所魅，而且，以他的学力，也想不到“援据史传，叩以当日宫闱之事”，以致他的记载中只提及狐女前生为宋时宫娥，其他情况均付阙如。这显然是究心史学的吴骞深以为憾的。至于吴骞提到的“博征仙典，究论还丹度世之术”，那就更非许可觐学识之可及了。

虽然吴骞对于所谓原作内容的先天缺陷提出了委婉的批评，但他指出自己在改编时却并未对原作进行增饰、修改，以达到他所期望的水平。这给读者造成他尊重原始材料的印象。他本可以运用自己所掌握的历史知识与道教知识对原作进行充实、加工，但他却只是对原作进行了改编。从序中看，他所做的工作主要有两方面，一是将作品形态由原书的日记体改为编年体（由第一人称改为第三人称），正文记事自康熙二十一年（1682）正月十一日许丹忱与狐仙于三里桥邂逅始，至康熙二十五年（1686）五月止，“年经月纬，排日按时”，某日狐仙或其婢女等与许家有联系之事即载之，写法类似起居注。二是删剪其繁芜之辞，取其诗词之近雅者，辑录成书。不过，现存狐仙与许丹忱赠答之诗词仍多鄙俚，如狐女的《咏镜词》、《咏针词》之类，完全是民间俚曲的风格。这亦可向读者表示他并未润色、加工。

从吴骞自序其编写《扶风传信录》的目的与原则可以看出，他处理小说轶事采用的是历史考据式方法，作为一个严谨的学者，他深知记录一桩事实，因没有可靠材料而出现与事实不符的错误，是一种不负责任的行为，厚诬古人又贻误后人。他告诉读者他的《扶风传信录》是“据许可觐《叙事解疑》亲笔纂辑（此书副标题）”，这样《扶风传信录》就是一部用直接证据重现历史原貌的著作，它的面世就能使后人不至于因传闻异辞而对此事所知不确。他又强调自己在处理材料时，即使对于《叙事解疑》的写作水平并不欣赏，却也力求忠实于原作，只作他认为必要的文字剪辑。将他编写《扶风传信录》的原则与他撰辑《国山碑考》所用的方法相对照，正可看出两者的一致性。国山碑是吴主孙皓所立，其文始著录于《云麓漫钞》，历代记载均有伪误。吴骞对此碑作了多次实地考察，“于是为之图说，为之释文，为之考核辨正，并荟萃古今人题咏及古迹之与是山邻近者，咸裒为一编，名曰《国山碑考》”①。虽然在金石学家眼中，一件轶事的价值不能与一个古碑相提并论，但二者均是写作和研究的对象，因此他的处理方法亦相似。由于吴骞受史学家的小说观所限制，将考据家治史的方法用到一桩小说轶事上，造成了艺术上的损失。假使吴骞并不刻意要给读者造成真实感，以一个文士而非考据学者的态度对待这桩轶事，他可能会驰骋想象，挥洒文才与学识，将作品按自己的趣味写成一篇更为精彩的小说。

三、求实精神与戏拟传奇作品

凌廷堪为戴震作事略状，系以论曰：“昔河间献王实事求是。夫实事在前，吾所谓是者，人不能强辞而非之；吾所谓非者，人不能强辞而是之也。如六书、九数及典章制度之学是也。虚理在前，吾所谓是者，人既可别持一说以为非；吾所谓非者，人亦可别持一说以为是也。如理义之学是也。”② 实事求是是从戴震到王念孙、王引之父子治学遵循的根本原则。从语词渊源上看，实事求是是一个古老的命题，远在汉代就有“修学好古，实事求是”的记载③。但是，把它提升为一种治学准则，并使之蔚为风气，却是乾嘉学者们大力倡导与推行的结果。戴震是首先阐扬并严格遵循这一原则的学者。它体现了一种深具科学精神的思维方式：“盖无论何人之言，决不肯漫然置信，必求其所以然之故；常从众人所不注意处觅得间隙，既得间，则层层逼拶，直到尽头处；苟终无足以起其信者，虽圣哲父师之言不信也。”④

① 卢文弨：《〈国山碑考〉序》，《拜经楼丛书》本。

② 凌廷堪：《校礼堂文集》卷三十五，《戴东原先生事略状》，嘉庆十八年（1813）宣城张氏刻本。

③ 见《汉书》卷五十三《河间献王传》，第2410页，北京：中华书局，1962。

④ 梁启超：《清代学术概论》，见《梁启超论清学史二种》，第28—29页。

胡适亦认为："中国旧有的学术，只有清代的'朴学'确有科学的精神。"① 这种科学精神是一种冷静而严格的探索精神，它依靠坚实的证据与缜密的逻辑，他认为："清朝的'汉学家'所以能有国故学的大发明者，正因为他们用的方法无形之中都暗合科学的方法。钱大昕的古音之研究，王引之的《经传释词》，俞樾的《古书疑义举例》，都是科学方法出的产品。"② 乾嘉学者如王氏父子能够从文字训诂入手，揭示出经典的原旨，正与他们这种富于科学精神的实事求是的治学态度分不开。将这种求实精神用于文言小说创作，容易产生的一个倾向就是用对待学术研究对象的方式看艺术对象，以生活理性剥去艺术想象与虚构，追究人物与故事在真实生活中合乎常理的本来面目。

这种倾向以纪昀为代表。《阅微草堂笔记》卷十四《槐西杂志》（四）记某宠婢为嫡所卖后形去而神归的故事，因据此事推测"离魂倩女，其事当不过如斯，特小说家点缀成文，以作佳话。至云魂归后衣皆重著，尤为诞谩。著衣者乃其本形，顷刻之间，襟带不解，岂能层层搀入？何不云衣如委蜕，尚稍近事理乎"。这里就是用事实来推测小说故事的本事，并用生活常识来批评小说故事中不合生活事理的细节。书中类似的故事与议论还不少。卷九《如是我闻》（三）记其家婢女连贵与圉人刘登离合事，作者叔父认为"此事稍为点缀，竟可以入传奇"，只是恨此女粗蠢，不称点缀。作者友人边随园乃举《西楼记》中穆素晖的例子，谓剧中称她艳若神仙，而据目击者称则是"短小而丰肌，一寻常女子耳"。他由此得出结论，曰："然则传奇中所谓佳人，半出虚说。此婢虽粗，傥好事者按谱填词，登场度曲，他日红氍毹上，何尝不莺娇花媚耶？"③ 这虽然是作者朋友的观点，

① 胡适：《清代学者的治学方法》，见《胡适文存》一集卷二，第285页，合肥：黄山书社，1996。版本下同。

② 《论国故学（答毛子水）》，见《胡适文存》一集卷二，第322页。

③ 《阅微草堂笔记》，第180页。

也未尝不是作者自己的看法。卷九《如是我闻》（三）又记某僧之言神仙感遇之事："古来传记所载，有寓言者，有托名者，有借抒恩怨者，有喜谈诙诡以诧异闻者，有点缀风流以为佳话，有本无所取而寄情绮语，如诗人之拟艳词者；大都伪者十八九，真者十一二。此一二真者，又大都皆才鬼灵狐，花妖木魅，而无一神仙。其称神仙必诡词。夫神正直而聪明，仙冲虚而清静，岂有名列丹台，身依紫府，复有荡姬佚女，参杂其间，动入桑中之会哉?"① 卷十三《槐西杂志》（三）记一女伪称为狐女骗取钱财事，作者之友周书昌因言："是真狐女，何伪之云？吾恐志异诸书所载，始遇仙姬，久而舍去者，其中或不无此类也乎!"② 从作者与其友人的议论中可以看出，他们是在用理性的目光审视戏曲传奇与小说故事，作家们对于生活素材的缘饰与加工之处甚至作家本人尚未意识到的隐情都逃不过他们敏锐的观察与推理，而作品中违背事理与情理的虚构与想象就更成为他们批评的靶子。

用这种态度进行文言小说创作，就出现了与戏曲传奇和传奇小说唱反调的作品。其时《聊斋志异》中书生与狐女的艳遇为不少年轻士人所向往，而其故事模式也被一些传奇小说所袭用，以理性的眼光看，这类故事自然是幻诞的情爱白日梦，于是对于传奇的攻击也就集中在这一类故事上。作家们因此写出了颇具讽刺意味的"戏拟"之作。如《阅微草堂笔记》卷十三《槐西杂志》（三）中记董秋原所言东昌某书生事，此人"稔闻《聊斋志异》青凤、水仙诸事，冀有所遇"，一日路遇一中年华服女子与一韶龄美女，中年女子谓"此郎即大佳，可延入"，乃邀至家。这个故事的开端与《聊斋》型艳遇故事并无二致，不但东昌书生，习惯了《聊斋》模式的读者亦会产生心理预期，以为此后得如《聊斋》中艳遇故事，不意女家第请其为傧相。书生自然大失所望，读者也有预期落空的诧异，同时觉出了故事的讽刺效

① 《阅微草堂笔记》，第189页。
② 《阅微草堂笔记》，第310页。

果。与之相似的则有《志异续编》卷一《邵常》。邵常家道中落，屡试不第，婚姻难就，“自念《聊斋志异》与《夜谭随录》中所载狐鬼莫不丰姿袅娜，吐属风雅”，思为狐鬼婿，“于是凡经墟墓及幽壑深林辄以此意自白”。山神鉴其心诚，愿为作伐，赘于镇山元帅之女。邵问女貌如何，山神曰“明眸皓齿，人间所无，八字尽矣”。邵喜而诺，明日成婚，见此女则状貌狰狞，俨然一夜叉。惧而求免。后每言及惟骂山神欺人。作者调侃说：“愚谓山神并未欺人。明眸皓齿八字一字不虚。不过眸太明而齿太皓，此其所以为人间所无。”这也是一个艳遇落空的故事，不过与东昌书生故事不同的是，它是用意想不到的对象消解艳遇故事中书生遇美女的模式。在艳遇故事渐成俗套的乾嘉时代，戏拟作品以讽刺与调侃显示了对它的不满，事实上这类故事也确实陈陈相因，令人厌倦。纪昀笔下书生的情爱幻想最终为真实生活所击碎；宋永岳则有意用荒诞的想象将预期中的艳遇故事变成一出恐怖剧和闹剧，这对于《聊斋》以来艳遇故事的传统无疑是一种颠覆，常识与理性在此成为约束传奇小说中不切实际的情爱白日梦的手段。

综上所述，笔者认为，乾嘉时期浓厚的学术氛围与学术争鸣直接引发了学界人物创作学术小说的动机，而整个社会崇尚博学的风气更使以学问为小说成为文言小说创作中的一股潮流。乾嘉考据学的基本原则与精神也在此期作品中有所体现。以才学为诗的宋诗曾遭到严羽的批评，以学问为小说的乾嘉文言小说如果律以唐传奇与《聊斋志异》中的篇章，亦是文言小说中的别调，但比起同期的一些因袭之作，毕竟还能有自家面目，反映出一个时代的风气。虽然过分炫耀学问会损害作品的艺术表现力，但不可否认，学术小说和炫学小说的出现丰富了文言小说的创作成果。

第三章 乾嘉文言小说的艺术开拓与尝试

乾嘉时期在文言小说发展史上可称为“标新领异的繁荣期”①，这一时期的文言小说作者在艺术上进行了一些有益的开拓与尝试，在文言小说的体制、形式与写作方法诸方面均作出了积极贡献，也为后人留下了一些失败的教训。本章选取三部代表性作品，以个案分析的方式对此进行具体研究。

本期涌现出了众多优秀的文言短篇小说集，最负盛名者自然是《阅微草堂笔记》，另如《新齐谐》、《夜谭随录》、《六合内外琐言》等均值得做专题研究，但我们从中只选取了《谐铎》，这首先是考虑到《谐铎》在文言短篇小说体制上的独特贡献。《谐铎》中每一篇都是精心结撰的小说，艺术水平较高，作者对全书的结构与布局亦有整体安排与构想，全书风格统一，体例一致。这在乾嘉文言短篇小说集中为仅见。《新齐谐》与《阅微草堂笔记》中都有不少非小说作品，并且皆是随笔而录的笔记，虽然其写作水平冠绝一时，但如果把它们作为文言短篇小说来研究，则其体制与形式方面的独创性较《谐铎》显然大为逊色。《夜谭随录》与《六合内外琐言》虽是文言小说专集，但亦无《谐铎》那样的整体布局与安排。其次，《谐铎》有强烈的现实批判性，作为一部寓意小说集，它成功地运用了各种讽喻方式，达到了这一创作意图，这在乾嘉文言小说中亦具有代表性。

在中长篇小说方面，此期产生了一些文言小说史上罕见的或

① 薛洪勣先生在他的论文《明清文言小说的发展历程》（刊于《社会科学战线》1990 年第 2 期）一文中有此提法。

从未出现过的体制与形式，如骈体的《燕山外史》、编年体的《扶风传信录》和长篇章回体式的《蟫史》，本书第二章已讨论过前两部中篇作品，其艺术成就均甚平庸，而且其体制在文言小说史上亦有先例，并非独创。自传体小说《浮生六记》脍炙人口，沈复自称少年失学，此书“不过记其实情实事而已。若必考订其文法，是责明于垢鉴矣”①，作者也的确没有刻意经营与雕饰，而是直抒胸臆，以真情动人，前人与时贤对此多有评论。本章不选它作个案分析，而选取文言小说史上的第一部长篇小说《蟫史》作为代表，因为后者具有文体开创意义，而且它更能反映以学问为小说的乾嘉特色。鲁迅先生《中国小说史略》将它列为以小说见才学者，它的衍古性构思及复杂的文体特征等是以学问为小说的风气在艺术构思和小说形式方面的突出表现。这部作品所展现出的才华与所显露的缺陷均甚突出，具有鲜明的个性，虽然不能称为一个成功的尝试，但它的失败之处亦值得研究。

本章选取的第三部代表作品是《西青散记》，这是一部日记体笔记，它的艺术成就颇高，书中的双卿故事自20世纪20年代至今两次成为研究者们关注的热点。作者虽然采用实录型的日记体，但却以小说方式记述虚构事件；虽然也注重故事的可信性，但却又留下了不少漏洞与疏忽，未能做到令人信以为真。以今天日记体小说的标准衡量，它在作品结构与处理故事的方式上都颇有可议之处，不过，这并没有损害这部作品的艺术魅力，反而更增添了人们研读它的兴味，这是阅读史上的一个奇特现象。邱炜萲甚至认为：“蒲松龄生后，才人能握寸管作笔记小说而不为《聊斋志异》所掩者，沈之《谐铎》，史之《散记》是已。”② 从艺术独创性上看，这个评价还是恰如其分的。

---

① 《浮生六记》卷一，第1页，北京：人民文学出版社，1980。

② 《客云庐小说话》中《续小说闲评》（二十则），见阿英编《晚清文学丛钞》（小说戏曲研究卷），第394页，北京：中华书局，1960。版本下同。

第一节 《谐铎》的艺术追求与创新

在乾嘉时期文言小说中，《谐铎》是名气颇大的一种。吴梅先生谓沈起凤“生平撰述以《谐铎》一种最播人口，几妇孺皆知矣”①。蒋瑞藻《小说考证》引《青镫轩快谭》云：“吴郡沈桐威《谐铎》一书，脍炙人口，《聊斋志异》以外，罕有匹者。”② 这虽是溢美之词，亦可见此书受人喜爱的程度。《谐铎》的思想深度与艺术成就虽不堪与《聊斋》比肩，但却是一部颇富才气与新意的作品，在古代文言短篇小说集中可谓独树一帜。“谐铎”这一书名既体现了作者寓教于乐的写作目的，亦是他写作原则与创作方法的概括。正如马惠《〈谐铎〉跋》中所言：“本恻怛慈悲之念，为嬉笑怒骂之文；借蛇神牛鬼之谈，寄警觉提撕之慨。”从艺术形态上看，全书是一部寓意小说集③，它吸取了自先秦诸子中寓言故事、唐宋古文体寓意作品以至《聊斋志异》中寓意小说的创作经验，借鉴了戏曲传奇的一些表现手法，自成一家。作者选取与构想了一系列能体现其思想观点的故事，从题材上保证了寓意的可能，又调动种种艺术表现方法以造成谐的效果，并以作者点评进一步突出其创作意图。本书的“铎”，大旨皆本于儒家伦理道德规范的劝世警世之意，虽有一些流于陈腐庸俗的观点，但也不乏真知灼见；本书的“谐”，则指书中故事的趣味性与娱乐性，及其所体现的具有幽默与讽刺意

① 见吴梅《沈蒉渔四种曲跋》中《〈报恩缘〉跋》，《奢摩他室曲丛》第一集，第12册。据古香林原刻本影印。版本下同。

② 蒋瑞藻：《小说考证》卷七，第236页，上海：上海古籍出版社，1984。

③ 马振方先生《小说艺术论》将小说分为拟实与表意两种基本形态，认为表意小说“以表意为旨归，内容是超验的，非现实的，或是现实的变形变态，以奇思异想为意念、情感营造幻诞的形象结构，传达作家的生活感受和真知灼见”（第205页，北京大学出版社，1999），《谐铎》正是这样的表意小说，从其意蕴形态上看，它又是寓意型的表意小说。

味的喜剧风格。全书虽是短篇小说集，但其中篇章经过了作者精心安排与组织，体例一致，风格统一，非随笔杂录式的文言短篇小说集可比，在古代文言短篇小说集中堪称独步。

一、寓意的类型

中国古代寓意作品源远流长，战国时期诸子寓言的勃兴是寓意作品的第一个繁盛期，由此奠定了中国寓意作品的传统，唐宋寓意散文亦影响深远。虽然哲理寓言、寓意散文与寓意小说分属不同的文体，存在着本质区别，但前二者在故事类型与寓意方式上为寓意小说作家提供了一些可资借鉴的范式。至于魏晋至清初的寓意小说则更为乾嘉寓意小说提供了直接参考。

纵观自先秦寓言以来的寓意作品，可以发现有几种常见的故事类型，广为历代作家采用，主要有动物或器物的拟人化故事、神仙鬼怪故事、梦幻故事、精于一艺或长于某技的人物故事。第一、二类故事主人公即非人类，能产生较强的陌生化效果，使人一见作品内容即知作者言在此而意在彼，别有寄托，从而引导读者寻绎其或隐或显的寓意。梦幻故事则借助于梦这个人类至今不能作出完满解释的神秘的生理与精神现象，造成与现实疏离的幻觉。如果说前三种故事都具有相当程度怪异与幻诞的色彩，与现实拉开了距离，那么第四类是最近于常态现实生活的一种，主人公仅以其某一特长而有别于普通人。这四种典型的寓意故事类型在《谐铎》中均能找到。如卷一的《鸡谈》、《獭祭》故事即为第一种类型。前者将牝鸡司晨的成语形象化，以一只雄鸡与一只母鸡的对话，写出了司晨母鸡的心理，又以母鸡终遭主人烹杀的结局表明这种阴乘阳位的反常现象实乃祸阶，篇末作者以铎曰点明题旨，原来此篇乃其有感于阴盛阳衰的世风而作，用意在“愿天下处闺房者，持予雄辩，压彼雌风”。《獭祭》则写獭与鹯各陈其捕猎之道，獭善捕鱼，其术欲擒故纵，故取之不尽，鹯善捕鸟，每猎必聚族而歼，终以贪而丧命。獭哀其愚，设祭于江边，誓以鹯为鉴。此篇铎评仅谓獭欲贪故廉，阴谋更毒，对这个故事所影射的人世现象则任读者发挥联想。这两篇构思均根据动物的习性而寓意，以动物对话展开，与《庄子·逍遥游》中的“鲲鹏和斥鴳”、《秋水》中“埳井之蛙”等在故事类型上相似，但《庄子》中的故事是寓言，为说理服务，而《谐铎》中的《鸡谈》与《獭祭》等则是独立的小说，其描写也更为生动与细腻，情节更为复杂。

第二类故事《谐铎》中有不少，如卷三《老面鬼》与《遮眼神》，卷五《菜花三娘子》、《草鞋四相公》，卷十一《芙蓉城香姑子》、《扫帚村钝秀才》等等。神仙鬼怪类寓意小说始兴于魏晋六朝志怪。《谐铎》产生的时代，如前所述，谈异之风甚炽，更因了《聊斋》的风行，狐鬼神仙故事大行其道。其时小说中神仙鬼怪类寓意故事甚夥。纪昀在《阅微草堂笔记》中就有意识地借神道设教，沈起凤亦将惩恶扬善的理想寄寓在具有超现实力量的神道身上。但这只是一个方面。《谐铎》中更多的是有着与凡人一样的欲望与弱点的神鬼，有些甚至就是恶势力的化身。如《草鞋四相公》中的邪神草鞋四相，强占民女，盗穿读书人吉莫靴以充风雅，正是为患一方的市井恶霸的写照。

《谐铎》中的梦幻寓意小说《梦中梦》、《梦里家园》、《蟪蛄郡》等作品受唐代作品《枕中记》、《南柯太守传》的影响而又自出新意，在第一章中已有论析，兹不再述。

《谐铎》中第四类故事有卷八《术士驱蝇》与《壮夫缚虎》两篇。前者写一客能以两只筷子将堂中飞舞的苍蝇尽数夹住，纳入袖中，待饮罢启袖放之，四散于堂外。此客临行时演此技于太守，希望刺史之治民如其治蝇，宽猛相济。后者写一缚虎壮士竟窘于一只小猫，以见大材不可小用，怀才者与用才者均宜知之。这一类型的故事《庄子》中已有不少，庖丁解牛（《养生主》)、轮扁斫轮（《天道》)、梓庆削鐻（《达生》)、痀偻承蜩（《达生》）等均脍炙人口。作者以这些精于一艺的能工巧匠故事宣扬道家思想，将深邃精微的哲思寓于人们习见的活动中。唐宋古文家们有类似作品，但所寄托的则是作者的政治思想或某种生活哲理，如柳宗元《种树郭橐驼传》、欧阳修《卖油翁》等。《术士驱蝇》的立意与《种树郭橐驼传》相近，均由一种技艺之理引申到治民、养民之理，因二者之理相通。但柳文重在说理，通篇借郭橐驼说养树之道阐述作者顺民天性的治理之道，而沈作重在描写驱蝇的场景，只在篇末点题，不失小说本来面目。

《谐铎》中上述四种类型寓意故事在继承先秦以来寓意故事的基础上，以新颖的构思赋予传统故事类型以新鲜感，在文体上又避免了寓意作品常见的重理轻事的倾向或理胜于事的毛病，保持了小说的文体特征。

除这四种传统故事类型外，《谐铎》还善于从现实生活中发掘富于哲理与教育意义的故事，蒋瑞藻《小说枝谈》卷下引《抟沙录》中评论云："《谐铎》一书，风行海内。其中记载，颇多征实，非若近代稗官，徒以驾虚张诞，眩人耳目者可比。"①书中有不少当世人物的故事，如卷三《烧录成名》所记即其好友石韫玉故事；卷八《死嫁》所记女伶磬儿殉情故事，亦见于时人珠泉居士《续板桥杂记》；卷九《村姬毒舌》所写是作者内姑丈陈永斋事；卷十一《片言保赤》写袁枚折狱故事，亦见于多家笔记，是当时广为流传的一则袁枚轶事；卷十二《天府贤书》所写则是作者夫人张灵往事，等等。鲜活的生活事件不仅使作者的情感受到触发与震动，还使他从中获得某种人生感悟，这种感悟或是哲学层次的，或是道德伦理方面的，加深了他对于现实的理解。他将自己的感悟与理性思索融入作品，使之具有更深刻的内蕴。即如《村姬毒舌》篇，写一对农家母女面对状元的名利诱惑不仅不为所动，反而以锋利的言语将其嘲弄得下不了台，故事以此讽刺了倚仗名利财势骄人而自取无趣者，颇有警世之意。《片言保赤》和《死嫁》中的故事在其他作品中只是当作轶闻记叙，而沈起凤却能挖掘出故事中的深意，发现人物精神上的闪光点。如《片言保赤》故事，其他笔记均直叙故事梗概，而《谐铎》则不同，正文故事中简要交代讼事缘由之后即写袁

① 《小说枝谈》，第164页，北京：中华书局，1959。

枚审案经过，其中又主要写袁枚对妇翁与听审众人的两段话，突出表现他熟知古代典籍的博学和折狱的机智，铎评中沈起凤除以酣畅的评论对这两点大加称赏外，更对袁枚舍身以保赤子的慈悲心肠深表敬佩。作品以此故事为临民者树立楷模，用心良苦，较之纯将此事当作轶闻记叙者，不仅艺术水平，其思想深度亦不可同日而语。《谐铎》中现实题材的寓意作品充分显示了作者把握生活的艺术功力和独创性。

二、谐趣产生的途径

《谐铎》是一部充满谐趣的寓意作品，作者对世事有着犀利、敏锐的洞察力，善于将生活中的丑恶现象或人性的弱点以极端或荒谬的形式展现，并纯熟使用各种讽刺手法，使作品在愤世嫉俗的冷峻基调上有一种诙谐的喜剧色彩。与写实型的讽刺作品不同，《谐铎》的讽刺手法是漫画式的，善于抓住特征进行夸张、变形、对比，使之更为突出。作者又能将不登大雅之堂的笑话加以艺术化处理，使之在谐趣的表层下隐含讽世的深意。

《谐铎》一书内容有很强的现实针对性，但却并非现实的简单再现，无论是征实的题材还是有较多幻诞怪异色彩的故事，作者都依照谐而铎的写作原则，进行了精巧的提炼与加工，体现了自觉的“谐”的审美追求。以下试作分析：

1. 众恶集于一身的漫画写意式手法

作者对于当时社会上昧心敛财的鄙吝之徒深恶痛绝，他在卷七《鄙夫训世》篇中对于这类人进行了辛辣的讽刺与嘲笑。作品写一个富翁自道其致富之术。此翁认为求富不难，须先治外贼，后治内贼。外贼指人眼耳鼻舌身的各种欲望，而内贼指仁义礼智信五种为人处世的道德信条。作者以此高度概括了这类人致富的要诀，将这类人的悭吝与不讲道德暴露无遗。作品虽不能像《欧也妮·葛朗台》和《悭吝人》那样精细地刻画某一个吝啬鬼形象，具体描写其如何不讲道义地敛财及出乎常理的吝啬行为，但却将这一类人的本质特征做了漫画式的集中表现，在一个富翁身上浓缩了所有同类的恶德丑行。富翁对其致富之术津津乐道，自以为是无上妙谛，要求乞其术者携钱来做谈资，不忘其贪吝本色，不料一番高论讲完，钱皆变为纸灰，听者尽现鬼相，原来均为追命之鬼。此翁做尽一生富翁，临死遍查积蓄，无一物可携，仍向穷鬼队中捣鬼。这一情节如颊上三毫，将这一类人至死不悟的贪吝本性表现得更为生动、传神，也为这幅自暴其丑恶嘴脸的自画像增添了更多谐趣。

2. 荒诞而不失艺术真实的夸张

惧内是清代小说与戏曲中常见的题材，沈起凤作品亦屡屡写到。沈起凤传奇《伏虎韬》故事，吴梅先生谓即袁简斋《子不语》中“医妒”一事而加以点缀，而事实上早在李渔小说《连城璧》第七回《妒妻守有夫之寡　懦夫还不死之魂》中已写到这一故事，同一故事在不同文体中有了三种不同版本。《谐铎》卷一《鸡谈》篇如上所述也是以动物寓言的方式对其时惧内现象的一种讽喻。卷三《镜戏》篇则以想象奇特的夸张手法又一次触及这一问题。作品写冯野鹤家有悍妻，一日有一个书生往访，自称善识人胆，冯始犹自负其胆，不料其妻闻言狮吼大作，冯乃变色，书生怪其胆始大如卵，继小如芥，恐其妻再喝一声，胆将破。书生言未毕，冯妻自屏后飞杵击中书生左臂，化为古镜，原来书生是秦代的一枚照胆古镜所变。“妇夺以自照，胆大如瓮，犹蒸蒸出怒气。及照冯，细如半黍，青水滴沥，验之，盖已碎矣”。作品将胆识这一无形之物具象化，写出了冯野鹤之胆由大变小，终于被其妻吓破的过程，并从外形上将冯野鹤及其妻的胆作了夸张的对比，将一个惧内丈夫为阃威所慑的故事写得生动有趣，既有现实的真实感，又因了这种奇特的夸张，给人一种荒诞的感觉。而这正是作者所要造成的效果，因为在作者看来惧内正是一种违背自然之理的怪异现象。

3. 颠覆常理以制造富于谐趣的陌生化效果

合乎常理的事物，即使是新鲜事物，也不会带给人太多的惊奇，因为它在人们意想之中，而与常理背道而驰的事物对人的常识与想象力则是一种挑战，沈起凤在《蜣螂城》中就描写了一个异乎寻常的世界，此城以粪土涂墙，四面附蜣螂百万，城里的居民有着与正常人相反的嗅觉，以臭为香，以香为臭。荀生竟体芳兰，“有香留三日之誉”，偶入蜣螂城，不料城中人一见即狂奔骇走，谓其臭不可闻，喧逐之。荀生失足堕溷藩，城中人对他的态度立即改变，马上待以客礼，谓其洁己自好，旧时膻行，粪除殆尽。城中人的名号官职尽是常识中臭的事物，如铜臭翁、乳臭小儿、鲍鱼肆主人乃至奇臭的中药阿魏等，城中人辟恶气的名香则是牛溲、马勃，甚至轩名“藏垢”，书屋题曰“纳污”。作者让蜣螂城中人对香与臭的常理与常识进行了彻底的颠覆，并以他们的嗅觉来衡量外人，于是荀生遭遇了一系列不可理喻的事件。在这里，一种荒谬的感觉被当作准绳而尚未造成严重的后果，读者在错愕之后的直接反应是滑稽可笑。作品结尾处，作者写到荀生因在城中浴池就浴，臭气已透入肌里，当他重返正常人的世界，人见之均掩鼻。他抱着从城中带来的臭不可闻的赤金郁郁而没，至此作者的用心方才显露，原来他并不仅仅是想以一个荒谬的故事引人发笑，而是有着更深刻的寓意：人一旦受铜臭熏染，则“生于香者，亦必死于臭”。

4. 以喜剧收场突出现实的矛盾与悖谬

名与实、动机与效果、现象与本质等是一组相互依赖的概念，在理想化的世界秩序中它们应该是彼此一致而非相互矛盾的，但在现实世界中名实不符、动机与效果相悖、现象与本质表里不一等却广泛存在。人们对此往往习焉不察。沈起凤则既有一双洞察世事的慧眼，又有艺术家的表现才能，善于将生活中的这种矛盾与对立加以集中和强化，让读者从中看出其悖谬可笑之处，并揭示出造成这种现象的社会原因。这方面的代表作有《桃夭村》。作品写蒋生与贾人马姓泛海漂至桃夭村，路遇绣车载女子蜂拥而来，一女貌最丑而强作媚态，令人失笑；末有一车中一韶齿女郎则风姿出尘，令人倾倒。原来此村风俗：仲春男女婚嫁时，官长先以容貌定女子高下，再以文艺定男子优劣，然后合男女两案，以甲配甲，以乙配乙，故男才女貌相当相对。蒋生与马贾均注念韶齿女郎，同赴闱参试。蒋生文才出众，但因不愿行贿而名列最末，马贾文虽涂鸦但因主动行贿而居案首。蒋生意所配之女必为貌最丑者，不意竟为韶齿女郎。原来此女与蒋生遭遇相同，均因不行贿而居末。马贾所娶女子则恰是貌最丑者，因此女以千金献主试，故列名第一，正与马相同。作者在此篇中写到了现实中的两对矛盾，一是桃夭村以榜次定婚配的习俗表面公平与实际不公正的矛盾，二是才貌榜名与实的矛盾，造成两组矛盾的原因正如作者总结的乃“钱神弄人，是非颠倒”。故事出人意料的结局则制造了作品的第三对矛盾，即马贾与丑女动机与效果的矛盾。作者自称此乃“造化弄人，更有颠倒钱神之柄”，以理想化的秩序将现实的矛盾与悖谬化为一出喜剧。不过，与其说是造化，不如说是作者借造化之巧表明了他的倾向与态度。

5. 笑话与笑料的艺术化处理

笑话与笑料常由对词语因同音歧义而造成的误解、乱用词语[①]而产生，《谐铎》卷五《泄气生员》与卷七《巾帼幕宾》是比较典型的两例。《泄气生员》写学使某公督学西安，临行辞其座师某尚书，尚书西安人，某公意其有心属士，因极力请教。尚书下气偶泄，稍起座，某公疑有所嘱，急叩之。尚书曰：“无他，下气通耳！”某公以为“夏器通”乃其座师心腹人，谨记之。后某公按临西安，果有夏生名器通者，其卷词理纰缪，但以座师所托，乃强加评点，定为案首。某公任满入都，告诸尚书，尚书俯思久之，方知致误之由。这个笑话因对“下气通”三字的误解而起，而且正如柏格森所言：“凡与精神有关而结果却把我们的注意力吸引到人的身体上去的事情都是滑稽的。”[②] 科举考试本是其时士人心目中显亲、扬名、进身的头等大事，而夏生

① 参见（美）诺曼·N·霍兰德著，潘国庆译：《笑——幽默心理学》，第41—42页，上海：上海文艺出版社，1991。

② （法）柏格森著，徐继曾译：《笑——论滑稽的意义》，第31页，北京：中国戏剧出版社，1980。

以如此不雅的偶然因素得中，科举考试神圣庄严的外衣剥落殆尽。《巾帼幕宾》故事则述蒋生学浅才短，为某县令司笔札，在为抚院太夫人作的寿文中杂以男人寿言，为抚院本人作的寿文中则杂以女人寿言，如“巾帼增辉，璇闺益寿”之类，令人喷饭。故人呼其为巾帼幕宾。这两个故事或恐是当时实事，但作者叙述时进行了艺术化处理。《泄气生员》欲谐故庄，渲染某公对其座师的恭敬，使他的误解更为可笑，对他徇私情而不顾公义、不惮人言的讽刺也更加辛辣。《巾帼幕宾》则以县令与蒋生相映衬，活画出了一对草包的形象。县令以纳粟升官，目不识丁，故蒋生能以大言欺之得聘，对蒋生文中的讹错可笑之处亦无从发觉，反因抚公览文大笑，以为蒋所作寿文之妙，高出群辈，归而述之，并为其加薪。作者将对当时科举制度、官场请托之风及官吏任用制度的尖锐讽刺隐藏在两个读来轻松诙谐的笑话中，达到了谐之铎的写作目的。

从以上对《谐铎》中数篇代表性作品的分析中可见，作者制造谐趣的手法多种多样。几乎篇篇不同，充分展现出作者的创造性与艺术才能。

三、戏曲传奇手法的引入

据沈起凤的好友石韫玉记载，沈起凤“既不遇于时，则所有芬芳悱恻之言，一切寓诸乐府”，他在传奇写作上倾注了极大的心力，“所制不下三四十种，当其时风行于大江南北，梨园子弟登门而求者踵相接。岁在庚子、甲辰，高庙南巡，凡扬州盐政、苏杭织造所备迎銮供御大戏皆出先生手笔”①。但作者后来却以此为少年绮语之过。《谐铎》卷九《脑后淫魔》篇作者写其往师栖霞山寺禅师豁堂，豁堂谓其淫魔日扰，不得登觉岸，作者辩曰自己好骋词华，文魔有之，淫魔则无。豁堂谓淫魔即文魔之变相，令其趺坐以除淫魔，作者脑后忽开双眼，见其旧制传奇中

① 见《沈氏四种》（署吴门红心词客著）前吴门独学老人序，《奢摩他室曲丛》第一集，第5册。

女角数十辈联袂而来，作者谨记师言，不为所动。师以其有定力，遂留座下，为其忏除口业。“归家后，烧其曲谱，不敢以歌场绮语，至疑生平之有遗行也”。沈起凤自此不作传奇，但要一个好骋词华的才士就此搁笔则是不可能的。他转向了小说，于是有了《谐铎》。小说与传奇虽是两种文体，但文心则是相通的。作为一个训练有素的传奇作家，沈起凤在小说写作中也不免有意无意地运用了一些传奇的作法，使得他的小说形成了独特的风格。

打开《谐铎》，各卷的篇目标题首先就给人以深刻印象。文言短篇小说集的篇章标题一般采用三种办法，一是以主要人物的姓名标目，这是较为通行的办法，《聊斋志异》、《夜谭随录》等均有不少篇章如此标目；二是拈首一句作题，如青城子（宋永岳）《志异续编》凡例所谓“遵古体”，实际多为首一句中关键数字，或为主要人物姓名，或为故事发生地点，或为故事或事件要点；三是以篇名提示一篇故事概要，如《新齐谐》、《续新齐谐》中的绝大多数篇章。事实上，小说集多是三种办法兼而采之。《谐铎》标题方法虽不出三种范围，但作者别具匠心，以一卷之中两两相对或一组互对的形式①，将互相没有必然联系的篇章组织成一个有机的整体。这种标题形式不同于文言短篇小说的通行方式，因后者并不讲究标题的对仗工整，又与章回小说的回

① 成书晚于《谐铎》的乾嘉文言小说作品亦有在标题上精心安排者。如钱肇鳌的《质直谈耳》八卷，其卷七、卷八之标目亦为两两相对，皆为五字。如卷七《韩慕庐祈梦》、《姚简中遇美》，《汤素亭闻箫》、《殷海岱征扇》等等，卷八《活阎罗招辜》、《生城隍归位》，《彭祖师尸解》、《周法师棒殁》等。其他各卷之标目也尽量整齐，但由于所记极杂，很难对对皆工稳，如卷二《两贤墓》、《三异征》与《丹阳叟》、《青冈祠》一为数字对，一为颜色对，尚可称巧对，但如同卷《红鞻子》、《南瓜藤》与《月浦事》、《天洞鼠》就对得比较勉强，甚至对不上。因此，能如《谐铎》全书标题皆两两相对或一组互对，且皆工稳。大非易事。黄凯钧《遣睡杂言》八卷，标题皆为4字，卷二中有一篇标题即为《〈谐铎〉宜看》，谓《谐铎》“出曼倩之诙谐，具诤友之肝膈”，颇为推崇。其标题之整饬或受到《谐铎》影响。但此书标题仅字数相同，却并不对仗，当是作者功力不逮之故。

目有别，因回目字数一般来说在四字以上，而《谐铎》的标题则皆不超过六个字，以两字、四字为多。两字标题如卷三《镜戏》、《帖嘲》，卷五《恶饯》、《奇婚》，卷八《死嫁》、《生吊》，卷十《鬼嫖》、《神赌》等近似于传奇的出目标题，因出目多为两个字，并有固定的词语搭配习惯。这些标题正符合出目的规范与习惯。"帖嘲"与"死嫁"这样的标题更是典型的出目式标题。若依章回小说回目的习惯，则有可能标题如下："陈小梧论帖嘲俗例"、"痴情女死归钟情人"。若依文言短篇小说的惯例，标题则可能是："陈小梧"、"詹湘亭"（《死嫁》男主人公）之类。由此可见，《谐铎》标题借鉴了传奇出目的标题形式，与一般文言短篇小说集的标题不同，凝练而新颖。

李渔论填词一道，首重结构，谓"至于结构二字，则在引商刻羽之先，拈韵抽毫之始。如造物之赋形，当其精血初凝，胞胎未就，先为制定全形，使点血而具五官百骸之势"①。吴梅先生评沈起凤的传奇，亦屡赞其结构煞费经营。《谐铎》作为一部短篇小说集，全书由100余篇小说组成，每篇都是一个独立的故事，自然无法像传奇那样有统贯全书的情节构思与布局。但《谐铎》内容虽然杂而散，却并不显得芜乱。仅从各卷篇章安排上即可看出作者煞费苦心，与其传奇作品一样，是惨淡经营的结果。卷四酒、色、财、气四戒后接以《侠妓教忠》、《雏伶尽孝》、《丐妇殉节》、《营卒守义》四篇，这显然是按故事的题材与主旨以类相从，构想尚在人意中，篇章安排亦较易处理。卷一的八篇标题为：《狐媚》、《虎痴》、《鸡谈》、《獭祭》、《蚁封》、《龟鉴》、《兔孕》、《雉媒》，从题目看，这八篇各与一种动物有关，狐媚、獭祭与龟鉴是成语，但作者并不拘于其原意，而是仅借其字面，构思了三个故事以表达自己的观点。《蚁封》、《兔孕》两篇则与蚁与兔这两种动物毫无关系，蚁与兔在篇中分别指田房交易作中者及娈童。因此，若仅看卷一八篇标题，读者预

① 《闲情偶寄》"词曲部"结构第一，第13页，北京：作家出版社，1995。

期将是八篇动物故事，并以为由题目即可大致推测其内容。但事实却并非如此，预期与文本之间的这种差距造成了令人耳目一新的阅读效果。而内容与主旨互不相干的一组故事由如此富有匠心的标题组织到一起，也就不仅具有形式上的联系，更体现出作者对这一组故事有一个整体构想。即以动物为喻、以动物为鉴或让动物现身说法，讽喻世态人情，表达作者的某种看法或揭示某一生活哲理。因此，《谐铎》标题的对仗与整齐并不仅仅是为了形式美，更是出于作者对全书体式的总体构想。一组或一对标题互对的故事共同体现作者的创作思路。

吴梅先生称赞沈起凤传奇作品“小小科白，亦不使一懈笔”，并谓“笠翁自负科白为一代能手，平心论之，应让蕡渔”①。沈起凤作传奇重视宾白，《报恩缘》通本白多曲少，与文人传奇为骋才情而曲多白少的情况恰恰相反。宾白在他的传奇作品中不仅起着交代人物身份、推进故事情节的作用，还能表现出人物个性，“一样人便还他一样说话”②，尤其是其中丑角的科白，常常令人绝倒，造成很强的喜剧效果。《谐铎》中的人物语言与其传奇作品中的宾白有着异曲同工之妙。全书人物语言多，而作者叙述语言少。不少篇章中人物语言有很强的动作性，能显示出人物的身份与神态，具有舞台化效果，如《龟鉴》中的风鉴家借龟说法，口角伶俐，声貌毕现。此人因风鉴之道得益于对乌龟处世之方的揣摩，故同业者叩其妙诀时，他答以必现龟身而说法，教以“靠背硬”、“趁脚进”、“扯架子”、“软火囤”等法。作者虽未描写此人动作，但从此人对这些妙法的介绍中不难想象他口讲指画兼以摹仿乌龟动作的自得之态，恰如戏中丑角的一段科白，令人忍俊不禁。

综上所述，《谐铎》作为一部寓意小说，在寓意的故事类型

① 分别见吴梅《〈沈蕡渔四种曲〉跋》中《〈伏虎韬〉跋》和《〈才人福〉跋》。

② 金圣叹：《读第五才子书法》，见《金圣叹全集》（一），第18页，南京：江苏古籍出版社，1985。

上既继承了此前寓意文学的传统，汲取了前人有益的创作经验，又善于从现实生活中发现新鲜的材料，并予以独具匠心的艺术表现，将故事中蕴含的哲理与深意充分挖掘出来。作者还借鉴了其他文体的形式与手法，在小说的整体结构与安排上，谐趣的制造手法方面自出手眼，充分发挥其富于独创性的艺术才华，使全书成为一部具有鲜明个性与独特风格的佳作，在乾嘉文言小说中独树一帜，可称这一阶段寓意文学作品的新创获。

鲁迅先生将《谐铎》归于纯法《聊斋》者①，但事实上它在写作手法与作品风格上与《聊斋》存在着相当大的差别。鲁迅先生指出它的缺点是“意过俳，文亦纤仄”，严肃、沉重的情感与思想是很难表现得富于谐趣的，而《谐铎》对谐趣的刻意追求不免影响情感投入的浓度和思想表现的深度。“谐”在尺度把握不当时，还有过火的毛病，这些均使之流于“俳”。《谐铎》每个故事篇幅不长，绝大多数为数百字至千余字的短章，人物只设主角，情节务求简洁、集中，不枝不蔓，这虽与它作为寓意小说的艺术形态相适应，但构思与文字过于精巧，格局不开阔，就病于纤仄。“谐之铎”写作追求本身的缺陷与某些处理的不当造成了鲁迅先生指出的两个缺点，但从另一方面看，这一追求也正是作品个性的标志，是它能在《聊斋》之后自成一家之处。

附：《续谐铎》版本及内容概要

国家图书馆藏《续谐铎》稿本一卷 8 篇，收于管庭芬所编《花近楼丛书》第九册。作者名署：吴门沈起凤桐威。书前有王元昕所作《续谐铎序》：

> 昔蕡渔沈公，司铎祁昌，于乾隆辛亥刊所著《谐铎》十二卷。词同曼倩之谐，义比道人之铎，乃说部必传之书也。越十年辛酉，予承乏广文来秉铎，获与二三君子游，类多能文之士，而博雅好古，则饶君竹溪其翘楚也。竹溪暇则

① 《中国小说史略》第二十二篇“清之拟晋唐小说及其支流”，见《鲁迅全集》第九卷，第 211 页。

过予，品端论粹，殚见洽闻。一日，因及沈公遗稿，其箧中所存《谐铎》初草未刻者若干条，盖俟续梓未果也。其草皆录谐而无铎，竹溪因为续其铎，而持以示予。予读而善之，曰："有是哉！干宝《搜神》，《齐谐》志怪，其书皆盛行于世。况乎拾敝簏之遗谐，直比天龙竖指；拈柔毫而补铎，聊同迦叶拈花。从此解开四缚，参证三摩，未必非贪泉欲火中静听一声梵呗也。奚必正襟危坐，蒲团说偈，始悟当头棒喝哉！"爰劝付之剞劂，以公同好，而为之述其缘起如此。

时嘉庆十八年二月初吉，京江愚弟王元昕拜题于祁阊官舍之天香阁。

从王元昕序中可知，《续谐铎》8篇乃《谐铎》初草未刻者，皆只有正文，而无沈起凤之铎评，沈之门人饶勋为续铎评，并拟将8篇付梓。

《续谐铎》8篇目次及内容概要如下：

1.《真销魂》

锡山华孝廉名封祝者，为人诙谐，"予偶偕其中表吴玉泉谒见之，孝廉遽问予曰：'君知有销魂两听否？'"华告诉作者曰："士子读书侥幸得一官，初赴任时，登堂视事，仰而观者百千鼻孔攒集一人，公座上心摇摇而无主。听断甫终，倏闻退堂鼓声三作，昂然入内。此第一销魂也。"新婚之夜下绣帷时，"金钩一曳，铮然作响"，此为销魂第二听。

2.《假作窃》

霍邑施筠轩，虽中壬子副车，但家赤贫，岁暮无粮无钱。施知此时众捕役皆泊舟湖滨，敛偷儿常例钱，乃假扮偷儿，为捕役所捉。捕役索三十贯，施无现钱，捕役索保，施称执兵陆某素识之。陆见施被捉，大惊，告以施之身份。施反索捕役三十贯，又将捕役所置度岁华帽、新履并皮衣一袭穿去。不意除夕偷儿入室，席卷一空。

3.《奇遇》

孙赓流寓闽地，走投无路之际，铤而走险。虽素不习医，却揭抚公所贴为子求医之榜文，并偶于野外采得菌一茎，医好抚公爱子之病，由此脱离窘境。

盖此菌乃生腐败之油梳上，故能治人痰疾。

4.《屈刑》

山西介日华惧内，其夫人性躁急，一日晓起失织金绣带一条，心疑某幼婢所窃，逼令自承。适公退衙，夫人告以故，“公亦大怒，出坐内堂，命行杖者械其十指”，婢痛乞开恩，“公不理，但以首内顾”，盖听夫人发话方可。后夫人见公腰间所系正是所失之带，方知错怪小婢。

5.《小儿星造》

吴郡衮绣坊李、赵、杨三家同时各举一男。李为世家，赵为府署下隶，杨为李氏之舆仆。李召星者征休咎。星者谓李氏子“杀气重，百万生灵，断送渠手矣”。李又召赵、杨两家抱儿至，星者谓“两家儿既同时日，大率皆嗜杀者，然堕地时幸迟半刻”，故“未若贤公子草菅人命之甚也”。阅二十年，赵某儿充行刑刽子手，杨氏儿操刀为屠，李氏儿习岐黄术，李氏儿为吴下时医四十余年，星者言其杀人百万，有过之而无不及。

6.《少女姻缘》

记昆山叶珠湖三女姻缘。叶因三女幼失母，“委禽者任自择”。长女许字徐，徐为富户；次女许字祝，祝仪容秀美；小女愿嫁家业中替、其貌不扬之周生。后长女之夫购二美姬，“视妻若赘瘤”；次女之夫为青楼所惑。二女均无奈归父家。只有小女夫妻相敬如宾。小女谓“富淫才荡，不如贫拙之可相守也”。此文后竹溪所续铎中记其师沈起凤与妻子湘人韵事，即湘人以金钗作贽，奉沈为闺塾师事。并录沈所作《闺约》。

竹溪所记如下：

> 蘋渔师云：予赋同心栀子于鸳鸯寝，湘人为予拂纸。因戏曰：“妍皮媸骨，古人所笑，汝盍以金钗作贽，奉予为闺塾师乎？”湘人曰：“诺。”起，拜讫，请予闺约。走笔度北曲一套。时红袖添香，翠盘捧茗，执弟子礼甚恭。乃思王右

军低首簪花女士，大是颓气也。其词曰：

水晶帘卷画堂高，燕呢喃，春风四绕。金猊香气散，银烛影红摇，一翦兰翘，有一个俏门生贽礼到。环珮声飘，一捻香吹杨柳腰；氍毹拜倒，几丝雨压海棠娇。一天风韵总难描。三章约法从容告，从容告：打头先改卿卿叫。翡翠林书林恰好，芙蓉帐绛帐还高。戒痴情莫折花，惩闹玩休寻草。便朝来点缀眉梢，彩笔何须画百遭？破工夫且临画稿。每日价日上花梢，字临卫女，诗吟苏蕙，史续班昭。喜清课，卖花声杳；催好句，心字香烧。红了樱桃，绿了芭蕉。旧园林由他蝶闹，新台榭不共莺瞧。便盼到冷惺松花月宵，倚春台灯并挑，且说个春灯谜子伊知到，来杂些美人的名号，也一一费推敲。这不是挂龙楼凤榜蹊跷，这的是绣阁规条。买几个俊婢垂髫，整备你添香拂稿。一种种花娇柳娇，尽意儿细教。连那小鹦鹉听来熟了。秀才学问何曾饱？书生不栉从来少。他日个凤阁名标，替着俺写韵笺，替着俺题清照，替着俺誊诗稿。这温家玉镜台，俺曾把皋比靠。休则要放顽皮，将师吓倒。笑煞那荀家儿皆慰焦，张家儿眉乱描，怎踏俺风流窍。你做陆家卿，俺做寒山赵，考槃诗胜拾了泥金捷报。先挡着洞房歌，搭着《白头吟》，和到老。

附记之，以为兰房佳话。

詹按：吴翌凤《东斋脞语》中亦录此曲，但无沈起凤自叙作曲缘起的小引，且吴所录曲中字句与饶勋所录略有小异，如饶录“且说个春灯谜子伊知到，来杂些美人的名号”，吴录则为“且说个春灯谜子伊知道，夹杂些美人名号”；又如饶录“笑煞那荀家儿皆慰焦”，吴录则为“笑煞那荀家儿背熨焦”。此二处，当以吴录为是。且吴录有曲牌，而饶录无。

7.《吊蝴蝶》

记其友人徐香谷为误压书中蝴蝶，戏作《吊书中干蝴蝶文》。作者意在录徐文。

8.《讨鳖虱》

记葛琼仙仿杨升庵《平蚊露布文》所作《讨鳖虱檄》。葛琼仙，号莲心女史，秀水司马葛云卿女。

《续谐铎》末署：新安门人饶勋晋康氏校字并续铎语。

书末有花近楼主人题记：

> 闻诸吴门故老云：沈桐威少年时，所为皆不循理法。客京师日，暑月于侵晨髻簪茉莉花，身衣短纱衫裤，作卖花郎，行径永巷朱门，叫歌争买。日午则套车遍谒辇下显达，天晚则烂醉于娈童妖妓之家矣。后为巡城御史所知，欲绳之于法，踉跄遁归。所作《谐铎》惟学刘四骂人，了无可取。此数则盖删余之本。硖石许心如明经光清处有之，因假录以遣残暑。然今日之吴人皆逃死不暇，回思桐威事虽轻薄，而承平之游戏，不可复得矣。咸丰庚申六月十三日花近楼主人记。

詹案：《续谐铎》标题一如《谐铎》，讲究上下两篇对仗。饶勋所录沈起凤《闺约》一套，颇可见其夫妇闺房之乐。

第二节　《蟫史》：文言长篇小说的尝试

《蟫史》是小说史上首部文言长篇章回体式小说，近代和现当代的评论家们对它的评价颇有不同。谭献称其为“近代说部之瑰异”①，黄人《小说小话》中的评价是：“盖奄有《水浒记》、《西游记》、《金瓶梅》诸特色，而无一语袭其窠臼。虽好用词藻，及侈陈五行、禨祥而乏真情逸致，然不可谓非奇作也。小说界中之富于特别思想者，除《西游补》外，无能逮者，但不便于通俗耳。”② 虽略有微词，但仍可谓推崇备至。而现当代

① 《复堂日记补录》卷二，第315页，石家庄：河北教育出版社，2001。版本下同。

② 见《小说林》第八期〈丁未年十二月〉“评林”栏第4—6页，此文乃连载，署名“蛮”。

的评论家们对这部小说的看法则以鲁迅先生的观点为代表，认为它“虽华艳而乏天趣，徒奇崛而无深意”①，总体评价不高，但它在体式上的开创意义则为小说史家们所公认。作为第一部以文言创作且取材于时事的长篇章回体式小说，作品多方面地表现出了作者的艺术匠心和创造性。全书基于传统的天人感应观念，以天书中的记载与所写现实事件一一吻合的构想，形成预言式结构。虽然所写故事有一定的现实依据，书中主要人物亦均有所影射，但作者却作了神魔化处理，正邪首脑人物或为天星、神仙、佛道两教高人转世、入世，或为物怪修炼成精，作者得以从有关历史传说与典故出发，衍化或构思故事，由此形成此书光怪陆离、古涩艳异的独特风格。以下试作分析。

一、现实的神魔化

1. 作品故事与人物的现实依据

黄人《小说小话》认为此书中人物、地点与事件有所影射，虽不脱索隐习气，但亦非凭空捏造：

> 书中主人甘鼎，盖指傅鼐。傅之材力，在明韩襄毅、王威宁右，而未竟其用，举世悼惜。故好事者撰为是书，以同时一切战绩，归傅一身，致崇拜之意。但惧干忌讳，故出之以廋词隐语，饰之以牛鬼蛇神，以炫阅者之耳目。但细考之，书中人物事迹，仍历历显露（如石玉之为琅玕，余舜佐之为李侍尧，詹按：书中只有李节使名舜佐者，余抚军名述祖者，无余舜佐其人，或为作者笔误。斛斯贵之为福康安，贺兰观之为海兰察，龙木兰之为龙幺妹，木宏纲之为柴大纪，梅飒采、严多稼之为林爽文、庄大田。其余若群网、鹭鹭二城，则诸罗、凤山也；青、黄、黑、赤、白五苗，则九股十三姓诸种也；五斗米贼，则川陕各号之白莲教匪也。当时朝议，甚惜齐王氏之才，有欲抚之使平苗自赎者，故尊之为

① 《中国小说史略》第二十五篇“清之以小说见才学者”，见《鲁迅全集》第九卷，第247页。

锁骨菩萨，别树一帜，不混于五斗米贼中。陈文述曾令常熟，为诸名士所推服，所谓都毛子者，殆即其人也。余不备述）。

黄人指出书中所写三大主要战事，即集中在卷五至卷二十中的平岛民梅飒采与严多稼叛乱、平五色苗、平五斗米道，影射的是乾隆五十一年至五十三年镇压台湾林爽文、庄大田起义，乾隆末期至嘉庆初年的镇压九股苗起义和镇压白莲教起义。而卷五之前还写了四件战事，即平邝天龙之乱、平海盗老鲁、平南交海寇等，亦均有现实依据。

由黄人的列举可以看出，作者采取同义或近义字词置换的方式改换现实中的地名、人名，令时人和后世熟悉史实的人一望而知。而书中所写的人物事迹亦往往有现实根据。如书中斛斯贵黄人指为福康安。考《清史稿》卷三百三十和《清史列传》卷二十六本传，福康安为大学士傅恒子，是镇压台湾林爽文起义及镇压苗民起义的主帅，因镇压苗民起义军功卓著，于乾隆六十年被晋封为贝子。小说中所写与史传中所载此人作为有的颇相合。《清史列传》卷二十六福康安本传中载嘉庆帝上谕，谓："从前节次用兵，时领兵官员原无格外犒赏之需。自福康安屡次出师，始开滥赏之端。任性花费，毫无节制。于是地方承办之员迎合备送，累万盈千，以及银牌绸缎，络绎供支。不过以赏兵为名，亦未必实惠尽逮戎行也。"①《蟫史》卷之十一"酒星为债帅"，写甘鼎被人弹劾，皇帝解其总帅之职，代者为斛斯贵，此人"挥霍不能遂，往往告逋遍都下，人目之为债侯"，到任后，即向手下说："身为贵戚，且典重兵，自非十万金，无以偿十年之积负。诸君何以策我?"手下节使请其从粮饷中支取，斛斯贵答曰："吾曩日荡平四方，犒劳军士之物，其十万也多矣。今日支取送都下，明当檄诸省补益之，无不可对主上者。"这正是嘉庆上谕中所责滥行犒赏，且以赏兵为名谋私利。身为贵戚而典重兵

① 《清史列传》，台北：明文书局，1985。

的身份亦相合。《清史列传》又载福康安死前数日“有大星陨于营西北，光芒有声”，作品中斛斯贵则为酒星转世，死前有鼓吹起于空中。书中另一位主帅贺兰观，黄人认为影射海兰察，据《清史列传》本传，海兰察曾参与镇压台湾岛民林爽文起义，乾隆五十八年卒，并未参与镇压苗民及白莲教起义。但书中贺兰观则参与了平岛民梅飒采与严多稼叛乱、平五色苗、平五斗米道等主要战争。书中写贺兰观临死前“力疾起，持弓矢上冈头”①，射死了一名苗人头目。虽然海兰察并未参与镇压苗民起义，但据《清史列传》本传记载，他长于骑射，乾隆五十二年他奉命前往镇压台湾林爽文起义，“十月，渡鹿仔港，登岸后三日，率巴图鲁二十人至彰化县之八卦山视地形。见彼于山上筑卡。跃马先登，敌拥至，发箭殪数人，余惊遁”②。贺兰观勇悍的性格及擅长箭术则与海兰察有几分相似。

黄人指出书中甘鼎指傅鼐，据《清史稿》卷三百六十一与《国朝耆献类征初编》卷一九四本传中记载，傅于乾隆末福康安征苗疆时调赴湖南军营司饷运，此后十数年一直致力于平苗、化苗，嘉庆十六年方将擢湖南巡抚而卒于官。黄人认为因傅“未竟其用，举世悼惜。故好事者撰为是书，以同时一切战绩，归傅一身，致崇拜之意”。不过据《蟫史》序言，此书成于嘉庆五年之前，作者尚不及“悼惜”。傅并未参与镇压台湾岛民和白莲教起义，而书中甘鼎则是所有主要战事的实际指挥官，因此黄人猜测的将一切战绩归其一身以致崇拜之意则或有之。

由以上与史料的对照可知，《蟫史》虽有一些现实的影子，却并未照搬现实。而且它不仅不求合于史实，反而刻意以神魔化的处理拉开了与现实的距离。黄人所说“惧干忌讳”或许是一个原因，但并非主要原因。作者一贯的写作风格与写作目的是他选择如此处理现实素材的重要原因。

① 《蟫史》，第332页，北京：人民文学出版社，1992。版本下同。
② 《清史列传》卷二十五。

2. 神魔化处理

《蟫史》对现实的神魔化处理表现在以下两方面：

（1）人物的神魔化：

《蟫史》中正邪双方主要人物均有不凡的来历，或为贤人转世，或为星精下降，或为物怪成精，并有天女、菩萨下凡，还有道术高明的僧道两界人物及外国人参与。书中卷之三写主人公甘鼎倍道援楚，过春秋时鼓子之都，梦中见一古衣冠君侯，自称为蚩尤，而甘当时为黄帝时十六相中之风后。卷之四写甘至获鹿县又有赵成安君来见，告其前生为赵将李牧，可知甘前生均为代表正义一方阵营中功勋卓著的将帅。甘的得力随从，年仅十余岁的员矩儿是斗宫第七星招摇之精。他的父母亦非凡人，父亲即斗南一星，下唐世为张嘉贞，母亲乃天孙下凡，在甘西征战中，员夫人出谋划策，立下了很大功劳。另一位几乎在所有战事中为甘鼎所倚重的人物木兰本是龙女，在平邝天龙之乱中她主动请谒，愿灭贼自效，在西征之战中她更名木兰，易装任职军中，此后一直随甘鼎征战。甘鼎的上级斛斯贵是酒星下凡。贺兰观亦是天神，死后其棺无踪，因死乃尸解，不受世人葬送。节使李舜佐前修则是奎宿主武库者。

作者在将正方人物神化的同时，将其所征战的对象妖魔化，把其中的一些写成各种动物之妖。作者显然与当时的统治者立场一致，表现出他的阶级偏见和狭隘的民族偏见。

另有不少为正邪两方效力的道术之士，虽非神怪，但均有高深莫测的法术或持有具有某种神力的法器，如正方的矮道人（灭火真人）、玛知古、针道人、砭道人，邪方的娄万赤、唎哑喻等等。这些道术之士中玛知古与唎哑喻是外国人，玛知古自称大西洋人，不知具体来自何处，唎哑喻则自言从欧逻巴来。玛知古有一面神镜，“虽边州千万里，心有所向，则镜见之。况敌营只在目前，何难细数毫发。若临阵而照戈甲，咒三十字，皆为枯朽不任用矣”①，这大概是望远镜的神化。唎哑喻虽是欧洲人，但少与娄万赤同师，是一个中国式的道术之士。

(2) 战事的道术化：

作者既将战争的双方神魔化，则战事亦与一般历史演义或英雄传奇小说有所不同，虽然也有智谋、战术、武力的争斗，而更主要的则是两方道术的比拼。变形、化形、分身、隐形、咒术等历来神怪小说中运用的法术均被运用，并有新的想象与创造，令人眼花缭乱。又因事涉苗疆，书中还写到了苗民的蛊术，如卷之六写员矩儿与红苗酋长噩青气激战，矩儿欲降青气，不取其命，并随其至一苗村就食，不意供食之苗妇暗在食中下蛊，且是毒性最厉害的象蛊，幸从天书中寻得解救之方，才保得一命。

《西游记》中的孙悟空只有七十二变，他要分身尚需拔下身上的毫毛，而此书中道术高人的变化之术则随心所欲。天女木兰善于以隐形与纳甲之术助战，如卷之二写木兰助甘鼎平邛天龙之乱，木兰隐于甘鼎的佩囊中，她所率的一百名龙宫兵卒则隐形于甘鼎手下兵士五十人之身，“以两化附一形”，后这五十名士兵与娄万赤手下三百名火军遭遇，“五十人胁下各露鳞爪物二，激水沃火军，奄然俱倒地，短兵并起尽戮之”②，正是附形的龙宫兵卒发挥了作用。这种隐形与纳甲之术她曾多次运用，均奏奇功。玛知古则长于咒术，敲其神镜之背而咒，能使化形之怪现出本相。化形、变形则为归降甘鼎的白苗酋长之子犷儿所擅，他是矮道人的徒弟，得其师真传。

卷十二、卷十三写唎哑喻用分身、变形、化形之术斗甘鼎一段颇有代表性，极尽想象之能事。唎哑喻先分身化成一个铁丸，诱使甘鼎于梦中吞之，欲取其命，此计不成，又化成大溪欲阻挡甘鼎所率人马前进的道路，被甘鼎识破其幻术，仍不死心，再化形冒充为矮道人的老师刘元海混入甘鼎营中，被甘鼎看出破绽，

① 《蟫史》，第96页。

② 《蟫史》，第30页。

于是出玉塔一座，自己化为蛴螬从塔顶入，甘鼎以剑斫之，人与剑并为塔所包围，幸得犷儿救出方免此难。在他的分身演出这种种把戏的同时，他的本身化成一个僧人抢走玛知古的神镜，玛知古与天女木兰和砭师随后追赶，唎哑喻先后化为童子、狗与老妪，均被三人击败，最后竟然以一身化为玛知古等三人，伪玛知古被真玛知古的神镜所逐，伪木兰与伪砭师则与其缠斗，亦幸得犷儿变两身相助，三人方得脱身。

以阴阳术数及五行生克之理布阵、破阵及作法与破法亦是作者喜用的战法。卷九写青苗大将鲜椰子布六兽逼人之阵进攻，因鲜椰子本为土兽，土兽忌金，木兰与犷儿乃以金刀解鲜兵之围，并使鲜现本形。卷之十写罴大王战黑苗王妃鸠盘弧所领的金银铜铁锡五魔及破其铅母丹六六之阵，亦因罴大王能以火销金，复能以水济火。

由以上分析可知，《蟫史》中的人物和战事与现实相去甚远，作品只不过借现实中镇压苗民起义及镇压白莲教起义等等事件作为书中故事情节的框架，发挥自己的想象，虚构出了一部神魔斗争的历史。书中贺兰观、斛斯贵等有一定现实依据的正方首脑人物在战争中并无多大作为。卷十一写甘鼎受弹劾，有人攻击他以道术取胜，以女戎随行，卷十三写斛斯贵上奏为其辩解曰："非术士不能成遏乱之功，非妇人不能妙诛邪之略。"① 这正可看成作者自道其写作方略。他笔下的两军战事主要就是道术之士的斗法，最常用的计谋则是美人计，而这些美人也都是身怀道术者。人物的神魔化与战事的道术化使这部小说以想象中神与魔斗争的历史取代了现实的战争史。

由于镇压苗民起义占了全书的主要篇幅，作品中写到了一些苗地风俗，如卷之六写红苗酃青气之女与甥被甘鼎擒杀后，酃营中为其举哀，祭文中提到跳月、吹笙，均为苗俗。

---

① 《蟫史》，第215页。

二、衍古性构思

薛洪勣先生在《传奇小说史》中对“衍古”作了如下解释：“即假借古代的故事和观念演义出一篇新故事来，以影射现实。”① 屠绅的《蟫史》与他的短篇小说集《六合内外琐言》均善用此法。这种生发故事的方式是屠绅博学嗜古的才性使然，也是乾嘉时代以学问为小说风气的一种表现。

《蟫史》中的主要角色如前所述，往往为历史和传说中的著名人物转世或下世，作者的衍古性构思以此为开端，但却并不拘泥于已有记载，而是采取时空并置、典故套叠、故事新编等方法，创造出新的形象，生发出新的故事。如本书的女主角天女鄷仲离故事来源于《柳毅传》中龙女事迹和《木兰诗》中木兰代父从军故事，但作者将这两个形象糅合成了一个新形象，赋予她不同于其原型的新性格与新的事迹。鄷仲离在卷二中出场，因娄万赤咒阴火而驱毒龙，其国中居民被其沸羹，无不痛心疾首，龙女乃请于君父，愿潜踪甘鼎幕下效力。至卷四龙女父母以报国邀封，令赴西陲剿贼，乃嫁泾阳君次子，此子入世名为龙芝，耽于声色，并受敌方贿赂，调兵时称疾不行，于是龙女更名为木兰，请于泾阳主帅，云以弟代兄出征。在战斗中，木兰顾及到夫家情面，对于助敌的夫家族人手下留情。叛乱平后，木兰辞归，不得于龙芝，日与构怨。员矩儿虑其为其夫所挫，前往助之，果见龙芝缚木兰于柱而鞭之。矩儿重创龙芝，解木兰缚。木兰曰：“尔恩义断绝，我已无夫，逝梁发笱，亦复何怨？自此相逢，即如寇仇，幸善避匿。”② 木兰随矩儿行，龙芝复追击，为矩儿所毙。此后木兰乃长随甘鼎，立下了赫赫战功。作者保留了《柳毅传》中龙女为其夫厌薄、虐待的构想，但夫妻不睦的原因及后来离异的过程则与原书迥然不同。原作中龙女因其夫贪于逸乐，为婢仆所惑，而遭厌薄，柳毅为其传书于母家，龙女之叔钱塘君为其报

① 《传奇小说史》，第358页。

② 《蟫史》，第64页。

仇，食其夫。龙女终与柳毅成为佳偶。这里龙女与其夫的矛盾只是家庭矛盾，她在文中是一个柔弱、哀怨的形象。而本书中的龙女与其夫的矛盾则事关君国大计，龙芝受敌方贿赂，因此夫妻不睦由家庭矛盾上升到敌我矛盾。她在被矩儿救出后所说的一番话表明了她的决绝，正因为已演变为敌我矛盾，她的这番话才不算有违妇道，而有着大义灭亲的凛然。龙女更名木兰，易装代其夫出战则是对《木兰诗》中木兰代父从军的构思略加改动而来。由此可见，本书中的天女身份及其事迹从《柳毅传》与《木兰诗》中两个不同时代、毫不相关的女性形象生发而出，作者巧妙地将原作中龙女遭其夫虐待与木兰易装从军这两个关键性的情节串合到一个人身上，写出了一个既有儿女柔肠又深明大义，刚毅、果决的女杰形象。

书中另一个重要的女性角色是阿修罗少主庆喜。卷七此女自云乃唐世锁骨菩萨下世，锁骨菩萨典出李复言《续玄怪录》之《延州妇人》。原故事记锁骨菩萨化为美妇，“孤行城市，年少之子，悉与之游，狎昵荐枕，一无所却”，胡僧赞其“慈悲喜舍，世俗之欲，无不狥焉”①。此书即将原故事中菩萨与少年狎昵之事具体化，而其目的则非因慈悲而狥世俗之情欲，而是为完所谓劫数，因其自称应劫运复出，当夭四秀才，杀五进士以应一九之数；又淫六十三健儿，以应七九之数。为假后九月，反本还原，再不入尘世。菩萨的现实身份则是叛乱首领，书中卷七、卷八即以床笫之战与兵戈之战交替而编织情节，前者虽有淫亵之病，但在古代小说性爱描写中也算别具一格。庆喜后来归降甘鼎，尽改前态，持身端正，并在平五斗米道时立功。黄人谓此女影射白莲教起义女首领王聪儿，书中作者对她的态度也殊无贬意。即使在写她肆欲淫荡之时，亦突出她的重情义。作者从锁骨菩萨故事衍化出庆喜故事，选择这样一个原初形象并以其转世故事将原作中简洁的概括叙述铺演成两章，显示出作者的色情趣味，也表现出

① 见《太平广记》卷一〇一，第682页，北京：中华书局，1961。

他对白莲教女首领的歪曲认识。不过能以丰富的想象将一个简短的前代故事扩展发挥而嵌入长篇中，使之形成一个有机的整体，且将庆喜这个形象写得血肉丰满，亦可见作者的写作才华。

又如卷十一写到黑苗酋长求援于乌蛮江毒龙，作者以羿射九日、龙生九子、陶岘之海山使者三个传说与典故为骨干，编造毒龙出身及历劫故事，想象奇特。而此毒龙的克星则是柳毅，民间传说洞庭君禅位于柳毅，作者采用这一传说，写柳毅司龙职，受帝敕，来治毒龙。

甘鼎一方道术最高者是刘渊，他在书中是矮道人的师父，这一人物历史上虽然实有其人，但在《后三国石珠演义》中已被小说家神化，在本书中他则完全成了一个道术之士，日常作道人装束，作者径以老道士呼之。卷三写矮道人托甘鼎带信给他，甘鼎梦中在蚩尤宫中与其相见，即准备取信奉上，而刘渊说他已看过，原来他早已派人将信取走，而甘鼎对此毫无察觉。甘鼎梦醒后检视行箧，信果然已不知去向。此后每逢甘鼎军中危急之时，刘渊都会适时出现，化险为夷。

由以上分析可知，作者的衍古性构思一方面让柳毅、刘渊这些历史和传说中的人物置身于现实中，另一方面又将有着一定现实依据的人物如龙女、庆喜等与历史和典故中的人物挂钩。因此，作品虽是一部以现实事件为素材的小说，而作者的衍古性构思却将历史与现实的界限打破了，历史上的人物不受时空限制地参与到现实事件中，现实中的人物又往往是历史人物的转世或下世。人物在现实中的作为虽然并非他们在历史和传说中作为的简单再现与延伸，但二者之间有着某种逻辑上的联系，因为无论所处时空是古是今，人物品质与个性倾向基本一致，这也正是作者衍古性构思得以生发的基点。

采用衍古方式生发故事并非屠绅首创，康熙年间吕熊所作《女仙外史》即有此种写法。如此书将女主人公唐赛儿写成嫦娥降世，其夫林有芳为后羿投胎，朱棣则为天狼星下凡。又有公孙大娘、聂隐娘等人物，皆为历史人物或小说中人物降于现世，辅佐赛儿。屠绅的《蟫史》亦将此方式贯穿全书，并采用众多古代传说、故事，构成了一个复杂的系统，将衍古生发故事的方式在文言小说中发挥到了极致。

三、文体特征

巴赫金《长篇小说的话语》一书将长篇小说整体分解成下面几种基本的布局修辞类型：

（1）作者直接的文学叙述（包括所有各种各样的类别）；

（2）对各种日常口语叙述的摹拟（故事体）；

（3）对各种半规范（笔语）性日常叙述（书信、日记等）的摹拟；

（4）各种规范的但非艺术性的作者话语（道德的和哲理的话语、科学论述、演讲申说、民俗描写、简要通知等等）；

（5）主人公带有修辞个性的话语。

他认为“这些性质迥异的修辞统一体进入长篇小说中，结合而成完美的艺术体系，服从于最高的修辞整体；而这个整体绝不等同于其中所属的任何一种修辞统一体”。他指出：“长篇小说作为一个整体，是一个多语体、杂语类和多声部的现象。研究者在其中常常遇到几种性质不同的修辞统一体，后者有时分属于不同的语言层次，各自服从不同的修辞规律。……长篇小说这一体裁的修辞特点，恰恰在于组合了这些从属的但相对独立的统一体（有时甚至是不同民族语言的统一体），使它们构成一个高度统一的整体……”① 巴赫金所分解的长篇小说的布局修辞类型②虽不甚适用于《蟫史》这样的中国文言长篇小说，但他指出一部长篇小说是异质的不同文体统一体组成的艺术系统，强调长篇小说中存在“多语合弦”与“杂语共生”现象，这对于分析

① 见白春仁、晓河译：《小说理论》，第39—40页，石家庄：河北教育出版社，1998。

② 申丹《叙述学与小说文体学研究》将“修辞”译作“文体”，第130—131页，北京：北京大学出版社，1998。

《蟫史》的文体特征很有启发。

《蟫史》在文体上的一个鲜明特征是将两种风格不同的文体统一到整体的艺术结构中。战争与情欲是这部书的两大主题。在写战争时，它力图写得像史书；而在写情欲时，它写得像艳情小说。正如《蟫史》这一标题所显示的，这部长篇小说在某种意义上是当作一部历史来写的，作者意在写出一部诛邪的战争史，它在文体特征上显示出文言史书的正式与庄严。皇帝诏书、大臣奏章、军檄等官方文献是史官们十分重视的材料，记人、记事的史书中为它们留出了大量篇幅，《蟫史》有意在这一点上摹拟史书的体例，在描写正邪两方战事时不厌其烦地虚构这些材料，在文体上给读者造成了一种正史的错觉。

在战争以外的军旅生活中作者着墨最多的是各种情欲纠葛，邪方首脑几乎全是溺于情欲者，正方往往利用这一点以美人计来施行离间、劝降、暗杀等计划。正方亦有个别人物面临诱惑一时把持不住，如卷五"明化醇倚床迷本相"，写甘鼎的副参明化醇往白苗营中劝降，为苗女所惑，几致送命。抚军余述祖亦有断袖之癖，卷十七写他为访三生之相好，竟至擅离职守，遍游鸡笼城而得之。但正方人物虽一时陷溺于儿女私情，终能以大局为重，转危为安。邪方人物争风吃醋常常是导致小的纷争与大的战事的根源。如卷三写与邝天龙勾结的海盗老鲁贪淫倍常，桑生即以奇货艳色饵之。老鲁与部下果为美男女争风，终为部下所杀。卷十七写叛乱的岛民梅飒采与严多稼因争契童有隙，抚军余述祖即派自己的娈童解歌儿往行反间计。因此战争与情欲在书中紧密相连，情欲是战争的重要内驱力，战争是情欲纠葛的结果与解决。与写战事时庄重、严肃的史书文体风格相对照，作品在写情欲时采用艳情小说的写法，细致描写宴饮、争风、调情等细节，不避琐细与秽亵。由于文言本身的典雅与含蓄，这些描写不至于与战事描写的史书风格形成太大反差。两种差别甚大的文体较为和谐地统一于作品中。

但由于文言与当时口语相距甚远，很难忠实地再现口语，巴赫金所指出的长篇小说的杂语特点在这部作品中基本无法体现。仅以人物语言为例，各类集团的表达习惯、职业行话、各种身份与年龄的人物语言等等社会性杂语现象在这部小说中基本没有反映出来。从人物语言中很难辨识说话者的身份、性别、年龄，更无论其个性。这不仅是由于受到文言的限制，也是由于作者观念中没有写一人即要声口毕肖的追求，而是重在以锦绣文章显示自己的文才。如卷五写员矩儿到青城山谒其母，12 岁童子与母亲说话全出以骈俪之语："秦川风雨，母也困依；蜀郡烟尘，父兮睽隔。未跃姜家之鲤，如无邓氏之儿。永怀堂上刘樊，乘白云于此日；可忆膝前鸡犬，舐丹药以何年。敬谒青城，俨穷碧落。乌鸡反哺，须知季亦嗟予；鹤便重归，徒讶仙曾有子。"① 作者的才华自是得到了展示，只是不仅与人物的身份和年龄极不相称，就是满腹经纶的成年人在与亲人相见时亦不会如此出口成章。这是《蟫史》的一大缺陷。

《蟫史》在全书总体结构上与同代白话长篇小说《红楼梦》、《镜花缘》等相似，采用预言暗示书中主要人物命运和重要事件。卷一《甲子城掘井得奇书》写甘鼎与桑蠋生在甲子新城中掘井得三箧书，一为"彻土作稼之文"，一为"天人图"，一为方书。"彻土桑也，作稼甘也"，此乃明言授其主宾二人。"文"对于此后战事结局及各人命运都有隐晦的预言，像乐犷儿这样有道术的人能预知其微旨，但谓不宜预泄。如卷二讨广州王邝天龙之乱前，甘、桑二人展"彻土作稼之文"，篆书中有云："甲部遥分龙一爪"，卷三写邝天龙被诛，分足钉卫城，甲子城亦钉其一足，此即预言应验。"天人图"则有三幅，均预言邪方首脑人物的结局，如第一幅"鼠辈成擒"应灌儿擒邝天龙事，第二幅"横行自毙"至卷二十应验，乃预言娄万赤之被擒斩首。方书则是应急之策与救治之术。作品的预言过于晦涩，而情节发展又太过离奇，让人无从揣测，因此本书的预言并没有达到作者预期的

① 《蟫史》，第 69 页。

引起悬念的效果，读者因难以参与亦失去不少猜测得到证实的乐趣。

综上所述，《蟫史》作为首部文言长篇章回体式小说，在构思与文体方面表现出了一定的独创性。采用衍古方式生发故事是作者创作个性的标志，此种方式虽非其首创，但显示了作者嗜古的趣味与不羁的想象力，它与作品对现实的神魔化处理一同显示出作者独特的艺术思维方式。作者“思接千载”、“视通万里”，打破了时空界限，在现实的战场上集中了古今中外、神仙鬼怪等各色人物，幻诞莫测。作者为他的第一主题战争选择了庄严、正式的史书体，第二主题情欲则以与之相称的艳情小说作法来呈现，两种文体风格上雅与俗、庄重与琐亵的冲突通过文言这一媒介得到调和，共同构成一个艺术统一体。以长篇小说通行标准衡量，本书的缺陷也是十分明显的。由于作者的炫才倾向，也由于文言这一语体的局限性，书中人物语言千人一腔，导致人物个性模糊。人物淹没在令人应接不暇、眼花缭乱的故事中，虽然这是故事型小说常有的毛病，但本书尤为突出。全书采用预言式结构，但预言过于隐晦，并且缺乏统摄全局的概括性，沦为细节性的谶语，未能达到应有的效果。

第三节　《西青散记》：作者意图与故事处理方式

《西青散记》是一部在成书之前与刊刻之后均有相当知名度的杂记。《散记》尚未最后结集时，已在作者的交游圈中传阅。晚清谭献在其《复堂日记》中多次提到这本书，对它的文笔与情调均极为称赏。他指出：“《西青散记》致语幽清，有唐人说部风。所采诸诗玄想微言，潇然可诵。”① 他在旅行途中亦以此

① 谭献：《复堂日记》，第58页，石家庄：河北教育出版社，2001。版本下同。

书为伴："赴浏河，舆中阅《西青散记》。胸次萧寥，觉人游簪笏丛中，神魂不浃，意识不亲。"① 另一处又写道："舆中展《西青散记》八卷，如木瓜酿，如新来禽，此味非舌阁硬饼者所知。"②《西青散记》中的双卿故事更是广为流传，清末番禺沈宗畸姬人拜鸳"每于绣余之暇，手录记中所以传双卿各条，藉作日课"③，汇成一帙，名为《欠愁集》。徐乃昌《小檀栾室汇刻闺秀词》十集，有《雪压轩集》一卷，录《散记》所载双卿词作。20 世纪 20 年代，双卿的事迹与创作引起了顾颉刚、胡适等著名学者的兴趣，顾先生自言幼时即"甚爱《西青散记》文笔之美丽，尤好其叙双卿事之哀艳。双卿诗词，喃喃絮絮，似小儿女谈情诉苦，极真率，极悲哀。爱之尤甚"④。他对于双卿的姓名颇有疑问。胡适先生对有关双卿的记载考察一番，以考据家的犀利眼光发现了《散记》所载双卿事迹的漏洞和不合情理之处，得出的结论是："双卿是史震林悬空捏造出来的人物"⑤，读者信以为真是上了他的当。近年来，双卿故事又引起了研究者特别是海外女性文学研究者的兴趣，他们关注的是男性视野中的女性形象与女性创作⑥。引起我们注意的则是《散记》对故事的处理方式，因此我们的研究重点不在于评赏其文字之美，考证双卿是否实有其人，而在于探讨作者如何呈现故事并将故事组织成书以表现他的意图。

《散记》初看起来如书名所示，是一部内容庞杂、结构松

---

① 《复堂日记》，第 149 页。

② 《复堂日记》，第 272 页。

③ 《欠愁集》沈宗畸跋，番禺沈宗畸刊本，《拜鸳楼四种》之一。

④ 顾颉刚：《双卿》，见《蕲驰斋小品》，第 12 页，北京：北京出版社，1998。

⑤ 胡适：《贺双卿考》，见《胡适古典文学研究论集》，第 601 页，上海：上海古籍出版社，1988。版本下同。

⑥ 参见 Grace S. Fong, "*De/Constructing a Feminine Ideal in the Eighteenth Century*: '*Random Records of West-Green*' *and the Story of Shuangqing*", in Ellen Widmer &Kang' I Sun Chang, eds, Writing Women in Late Imperial China, pp265 – 281, Stanford University Press, 1997.

散、信笔而录的字纸篓式的杂记。作品以时间为序，记录了作者于雍正元年（1723）至乾隆元年（1736）间与其友人的交游活动，主要是扶乩请仙、诗酒唱和及四方游历等风雅事，杂以忠、孝、节、烈事迹，畸人、异人及才女轶事等。作品中录入了大量诗、词、文，与之相关的系年叙事与这些诗、词、文共同构成了史震林及其交游圈的轶事与创作编年录。《散记》初读虽然杂而散，但仔细读来却能看出作者自有其趣味与标准，并非漫无目的地随笔而录。冯金伯《重刻〈西青散记〉序》中说："先生以笔墨为生涯，以朋友为性命，荣利之事不入于情，簪缨之族不挂于齿，至遇畸人、韵事、衲子、羽流，或天上仙媛，或人间才女，苟一事足传，一言足采，无不感慨欷嘘，提笔伸纸，悉囊括于《散记》中。"这段话指出了史震林《西青散记》记事所采取的一个原则。作者在书中关注的不是名利与权势，而是那些不遇于世、不合于时的贫士、畸人以及方外人士和仙媛才女的事迹与创作。能进入《西青散记》的另一类人物则是忠孝节义之人和烈女。由此可见，才与德是作者选取记叙内容的两大标准。

史震林的朋友曹学诗则用"道学"与"风流"揭示《散记》的主旨，他的《西青散记序》中有句云："或悲或喜，文章曲绘须眉；可泣可歌，忠孝潜萌肺腑。醒痴迷于谐谑，直须大笑横行；谈道学于风流，不必正襟危坐也。"《西青散记》作于崇奉理学的雍正时期和乾隆初年，史震林的朋友吴震生（玉钩词客）"深明濂洛盱姚之学"①。虽然史震林并非理学家，而是一个才子，他在《散记》中自称此书乃"才子之文"，但他在书中记载忠孝节烈事迹却正是宣扬为理学家所强化的儒家道德原则。他认为："文章者，理学经济之寓也。古之人，明理学，则为治心之文；明经济，则为治世之文。不能治心而矜理学，不能治世而夸经济，则已陋矣。况泛骛于月露风云之末技哉！"② 他将文

① 《西青散记》卷四，第20页，古今书室石印本。版本下同。

② 《西青散记》卷四，第13页。

章视为载道之具，因此《散记》中即使在记风流故事时也并不忘道德劝诫。曹学诗所谓《散记》“谈道学于风流”即是此意。这里的道学可以理解为泛指封建伦常和道德规范，风流则是指文士生活的浪漫情调，具体来说就是野逸的生活情趣与文学趣味，在扶乩请仙时与天上仙媛的精神交流及与世间佳人的诗文酬答。史震林在《散记》中谈到他的三乐三恨，“三恨”乃“名山未游，异书未读，美人未遇”，他自称“能载异书，携美人，登名山，遍采歌咏，以为一代风雅，此古今之盛事，震林之大愿也”①。史震林所描绘的正是曹学诗所谓文士“风流”的最高境界。

《散记》所记的故事即围绕道学与风流的主题，以德与才为选取内容的标准，以时间为经，采用日记体，按年月日纪录，其间时间跨度有疏有密，如第一卷第二段所记为雍正二年（1724）事，但第三段已跳至雍正十年（1732），而此后所记则为此年至乾隆元年五年间事，记雍正十一年事最为详细。但时间顺序则丝毫不乱，互不相干的故事因为表现相同的主题组织到一起，形成串珠式结构，而其外在的贯穿线索则为作者的行踪。《散记》中的忠孝节烈故事多得自传闻，道学气颇浓。如卷一所记某孝女割臂疗祖母之疾，割之再三，“启臂，臂痕溃裂，不可封。跪于地而哭”，“祖母殁，哭七日亦死”。此女临死，告其父曰：“儿死非为名也，旌表祭吊其辞之。儿不望人知，并不求鬼神知也。”②作者将这位因孝而自戕至死且不求名的女子事迹收入《散记》，自然意在表彰，虽然这种孝的观念与行为颇不近情。这是《散记》中纯粹表现道学或曰“德”之主题者。这类故事文学性不强，也并非作品特色之所在。《西青散记》为后世称赏的是作者及其友人与天上仙媛和人间才女的交往故事，这些故事优美蕴藉，穿插了大量颇具才情的诗词作品。它们自然是文人风流浪漫

① 《西青散记》卷一，第19—20页。

② 《西青散记》卷一，第27页。

生活的重要组成部分。第一卷开篇即写了一连串作者及其友人扶乩请仙时降坛之神女、仙女故事，如琅玕神女清华君、白罗天女、梅花之神娟娟仙子、牡丹公主等的身世故事，载入其所做诗、词、文，记录双方的问答与诗文交流。《散记》卷二至卷四，特别是卷二、卷三以大量篇幅记叙双卿事迹，并载入其创作的作品。双卿事迹与作品在书中虽然也是以片断的形式出现，常被其他不相干的记叙打断，但相对连贯、完整，在整部书中给人印象最深。《散记》对于双卿故事的叙述颇有代表性，充分显示了作者的写作用意与呈现故事的方法及两者之间的内在矛盾与张力。

双卿出现在书中已是雍正十一年（1733），此年春天，史震林的族姑夫修园先生邀其读书绡山，作者由此得以与双卿相识。双卿在书中甫一露面，作者就详细交代了她的出身、才能及婚姻遭遇：

> 双卿者，绡山女子也，世农家。双卿生有夙慧，闻书声，即喜笑。十余岁习女红，异巧。其舅为塾师，邻其室，听之，悉暗记。以女红易诗词，诵习之。学小楷，点画端妍，能于桂一叶写《心经》。……雍正十年，双卿年十八。山中人无有知其才者，第啧啧艳其容。以是秋嫁周姓农家子。其姑乳媪也，……其夫长双卿十余岁，看时宪书，强记月大小字耳。①

此后书中所记双卿事迹集中于两方面：一是她受夫、姑虐待的不幸遭遇。双卿嫁了一个蠢笨而粗暴的丈夫，又遇上了一个蛮横、悍戾的公婆，像她这样富于才情的聪慧女子遭受如此不幸，内心的苦楚可以想见。但她恪守妇道，对于丈夫与婆婆的无理责骂总是默默忍受。她得了疟疾，病得很厉害，但还是拖着病体做家务，干农活，丈夫与婆婆毫不怜恤。她因体力不支而稍事歇息，二人则诟谇交至，施以暴力。双卿对于这一切非人的虐待不

① 《西青散记》卷二，第12页。

仅从无怨言，反而以笑脸相迎，她的忧伤与哀怨只在她的作品中有所流露。双卿在她不幸的生活遭遇中所表现出的超常忍耐与克制正体现着作者所赞赏的贞顺柔婉的妇德。

双卿事迹的另一方面是她与作者及其友人的交往与诗词酬答。双卿在自己成为《散记》中的一个主角之前，已是它的读者。她从书中读到了作者及其友人的轶事与创作，对这些才子不胜倾慕，自言："妾生长山家，自分此生无福见书生，幸于《散记》中识才子。每夜持香线，望空稽首，若笼鸟之企翔凤也。"① 雍正十一年夏，作者与其友人段玉函避暑于绡山，她主动投以词作，开始了与才子们的诗词赠答。作者的其他友人如赵闇叔、恽宁溪等均为之倾倒，其中玉函、闇叔对双卿尤为倾心。由于作者及其友人的揄扬，她的作品有了更多的知音。双卿事迹的这一方面正符合作者对于清才的趣味。

《散记》准备呈现在读者眼前的双卿就是这样一个完美的女性典型，她集作者理想之德与才于一身，并有着"可怜可惜，绝世独立之姿"②，是作者及其友人心目中薄命佳人的当世代表。但也许正是因为这种"完美"，读者在她身上看到了作者刻意塑造的痕迹，又由于作者对于女性德与才的标准落实到一个具体人物身上时存在着一些不可调和的矛盾，进一步导致读者对其人真实性的怀疑。

如作者所言，双卿"曲尽妇道"，守身如玉。丈夫虽非其偶，但"不忍薄其夫"③。然而身为女子，与男性诗词酬答，显然于传统妇德有违。作者也意识到了这一点，他让交往的双方都对此作了一番解释。有邻妇问双卿"何为泄诗词于外人"，双卿泫然答曰："是则所为莲性虽胎，荷丝难杀，藻思绮语，触绪纷来。妾亦欲天下薄命佳人，以双卿自宽，明诗习礼，自全白璧，为父

① 《西青散记》卷二，第12页。
② 《西青散记》卷二，第14页。
③ 《西青散记》卷二，第27页。

母夫婿及子孙存面目也。妾亦悔之矣。”① 这段话的第一层意思读者不难理解和接受：一个才华横溢的女子抑制不住自己的创作冲动，借创作以抒情达意，是颇为自然的事。不过这些话也不是双卿的发明，她所谓“莲性虽胎，荷丝难杀，藻思绮语，触绪纷来”之语出自《小青传》中小青与某夫人书。这段话的第二层意思就很可疑：双卿俨然以天下薄命佳人的表率自居，这样的话不像出自双卿之口，倒像是作者在借双卿传达自己的意图了。

作者友人一方则以怜才作为与双卿唱和的理由。醉书仙申志纶和双卿诗词，有书簏先生瞋目曰：“不可男女倡和，非礼也。速毁之。勿污苍颉字。”醉书仙驳曰：“古人止戒好色，不禁怜才。遇才则怜，何拘男女。具此深心，虽号风流，原为道学。”②

但双方交往的实际情形则并没有这么合乎礼义。从双卿这方来看，她在与男性诗友的文字往来中颇有挑逗之嫌。以她致赵闇叔的一封信为例，这封信弄得赵闇叔神魂颠倒，痴态百出，何以如此？原来其中有“仙郎一字，胜怀不夜之珠”之语，闇叔执书流涕，诵此二句，欲为双卿死。双卿知道闇叔得书的反应后，解释说：“彼误耳。仙郎者，吾夫也。吾夫不识字，灯下教之，已识十余字。他人识万字不为异，吾夫识一字即为宝，故云不夜珠也。”这样的解释未免有些事后假撇清的味道。她不会预料不到这样的句子可能会使人产生误会。而且信中还有一些涉于闺房之私的词句，如：“恬泪痕于香颊，舌洗相思；摩汗泽于酥胸，腕医心痛。”③ 一个贞洁自持的女子当不会公然作此等语且示之于男性诗友。因此，读了双卿这封信，读者首先会觉得信的内容和格调与她的为人不符，如果真是她写的，那么写这封信的双卿与作者对她的定位及她的自白相距太远。如果相信双卿是一个守礼的女子，就会怀疑这封信是作者为了显示他写香艳作品的才情

① 《西青散记》卷三，第2页。

② 《西青散记》卷三，第24页。

③ 《西青散记》卷三，第22页。

而安到双卿名下的。事实上，类似作品在卷一已出现过。那是作者的朋友段玉函在扶乩时请到的一位名叫牡丹公主的仙女所作，这位仙女嫁了一个蠢俗的丈夫柳絮郎君，但谨守妇德，段玉函请其自陈所以待其夫者，为人间妇训。牡丹公主即做了一篇骈词，中有句云："人间芳草，误绊仙郎；天上灵榆，强催神女。玻璃灯艳，陪君便可忘餐；琥珀杯深，怜我不妨添醉。几层金碧，卸此何香；一朵春红，抱之偏软。……玉笛吹寒，唇尖气少；雕栏靠暖，乳畔痕多。解襦空现全身，锦衾三折；舒腕聊支半面，宝枕双闲。"① 不难看出，其措辞和风格与双卿之作极为接近。

从作者及其友人这一方来看，他们与双卿交往，怜才固有之，而好色也不可能完全否定，在不少人身上还表现得很明显。作者本人对于双卿的容貌就颇不吝笔墨。双卿带病劳作，而作者注意的则是其风姿："俯仰疾徐，皆有风韵。纤眉若画，耳环的皪，映日如星。反襟拭汗，颜愈韶丽。"② 段玉函和赵闇叔等人为双卿神魂颠倒，若说全是因为其作品，那也是欺人之谈。从书中有关记叙看，与其说他们是为双卿的作品所倾倒，还不如说是为自己能与这样一位佳人有不同一般的文字交往而心醉神迷，何况这位佳人对他们充满倾慕，"若笼鸟之企翔风"，赠给他们的作品又颇有使之心旌摇荡的暧昧绮语。他们对她的态度是对于薄命佳人的怜惜与赏玩，而并非对一个德才兼备的女子的尊敬与钦佩。这一点仅举梦觇致双卿的一封信就可了然。他在信中解释请画者为双卿绘小影的用意在于"为天地惜可惜，怜可怜"，因为双卿生于偏僻的乡村，嫁了一个粗蠢的农夫，才与色都无人欣赏，只有他与史震林及其圈中的朋友才懂得怜惜。绘了她的清影，将会使更多的人知道世间有这么一位可怜可惜的薄命佳人而"拜之哭之咏之赞之"③。他在信中称双卿为"卿"，撇开梦觇是

① 《西青散记》卷一，第23—24页。

② 《西青散记》卷二，第28页。

③ 《西青散记》卷二，第14页。

双卿的田主与屋主这层关系不说，就算他们是亲密的诗友，“卿”这个称呼也过于亲昵，不应用于一个已是他人妻室的女子。

史震林笔下的双卿因此成了一个自相矛盾的形象。作者的本意是要向读者介绍一个兼具清才与淑德的女性典型，但读者从书中得到的印象却并非如此。如上所述，在与文士们的交往中，双卿的一些言行显然不符合作者对她的品德定位。她的作品所显露的文才虽然无可否认，但这些作品是否尽出其手则要打一个问号。因此读者有理由怀疑双卿其人是否存在，或者，即使实有其人，其真实面目与作者在《散记》中介绍给读者的双卿已颇有距离。书中的双卿已是按作者的理想与趣味改造过的形象。作者想在双卿身上同时体现他对正统妇德的推崇与对薄命佳人兼才女的欣赏，但这二者委实难以统一于一身，由此造成了作品中双卿这个形象的内在分裂。

胡适先生《贺双卿考》中提到《散记》中双卿年龄前后抵牾，这或恐是作者疏忽所致。他又指出双卿将作品特别是长调词作写在花草叶子上不近事实，因“一个田家苦力女子，病疟最重时还须做苦工，哪有这样细致工夫写这样绝细的小字”。以常识而论，胡先生的怀疑并非没有道理。胡先生又认为《散记》内容“大都是向壁虚造的才子佳人鬼话”①，虽然这个概括不甚符合作品实际，但他推测双卿是作者及其友人“这班穷酸才子在白昼做梦时‘悬想’出来的‘绝世之艳，绝世之慧，绝世之幽，绝世之贞’的佳人”②，则并非捕风捉影。胡先生话说得刻薄，若从书中作者及其友人对待双卿的态度上看，却也并不过分。

其实，《西青散记》中已提到有“疑双卿者”，他们不相信双卿实有其人，认为一个田家女“能识字，且通文，通文且悉

① 见《胡适古典文学论集》，第601页。

② 见《胡适古典文学论集》，第602页。

工”，让才子们个个为之倾倒，未免太不可思议①。作者的友人恽宁溪也曾怀疑双卿作品经过了作者润色。作者在书中详细记叙他的友人们与双卿相见并互赠诗文的细节，如卷三描绘恽宁溪见到双卿后惊艳而痴迷的场景；写到他“见粉书一叶”，对双卿作品是否尽出己手的怀疑顿时冰释。这些都是在向当世乃至后世的“疑双卿者”显示双卿实有其人，她的作品有手迹可寻，他并没有虚构或是粉饰润色。

但是，读者的怀疑并不因为作者煞费苦心的解释并佐以旁证而消失。因为人物形象的内在矛盾及有关事实的不近情理均甚明显，不是简单的解释与佐证就能消除与弥合得了的。有注重实证的研究者特地按《散记》所示去寻访双卿遗迹，得出的结论亦与胡先生相同②。双卿其人其作的真实性已成为文学史上的一个谜，或许起史震林于地下，他也不见得会说出真相。

事实上，不仅双卿故事如此，书中其他涉及文人风流生活的故事亦有不少虚虚实实者。如卷一记扶乩降坛的仙女娟娟仙子自述其与赵闇叔的交往：“赵郎九岁失父母，雪夜独行滆湖上，仆雪中。余扶之起，起倚余而坐。坐少苏，乃扶之归也。暮游，栖古庙，坐地睡。无人，风吹其领，甚寒。余以巾拥之，俾勿寒也。前者赵郎与栖梧子登姬山，余时卸晚妆，游姬山下，着翠绡衣，揥素心黄玉佩，赵郎拾得之，复堕于溪，至今在泥中也。”③这是一个典型的好心仙女怜恤孤儿的故事和仙女垂青才士的故事，故事由仙女叙述，而不是由赵闇叔来讲，并且文中一字未提赵闇叔当时及后来对于此事的反应，似乎他当时并不知道遇仙，读者只能猜测仙女可能是隐身的。第一个故事今天的读者大约只能在童话中读到，第二个则只能在《洛神赋》这样的作品中见

① 《西青散记》卷四，第14页。

② 参见张国擎《“双卿”其人有无考》，刊于《苏州大学学报》1985年第3期。

③ 《西青散记》卷一，第5页。

到。读者对这类故事的真假不难作出自己的判断。

从上述双卿故事和娟娟仙子故事中，我们可明显看出作者虽采用据见闻实录这种笔记与杂记沿用的传统方式，但这一方式却仅仅徒具形式，甚至可以说是作者刻意用来给他的故事造成真实可信效果的一个手段。《西青散记》因此与传统杂记与笔记拉开了距离。《西青散记》不仅故事内容的真实性让人怀疑，作者所采用的叙述方式也更增添了读者的疑心。从以上写世间人物交往的双卿故事与写人仙交往的故事中可以看出，史震林叙述故事时将自己摆在全知地位，他的朋友们自不必说，似乎将其一言一行均向他做了汇报，就连双卿与邻妇之间似无第三者旁听的谈话细节，他也知道得一清二楚。在一部日记体笔记中用这种方式叙述故事显然是不符合常规的。虽然史震林非常重视作品的可信度，但他传达自己意图和表现文才的冲动压倒了一切。史震林自记他与好友段玉函论《散记》，“抚（詹按：疑为‘怃’之误）然掩卷曰：‘天上人间，事多感慨。爱其文者，或疑其事；拘于理者，或病其言。余之为此，本无心也。虽焚之何悔？’”① 史震林一方面说“事多感慨”，一方面又说《散记》乃无心之作，这不过是文人故弄狡狯，以逃避世人对于书中事件真实性与某些观点的怀疑与訾议。

史震林对自己的文才及《散记》必定传世颇有自信。卷一开篇作者就借一位仙人清华君之口作了一番自我夸赞：“郎君以灵绣之思，扬窈澹之音。沐品题者，靡不衰兰振泽，遗珠跃彩。”② 清华君称史震林为弄月仙郎，说他前身为玉清侍史。谪仙是古代文人特别是诗人喜爱的一种身份，史震林在小说开头处即将自己如此定位，似乎暗示在这部书里，他是人而仙，与凡俗的现实中人不同。他的朋友们知道他在写作《散记》，在他面前言行也均颇为小心，如一次诸友为一位朋友饯行，“松石醉，欲

① 《西青散记》卷三，第19页。
② 《西青散记》卷一，第1页。

有言，筠谷目之曰：‘勿醉言，入悟冈记，即弗醒矣。’”① 有的朋友拿着自己所作的诗文请作者记到书中，或是托其将某人某事记入《散记》，以求留名后世。作者怀着传世的目的写作《散记》，意欲为后世留下一部野逸文人生活与创作的记录，使自己及其友人以风流而兼道学的形象在书中达到“不朽”。因此，进入书中的史震林及其友人的形象并非他们在现实中全面的真实形象，而只是某一侧面的、甚至不免造作的他们理想中的自身形象。史震林的这种写作目的与写作心态也与传统杂记与笔记有着本质的不同。如果说传统杂记与笔记是“记”，而史震林的《散记》则是“作”。但它与今天的日记体小说又有着相当大的差别，它的结构过于松散，事件过于繁杂，而且绝大多数故事彼此互不相干。

综上所述，《西青散记》是一部以日记体创作的特殊作品，薛洪勣先生称之为“散记小说”。它采用串珠式结构，记录了作者及其友人 14 年间的交游与创作活动。虽然有着据见闻实录的表象，但却采用全知视角，记述了不少虚幻或虚构的故事，而这均是为了达到他的创作目的，服从于他要表现的主旨。他处理故事的手段算不上高明，为表现文才，为达到他的主观意图，常常顾不了故事的可信性，因此留下了很多漏洞，我们正是从这些漏洞中探测到了他的用心与叙述故事所采用的方法。这些漏洞也并未造成它在接受上的困境，反而使它成了一个不断引起阅读兴趣，并可从不同角度与立场解读的文学研究对象。从这一点看，史震林借清华君之口所做的自我夸赞倒也并不过分。即以双卿而言，虽然其人其作的真实性十分可疑，但史震林笔下的双卿及其作品在二百余年后的今天，仍能吸引文学史研究者的注意。

---

① 《西青散记》卷一，第 17 页。

第四章 乾嘉文言小说流派分析

第一节 对小说史著作流派划分的评析

一、各种小说史著作的有关流派划分

对于乾嘉时期文言小说流派的考察分析，自然不能避开鲁迅先生在《中国小说史略》中对于整个清代文言小说流派的权威划分。鲁迅《中国小说史略》（以下简称《史略》）第二十二篇"清之拟晋唐小说及其支流"将清代文言小说分为拟唐、拟晋两大流派，分别以《聊斋志异》和《阅微草堂笔记》为两派代表，概述两派的主要作品和发展脉络。在《中国小说的历史的变迁》第六讲"清小说之四派及其末流"中，他又将这两派统称之为"拟古派"，指出："所谓拟古者，是指拟六朝之志怪，或拟唐朝之传奇者而言。"① 鲁迅先生对清代文言小说流派的划分与论述多为后来的研究者所承袭。此后研究清代文言小说者也多以两派对举，只是在流派的名称、作品的范围和数量、具体作品的归属和评价上有所不同。

鲁迅拟晋、拟唐之称着眼于两派的历史渊源，他明确归入拟唐派的乾嘉作品有他认为纯法《聊斋》的《谐铎》和不脱《聊

① 见《鲁迅全集》第九卷，第333页。

斋》窠臼的《夜谭随录》、《影谈》、《昔柳摭谈》①。他认为《耳食录》因受《阅微草堂笔记》影响，“虽尚有《聊斋》遗风，而摹绘之笔顿减，终乃类于宋明人谈异之书”②。“体式较近于纪氏五书者”的乾嘉作品则有江阴金捧阊之《客窗偶笔》四卷(嘉庆元年序)。

林骅、李厚基先生的论文《拟古派小说的振兴》沿用鲁迅先生的名称，但认为鲁迅先生“拟古派”与“拟晋唐小说”是就其主流而言，“此外还有大量的杂俎型笔记，其中有不少记述具有文学性，《史略》未予评论”③。又认为“阅微型”作品中，“值得一提的还有以王晫《今世说》为代表的一批轶事小说，如章抚功的《汉世说》、吴肃公的《明语林》、李清的《女世说》、颜从乔的《僧世说》等。这是‘拟晋’小说的一个别支，它们基本上模仿《世说新语》的体例”④。可见林、李二先生虽然承

① “若纯法《聊斋》者，时则有吴门沈起凤作《谐铎》十卷（乾隆五十六年序），而意过俳，文亦纤仄；满洲和邦额作《夜谭随录》十二卷（亦五十六年序），颇借材他书（如《佟觭角》《夜星子》《疡医》皆本《新齐谐》），不尽己出，词气亦失之粗暴，然记朔方景物及市井情形者特可观。他如长白浩歌子之《萤窗异草》三编十二卷（似乾隆中作，别有四编四卷，乃书估伪造），海昌管世灏之《影谈》四卷（嘉庆六年序），平湖冯起凤之《昔柳摭谈》八卷（嘉庆中作），近至金匮邹弢之《浇愁集》八卷（光绪三年序），皆志异，亦俱不脱《聊斋》窠臼。惟黍余裔孙《六合内外琐言》二十卷（似嘉庆初作）一名《璅蛣杂记》者，故作奇崛奥衍之辞，伏藏讽喻，其体式为在先作家所未尝试，而意浅薄；……”（《鲁迅全集》第九卷，第211—212页）

② “其（詹按：指《阅微》）影响所及，则使文人拟作，虽尚有《聊斋》遗风，而摹绘之笔顿减，终乃类于宋明人谈异之书。如同时临川乐钧《耳食录》十二卷（乾隆五十七年序），《二录》八卷（五十九年序），后出之海昌许秋垞《闻见异辞》二卷（道光二十六年序），武进汤用中《翼駉稗编》八卷（二十八年序）等，皆其类也。迨长洲王韬作《遁窟谰言》（同治元年成）《淞隐漫录》（光绪初成）《淞滨琐话》（光绪十三年序）各十二卷，天长宣鼎作《夜雨秋灯录》十六卷（光绪二十一年序），其笔致又纯为《聊斋》者流，一时传布颇广远，然所记载，则已狐鬼渐稀，而烟花粉黛之事盛矣。”（《鲁迅全集》第九卷，第216页）

③ 见程毅中编《神怪情侠的艺术世界——中国古代小说流派漫话》，第176页，北京：中共中央党校出版社，1994。版本下同。

④ 同上，第193页。

袭了鲁迅先生的分类框架和分类名称，但包罗的作品类别则比《史略》广泛。

有的论者根据其文体特色，称之为“尚质派”和“藻绘派”。吴志达《中国文言小说史》中云：“仿效《聊斋志异》写法的人很多，蔚然成为一大流派。因其文体特色，是以优美细腻的笔法描述委婉曲折的故事、塑造生动的人物形象，与纪昀《阅微草堂笔记》文尚质朴、重纪事实的尚质黜华相颉颃，通常就称之为藻绘派，或所谓‘才子之笔’；而称《阅微草堂笔记》为代表的另一流派为尚质派，或所谓‘著书者之笔’。于是在文言小说史上，形成藻绘与尚质两大流派相对峙的局面。”① 他认为：“可以列于藻绘派之林者，最有代表性的是沈起凤《谐铎》、和邦额《夜谭随录》、长白浩歌子《萤窗异草》、宣鼎《夜雨秋灯录》以及王韬《淞隐漫录》等。年辈比他们都早的袁枚，撰《子不语》（即《新齐谐》），基本倾向亦属于此派。这是就其写法上崇尚艺术想象和虚构而言，而其语言风格较质朴，不事藻饰，篇幅亦较简短，有尚质派之风。为叙述的方便，我们姑且把他也列于藻绘派，况且他是名副其实的风流才子。”②

又有将两派根据其代表作家的姓氏而称为“蒲派”与“纪派”者，如吴礼权《中国笔记小说史》认为：“《聊斋志异》创作问世后，由于评论界的推崇、读书界的好尚，自乾隆末年开始，有清一代的许多笔记小说家皆奉《聊斋志异》为楷模，由此掀起了一股模仿蒲氏笔法的志怪笔记小说创作的风气。如乾、嘉年间的《新齐谐》、《谐铎》、《夜谭随录》、《萤窗异草》、《影谈》、《昔柳摭谈》、《浇愁集》（詹按：此书非乾嘉作品）等；……皆是在《聊斋志异》影响下产生的作品。”③ 他又指出：“至清中叶后，由于纪晓岚氏起而创作《阅微草堂笔记》，一反

①② 《中国文言小说史》，第766页，济南：齐鲁书社，1994。版本下同。

③ 《中国笔记小说史》，第237—238页，北京：商务印书馆国际有限公司，1993年台湾版，1997年北京印刷。版本下同。

蒲氏以传奇笔法随意装点志怪内容的作风，力主‘尚质黜华，追踪晋宋’的笔触。同时在内容方面又要求谈神说鬼‘大旨期不乖于风教’，这样，《阅微草堂笔记》与《聊斋志异》就成为清代笔记小说壁垒分明的两派，在创作意趣、艺术表现两方面皆迥然有异。”① 吴礼权将《耳食录》、《闻见异辞》、《两般秋雨盦随笔》、《耳邮》等归为纪派代表作，其中《耳食录》是乾嘉作品。

侯忠义、刘世林两先生所撰《中国文言小说史稿》（下）根据后出作品对《聊斋》的态度，将其分为两派：“鲁迅先生在《中国小说史略》中说：‘《聊斋志异》风行逾百年，摹仿赞颂者众，顾至纪昀而有微辞。’指出《聊斋志异》问世后的影响，一为赞颂摹仿者，一为微辞诋毁者。前者如沈起凤《谐铎》、乐钧《耳食录》、和邦额《夜谈随录》、长白浩歌子《萤窗异草》、冯起凤《昔柳摭谈》、许秋垞《闻见异辞》、汤用中《翼駉稗编》、管世灏《影谈》、宣鼎《夜雨秋灯录》以及王韬《遁窟谰言》、《淞隐漫录》、《淞滨琐话》等，后者如袁枚《子不语》、纪昀《阅微草堂笔记》、许元仲《三异笔谈》、俞蛟《梦厂杂著》、俞樾《右台仙馆笔记》、《耳邮》、金捧阊《客窗笔记》、梁恭辰《池上草堂笔记》以及许奉恩《里乘》等，‘尚质黜华，追踪晋宋’，‘与《聊斋》之取法传奇者途径自殊’。应该说，都属于志怪小说的范畴，……”②

张俊先生《清代小说史》认为：“自蒲松龄《聊斋志异》问世后，仿效其笔意之作，声势颇壮，产生了一批‘聊斋型’的文言短篇小说。乾隆晚期袁枚《子不语》和乾嘉年间纪昀《阅微草堂笔记》两种志怪体小说的出现，打破了《聊斋志异》的‘一统天下’。自此，两种不同风格的文言短篇之作，有如双峰

① 《中国笔记小说史》，第250页。

② 《中国文言小说史稿》（下），第224—225页，北京：北京大学出版社，1993。

对峙，两水分流，自成流派，各极其盛。”① 又认为：“这一时期（詹按：指清中期）的文言短篇小说集，基本类别，可分为传奇和志怪两类，前者主要承传和发展了《聊斋志异》的传统，措词严谨，雅近《聊斋》，形成洋洋大观的‘聊斋系列’。后者则搜奇志怪，意在拟晋，与‘聊斋型’作品相颉颃，也对后世文言短篇小说产生了很大影响，其代表作是《阅微草堂笔记》。”②张先生根据内容和体式将清中期以来的文言短篇小说分为传奇和志怪两类，两类中承袭其代表作品《聊斋》与《阅微》者，即以“聊斋型”和“阅微型”相称③。他指出，清中期的传奇小说，“主要有和邦额的《夜谭随录》、沈起凤的《谐铎》、乐钧的《耳食录》、屠绅的《六合内外琐言》、曾衍东的《小豆棚》、长白浩歌子的《萤窗异草》、荆园居士的《挑灯新录》、管世灏的《影谈》、俞梦蕉的《蕉轩摭录》、冯起凤的《昔柳摭谈》等小说集中的部分作品。这些作品，虽多模拟《聊斋志异》，但它们的文体风格也不尽一致。有些作家立意创新，志在形成一种新的流派”④。清中期的志怪类作品“主要有王槭的《秋灯丛话》、袁枚的《子不语》、纪昀的《阅微草堂笔记》、浮槎散人的《秋坪新语》、金捧阊的《客窗偶笔》、慵讷居士的《咫闻录》、许仲元（詹按：当为许元仲，殆手民之误）的《三异笔谈》等”⑤。张俊先生的观点值得重视的是，第一，他明确指出所分的两类从篇幅与体制上说是文言短篇小说；第二，他指出能归入传奇类的是他所举出的文言小说集中的部分作品；第三，他所划分的传奇类作品包括“聊斋型”作品，志怪类作品包括“阅微型”作品，

① 张俊：《清代小说史》，第330页，杭州：浙江古籍出版社，1997。版本下同。

②④ 张俊：《清代小说史》，第331页。

③ 张俊先生论清代中期传奇作品主要继承《聊斋》传统，志怪作品以《阅微》为代表，与“聊斋型”作品相颉颃；清末传奇多仿《聊斋》，志怪多仿《阅微》，“聊斋型”与“阅微型”作品并行不悖。参见《清代小说史》，第457页。

⑤ 张俊：《清代小说史》，第338页。

亦即前者范围大于后者。

又有学者认为传奇体和笔记体是文言小说的两种基本类型，如苗壮《笔记小说史》认为："清初志怪小说集往往是兼有传奇体与笔记体，以《聊斋志异》独领风骚。乾隆中《聊斋志异》刊行，仿效者日众。同时亦出现坚持传统笔记写法，追步晋宋而另立一帜者，先有袁枚《子不语》，后有纪昀《阅微草堂笔记》。纪昀以其学识地位名位及小说本身的成就，使《阅微草堂笔记》在文人中拥有较广泛的读者，几与《聊斋志异》相抗衡，成为清代志怪创作的两大派之一。这一时期还出现了屠绅的《内外六合琐言》（詹按：当为《六合内外琐言》），在文言小说中别具一格。"① 他在具体论述中又引入了志怪的概念，将《聊斋》与《阅微》均称为志怪小说集，而《聊斋》又兼有传奇体与笔记体。此处苗先生将传奇体和笔记体与志怪作为两组概念使用，前二者着眼于表现方法，后者则着眼于题材内容②。但在具体表述和将具体作品归类时，由于两组概念交错使用，给人感觉不甚清晰。

薛洪勣先生在《传奇小说史》中谈到清代中期传奇小说，认为仅就乾嘉年间来说，比较重要的作品集就有数十种。这些作品集在思想和艺术等方面，都或多或少地受到《聊斋志异》的启示和影响，因而其中有较多的作品都可以称为《聊斋志异》型作品，但又各具特色③。薛先生在他的论文《明清文言小说的发展历程》中对本期传奇小说作了较为全面概括的论述："传奇小说专集。本期（詹按：指康雍年间至乾嘉盛世，但后面所提到的作品则均成书于乾嘉）的优秀的传奇小说专集比哪一个时期都要多，而且各具特色，在'聊斋系列'的内部出现了某种

① 苗壮：《笔记小说史》，第363页，杭州：浙江古籍出版社，1998。版本下同。

② 参见苗壮《笔记小说史》，第5页。

③ 参见《传奇小说史》，第344页。

开创或形成流派的势头。”接下去他分析、介绍了《夜谭随录》、《挑灯新录》等十余部传奇作品集的风格特点。他认为，和邦额《夜谭随录》、荆园居士《挑灯新录》等，“平民倾向和批判精神较为鲜明”；乐钧《耳食录》、屠绅《六合内外琐言》、俞国麟《蕉轩摭录》等，“以才学见长，主观色彩较为浓重，多象征、隐喻之作”；曾衍东《小豆棚》、徐昆《柳厓外编》等，“文备众体而尤善写人，文笔传神，以短小精悍的记传体作品最为佳妙”；长白浩歌子《萤窗异草》等，“文彩斐然，典则秾丽，辞章性较强，在情节结构等方面尤具匠心”；沈起凤的《谐铎》等，“颇擅藻思，喜笑怒骂，皆成文章，但喜按理构事，这一点对后世有明显影响”；冯梓华《昔柳摭谈》、管世灏《影谈》等，“似接受了《萤窗异草》、《谐铎》等书的多重影响，写情者辞章性很强，接近于《萤窗异草》；讽世者亦按理构事，接近于《谐铎》”①。

薛先生此文中认为乾嘉时期笔记体小说的重要作品是袁枚《子不语》、纪昀《阅微草堂笔记》和王槭《秋灯丛话》。

二、上述划分的总体倾向与存在的问题

以上不厌其烦地征引各种小说史著作和论文中的论述，是为了指出清代文言小说流派研究的总体倾向与其中存在的问题。可以看出，后人对于清代文言小说流派的研究均不出鲁迅先生《史略》的范围，我们首先必须对《史略》的观点作一番分析。

鲁迅先生将清代文言小说主潮分为拟晋与拟唐两大派，拟晋、拟唐之称据他自己的解释，“是指拟六朝之志怪，或拟唐朝之传奇而言”，志怪与传奇是文言小说的传统体式分类概念，并非严格的流派概念。它们适用于唐以后的各个时段，程毅中先生指出：“前人往往用体来区分文学流派，而所谓体又往往与体裁相联系。同一体的作品不一定具有共同的思想倾向与艺术风

① 见《社会科学战线》1990年第2期，第258页。

格。"① 用志怪与传奇这两个体式概念来划分文言小说的派别也有这个问题。并且一部文言小说集中常常二者并存，指其为志怪或传奇，笔记体或传奇体，只能是举其重。这一点李剑国先生在《唐五代志怪传奇叙录》中已经谈到②。鲁迅先生用"拟晋"与"拟唐"之称，而不直接用"志怪"与"传奇"，笔者推想，除避免用体式名称作为流派名称外，"拟"字亦指出了清代文言小说与晋唐小说的联系与区别，虽然"拟"字更多地突出了继承，而清代文言小说的创新与特色在其中无从体现。从他所列举的作品看，其篇幅与体制是文言短篇小说，文言中篇小说与长篇小说如《燕山外史》和《蟫史》等不在所论到的两派之内，作品的载体除《谐铎》、《六合内外琐言》等少数文言短篇小说专集外，绝大多数是小说类笔记③。

鲁迅先生指出有纯法《聊斋》及不脱其窠臼的作品，有体式近于纪氏五书的作品，在此姑且以"聊斋型"作品和"阅微型"作品相称。这一观点亦基本为此后研究者所承袭，但有的研究者已指出"聊斋型"作品文体风格并不一致，如张俊与薛洪勣两先生都认为《聊斋》系列作品内部有开宗立派的势头。从《史略》的具体论述中可以肯定，《聊斋》及"聊斋型"作品属于拟唐派，《阅微》及"阅微型"作品属于拟晋派，但反过来，拟唐派是否就只包括《聊斋》及"聊斋型"作品，拟晋派只包括《阅微》及"阅微型"作品？则并无明确表述。细观其意，后者范围应大于前者。这样，《史略》中就出现了两组分类概

① 《神怪情侠的艺术世界》，第2页。

② 见《唐五代志怪传奇叙录》，第5页，天津：南开大学出版社，1993。

③ 一些研究者根据作品实际情况，将其体式与类别分得更细致。如张俊先生《清代小说史》对清代文言短篇小说的种类和派别分前、中、后三期进行论述，将清前期小说分为传奇、志怪、轶事、杂俎四类，清中期分为传奇和志怪两类，清末则分为传奇、志怪、杂俎、轶事和尚实五类。刘叶秋先生《历代笔记概述》将清代小说类笔记分为四类：兼志怪、传奇两体的《聊斋》类；摹拟魏晋志怪、偏重议论的《阅微》类；仿《世说新语》的轶事小说；兼载时事的小说集。

念，比较而言，聊斋型与阅微型是更为清晰的流派分类概念，因为，它们不只强调体式的分别，更强调创作方法与风格的区别，两型各有其代表作家作品及其后继者，更合乎流派成立的条件①。

后人根据鲁迅先生确定的框架对清代文言小说进行流派分析时出现了不少问题，首先引起人注意的是几种乾嘉作品的流派归属不一致。这些作品在《史略》中无明确归属，这正是造成后来研究者对它们归类不一致的主要原因。如《新齐谐》，鲁迅先生仅按时间顺序将其置于《聊斋》与一系列“不脱《聊斋》窠臼”的作品之间加以论述，当代研究者对它的处理则有三种情况，一种如侯忠义、刘世林两先生与张俊先生将它与《阅微》同归入志怪类；一种如吴礼权《中国笔记小说史》将它归入模仿蒲氏笔法，受《聊斋》影响而产生的作品；一种如吴志达先生认为它基本倾向同于藻绘派，但亦有尚质派之风，为论述方便，姑列入前者。从这三种处理情况亦可见出《新齐谐》作品风格的复杂性。第一种归类是就其内容与体式而言，并非严格的流派归类，后两种则是对它作流派划分。从作者的创作追求与作品风格看，《新齐谐》显然不是模仿蒲氏笔法的作品，袁枚《〈子不语〉序》中谓“《聊斋志异》殊佳，惜太敷衍”，明确表示了他对于《聊斋》写法的不满，他的《新齐谐》即力避他所谓的“敷衍”之病。《中国小说史略》谓“其文屏去雕饰，反近自然”，对它创作特色的分析是符合作品实际的。从《新齐谐》中所收作品看，虽也有少量篇幅较长、叙述详赡的作品，但大多数为短小志怪，可称为乾嘉拟晋派的先声。因此，上述第二种处理，即将《新齐谐》归入《聊斋》仿作，值得商榷。吴志达先生的归类则是一种从权的处理，他认为此书兼有藻绘、尚质两派特色，“就其写法上崇尚艺术想象与虚构而言”，有前者的倾向，“而其语言风格较质朴，不事藻饰，篇幅亦较简短”，又有后者

① 关于文学流派的界说不一，一般认为有两种类型：自觉型与不自觉型。阅微型与聊斋型在自觉程度上显然较高。

的特色，但将一部“不事藻饰”的作品归入“藻绘派”，即使是从权的处理，也似乎不太妥当。

《耳食录》是另一种归属不一的作品。《史略》指出它受《阅微草堂笔记》的影响，“虽尚有《聊斋》遗风，而摹绘之笔顿减，终乃类于宋明人谈异之书”，并没有将其明确归入“体式较近于纪氏五书者”。当代研究者除吴礼权《中国笔记小说史》将《耳食录》列入纪派代表作外，其他提到这部作品的诸家均将其列入聊斋一系或传奇小说类。《耳食录》中确有一些志怪短章，但更多篇幅曼长、情节曲折、摹绘如生之作。其志怪之作风格诙诡奇谲，从其故事来源与风格上看，可见受唐人小说如《酉阳杂俎》的明显影响，这在本书第一章中已有论及，鲁迅先生认为《耳食录》“类于宋明人谈异之书”的论断不甚确切。吴礼权先生将其列为纪派代表作更不妥当。

《六合内外琐言》是第三种难于归类的作品。《史略》指出它“伏藏讽喻，其体式为在先作家所未尝试”，侯、刘二先生申说《史略》之意，指出：“鲁迅认为，它是在蒲松龄之后，《聊斋志异》续书、仿书纷出的时期出现的一部另立门户之作。”①苗壮《笔记小说史》亦认为它在《聊斋》与《阅微》之外别具一格。张俊与薛洪勣两位先生则将其归入传奇小说中。笔者赞同《史略》对于这部作品体式的论断，不过，如果对传奇做较宽泛的理解，则张、薛二先生的归类亦不无道理，因为《六合内外琐言》虽与唐传奇和《聊斋》中传奇作品所代表的典型传奇作品风格有很大差别，但若是考虑到鲁迅先生对唐传奇所下的经典定义，则《六合内外琐言》符合传奇“篇幅曼长，记叙委曲”的体制特点，且全为幻设之辞，想象极为丰富，并有不少从唐代小说典故衍化而来的作品，如《烛光爱主》、《三郎一妹》等。

流派研究中存在的第二个问题是对于《聊斋》仿作的界定问题，鲁迅先生指出有所谓纯法《聊斋》或不脱《聊斋》窠臼

---

① 《中国文言小说史稿》（下），第307页。

者，有的研究者即直接称之为《聊斋》仿作，但均未作明确界定，其内涵与外延不甚清晰。《聊斋》是一部体制与风格均甚复杂的作品集，而对于何谓《聊斋》仿作，或曰《聊斋》仿作所摹仿的《聊斋》特色是什么，研究者们或不作说明，或只有极简略的解释，如上述吴志达《中国文言小说史》中指出《聊斋》及其仿效者的文体特色，“是以优美细腻的笔法描述委婉曲折的故事、塑造生动的人物形象”，这一解释不仅适用于《聊斋》及其仿效者，也适用于唐传奇，若想弄清《聊斋》及其仿效者的特色何在，则此解释仍不惬人意。事实上正如上面谈到的，研究者们已注意到《聊斋》的仿效者各具特色，被认为属于《聊斋》仿作的乾嘉小说尤其如此。虽然《谐铎》、《小豆棚》等书中有根据《聊斋》中的故事进行拟作与改作的作品，但从作品总体风格上看则均有自身面貌。《小豆棚》中作品体例颇杂，将整部作品称为《聊斋》拟作并不合适。即如鲁迅先生认为纯法《聊斋》的《谐铎》，从本书第二章对它的艺术分析中可以看出，它与《聊斋》存在着极大差别，或许可以说它受到了《聊斋》的启示与影响，但断定它“纯法《聊斋》”或说它是《聊斋》的拟作均不甚符合作品实际。正如邱炜萲所言，《谐铎》能“自存面目，未尝有意依傍《聊斋》，拾其一颦一笑”①。因此，虽然《谐铎》、《小豆棚》等书中有对《聊斋》中作品的拟作，这不过是文言小说中常见的现象，从本书第一章对乾嘉作品故事来源的考察中可以看出，被它们摹拟与改写的唐人小说其数量并不亚于《聊斋》，因此，就乾嘉作品而言，似不能笼统称某部作品为《聊斋》仿作或拟作。

阅微型作品亦同样存在界定不清的问题，虽然《阅微》较之《聊斋》，其体制与风格均较整一。从作品数量看，被研究者们归入《聊斋》系列的乾嘉作品数目甚夥，而所谓的纪派或曰

① 《客云庐小说话》中《续小说闲评》（二十二则），见阿英编《晚清文学丛钞》（戏曲小说卷），第394页。

“阅微型”作品则很少。《史略》中将《客窗偶笔》列入体式近于纪氏五书者，吴礼权《中国笔记小说史》则将《耳食录》列为纪派。上文已对《耳食录》的归类作了辨析，我们不认为它是纪派作品。金捧阊《守一斋客窗笔记》在写作手法和风格上与《阅微》相去甚远，倒是明显可见受到古文的影响。赵翼为金捧阊《客窗笔记》所题诗中有一首云：“史才独擅苦无施，聊摭新闻小试为。毛颖陶泓原有例，古文手笔作传奇。”指出《客窗笔记》在体例上与韩愈《毛颖传》的联系，将它归于古文家做小说这一路数。如果把他所说的传奇看作小说的代称，那么他称金捧阊以古文手笔写小说的说法是合乎事实的。恽彙昌《金玠堂先生传》称《客窗二笔》“机局变化导源于司马子长，而神明于柳柳州，阅之入人心脾”云云，虽是溢美之词，但也指出其写作技巧学的是古文家。因此，虽然它像《阅微》一样重视劝惩，但正如《史略》所云：“貌如志怪者流，而盛陈祸福，专主劝惩，已不足以称小说。”① 乾嘉时期并无一部风格与体制明显与《阅微》相近的作品，但若采用“拟晋派”的概念，取其体式为短小志怪汇集之意，则王棫《秋灯丛话》、金捧阊《守一斋客窗笔记》等书均可归入此类。

从以上分析可知，乾嘉文言小说创作现象十分复杂，当时的文言小说作者除纪昀等少数人外，并没有明确的宗尚，流派是后世研究者对其所作的区分。正如林骅、李厚基二先生所指出的：“活脱脱的创作实践远不像理论那么干瘪，那么纯粹，从无限多的个别偶然之中，进行反复分析、比较、归纳、综合，才能依稀发现它们在体裁和题材方面的某些共性和规律，上升抽象为某‘派’某‘型’后，又总觉得有些‘个别’仍然不能包容进来。流派似乎也是个模糊概念。”② 说出了对清代文言小说进行流派分析的艰难程度。鲁迅先生《史略》将清代文言小说主潮分为

① 《中国小说史略》，见《鲁迅全集》第九卷，第217页。

② 见程毅中编《神怪情侠的艺术世界》，第196页。

拟唐与拟晋两派，这是一种提纲挈领的宏观划分，限于小说史的体例与格局，论述极为简略，难免疏漏，个别具体论断亦有欠妥之处，但他对清代文言小说主潮的准确把握和精辟论述为后来的研究者提供了重要参考。后世研究者出于对《史略》权威性的尊重，大多沿袭其基本观点，但却因对其中论述的不同理解而产生种种歧见，使情况更为复杂。

鉴于上述情况，笔者在对乾嘉这一时段文言短篇小说进行流派分析时，沿用鲁迅先生"拟唐"、"拟晋"之称，虽然这一对名称如上所述有其缺陷，但较之纪派与蒲派、藻绘派与尚质派等名称，仍有它不可替代的优点。它从历史渊源与体式着眼，颇具弹性，乾嘉时期文言短篇小说的代表作品和优秀作品按体式分类，主要是志怪与传奇两类，能够基本容纳于两派之中，因此，这是一对有效的分类概念。而如纪派与蒲派，且不论两派之称能否成立，就纪派而言，乾嘉时期则只有一部《阅微》，不成为派。藻绘与尚质之称亦不适用于乾嘉作品，命名者的本意是将它与聊斋型作品、阅微型作品相对应，而前者中亦多有不尚藻绘、以清新自然为宗者，如《柳崖外编》。

笔者认为，乾嘉时期可归入拟晋派的主要有以下作品：纪昀《阅微草堂笔记》、王椷《秋灯丛话》、李调元《尾蔗丛谈》、欧苏《霭楼逸志》、程攸熙《吹影编》、金捧阊《守一斋客窗笔记》、徐承烈《听雨轩杂记》、刘寿眉《春泉闻见录》、诸联《明斋小识》、黄凯钧《遣睡杂言》等。可归入拟唐派的作品则主要有：和邦额《夜谭随录》、沈起凤《谐铎》、王露《无稽谰语》、乐钧《耳食录》、徐昆《柳崖外编》、曾衍东《小豆棚》、张太复《秋坪新语》、吴荆园《挑灯新录》、管世灏《影谭》、俞国麟《蕉轩摭录》、冯梓华《昔柳摭谈》、娄东羽衣客《镜花水月》、宋永岳《志异续编》等。某些作品如方元鹍《凉棚夜话》，一书之中风格不一，《凉棚夜话》四卷为志怪短章，为作者记录他人所述异闻之作，可归入拟晋派。而此书续编二卷则着意为小说，多幻设之辞，作者自序中谓此二卷中"乌有先生亡是公于于而来矣”。续编二卷尤长于借虚构故事中人物之口论辩说理，且多篇幅曼长者，与拟晋派风格截然不同，但又并非以叙述故事委曲见长之拟唐派。流派分析的目的是在对具体作品的研究中获得宏观认识，反过来又用宏观的眼光更好地为具体作品定位，若是为了迁就流派划分而将具体作品硬性归类，对于作品本身的研究与流派研究均无益处。因此，对于一些难于归入某派的作品，我们以为不必将其塞入流派的框架之中。

以下我们试图从乾嘉拟唐与拟晋派文言小说作者对小说问题的有关论述及他们的创作实践中探寻其在一些重要问题上的观点与立场，并分析与之相关的创作趋向上的差异。

第二节　乾嘉时期拟晋派与拟唐派作家的小说观

一、拟晋派作家的小说观

1. 纪昀的小说观

被鲁迅先生划为拟晋派代表人物的纪昀以学者而兼作家，较为全面地阐述了对于小说概念、范围、体例、风格及创作目的、功能等的看法，虽然这些看法散见于《阅微》五种序言、正文以及《四库全书总目》等书中，但贯穿其中的小说观念是严密而统一的。《阅微》是其小说观的忠实体现。

纪昀主纂的《四库全书总目》对传统目录学谱系的“小说”概念与分类在重新整理的基础上做了一个总结。《总目》从汉人对于小说与小说家的论说中寻绎小说的原始涵义，子部小说家类小序将小说分为三派：“其一叙述杂事，其一记录异闻，其一缀辑琐语也”，这一分类实际也是从内容上给小说圈定了一个范围。与前人比如明代胡应麟的六分法相较，《总目》注意到了小说的叙事性，对于小说范围的界定在这方面更接近于今人的小说观念。胡应麟所分的六类中，丛谈、辩订、箴规这三种主要为非叙事性作品，而《总目》将其从小说家类剔除，如鲁迅先生所说："小说范围，至是乃稍整洁矣。"①《总目》的分类反映了纪昀对于小说概念和范围的认识。石昌渝先生对《总目》的小说观念有一个基本符合原意的概括："其内涵是叙事散文，文言，篇幅短小，据见闻实录；其外延包括唐前的古小说，唐以后的笔记小说。按这个标准，背离实录原则的传奇小说基本上不叫'小说'，白话的话本小说和长篇章回小说更不叫'小说'了。"②

在《〈姑妄听之〉自序》中纪昀举出了他心目中小说的典范："缅昔作者，如王仲任、应仲远，引经据古，博辨宏通；陶渊明、刘敬叔、刘义庆，简澹数言，自然妙远。"王充的《论衡》与应劭的《风俗通义》以今人观念衡量不算小说，但却是他追慕的楷模。从《总目》对这两部作品的评价中可以更清楚地了解纪昀对于小说的看法。《总目》评《风俗通义》谓其"因事立论，文辞清辩，可资博洽"③，又称"杂说之源，出于《论衡》。其说或抒己意，或订俗讹，或述旧闻，或综古义。后人沿波，笔记作焉。大抵随意录载，不限卷帙之多寡，不分次第之先后。兴之所至，即可成编"④。纪昀《阅微》追步的正是《风俗通义》和《论衡》作为学术性杂著的体例和"引经据古，博辨宏通"的学者风范及《搜神后记》、《异苑》和《世说新语》简澹的语言风格。

《阅微》以晋宋小说为轨范，但与晋宋小说的区别也是明显的，正如鲁迅《史略》所论："然较以晋宋人书，则《阅微》又过偏于议论。盖不安于仅为小说，更欲有益人心，即与晋宋志怪精神，自然违隔；……"⑤ 纪昀注重小说的劝惩、教化功能。他

① 鲁迅：《中国小说史略》第一篇，见《鲁迅全集》第九卷，第9页。

② 《"小说"界说》，见《'93中国古代小说国际研讨会论文集》，第9页，北京：开明出版社，1996。

③ 《总目》卷一二〇，子部杂家类《风俗通义》提要。

④ 《总目》卷一二二，子部杂家类"杂说"案。

⑤ 鲁迅：《中国小说史略》第二十二篇，见《鲁迅全集》第九卷，第213页。

在《阅微》五种自序中两次提到其写作以“有益于劝惩”、“不乖于风教”为宗旨，《滦阳消夏录》（六）中亦云：“儒者著书，当存风化，虽齐谐志怪，亦不当收悖理之言。”① 晋宋志怪张皇鬼神，称道灵异，亦有劝人向善之意，但多数作品没有这种浓重的道德教诲的意味，只是以一种较为客观的笔法记录怪异之事，显示着人类对于神秘莫测的大千世界的好奇和敬畏。

《阅微》偏于议论，“欲有益于人心”是一个原因，另一个原因则是文体使然。纪昀以《风俗通义》和《论衡》这样的学术性著作为轨范，不仅仅以叙述故事为满足，还要抒己意、订俗讹，辨析义理，考证名物。从这个意义上也可以说他“不安于仅为小说”。作品中有不少学术议论，如比较汉学与宋学的优长与短缺，评论宋儒的理气心性、格物致知之说，论析儒、道、释的社会文化功能，等等。在这些条目中议论成了主体，人物与事件只是构成一个叙述框架，使议论有所依托，以区别于纯粹的议论文。当然，《阅微》常用的还是一种叙议相生、融合无间的手法，或先议后叙，或先叙后议，或夹叙夹议。议论是《阅微》的一个重要文体构成因素。《阅微》中的议论与《聊斋》中的“异史氏曰”有着不同的渊源。“异氏史曰”学习的是《史记》“太史公曰”的写法，继承的是史传和传记文学的传统。而《阅微》中的议论则应归于学术性杂著的传统。前者依附于正文故事，往往是对正文故事的评论、补充，而后者常常与故事分庭抗礼，不分宾主，甚至事为议而设。

《阅微》在文体上将晋宋小说与学术性杂著熔于一炉，由于其自觉的道德意识和明确的褒贬倾向，以及将议论作为文体构成的一个重要因素，使得作品在精神面貌上与晋宋志怪迥然异趣。作品雍容淡雅的叙述风格如作者所言，乃取法晋宋小说，但与唐宋以来的文人笔记及散文小品亦有不可分割的联系。

纪昀出于自己对小说概念的理解，对于《聊斋志异》颇有

---

① 《阅微草堂笔记》，第114—115页。

微词。盛时彦《〈姑妄听之〉跋》转述纪昀对《聊斋志异》的批评，曰：

> 《聊斋志异》盛行一时，然才子之笔，非著书者之笔也。虞初以下，干宝以上，古书多佚矣。其可见完帙者，刘敬叔《异苑》、陶潜《续搜神记》，小说类也；《飞燕外传》、《会真记》，传记类也。《太平广记》，事以类聚，故可并收。今一书而兼二体，所未解也。小说既述见闻，即属叙事，不比戏场关目，随意装点。……今燕昵之词，媟狎之态，细微曲折，摹绘如生。使出自言，似无此理；使出作者代言，则何从而闻见之？又所未解也。留仙之才，余诚莫逮万一；惟此二事，则夏虫不免疑冰。①

纪昀的批评归结起来有以下两点：

（1）《聊斋》一书而兼二体，不符合纪昀所理解的小说概念。如上所述，纪昀并不视《飞燕外传》、《会真记》这样的传奇作品为小说，因此，对于《聊斋》中既收有符合他小说观念的类似晋宋志怪的作品，而又收有大量传奇体作品表示不解。

（2）描写人物之间的私语和隐秘情态，而作者对此无从闻见，因此有不真实之嫌。纪昀对《聊斋》中的想象、幻设之辞深致不满，一方面源于他对小说概念、价值和创作态度的见解，另一方面也出于对小说写作原则的思考。纪昀认为小说的价值在于“寓劝戒、广见闻、资考证”，十分强调小说“广见闻、资考证”的作用，《四库全书总目》中屡屡称赞小说“摭采繁富、取材不竭”②、“足与正史相参证”③ 的史料价值，甚至评价《甘泽谣》这样的小说重视的也是其“足资考证”的作用。他以“著书者之笔”创作小说所要实现的正是这种价值，而征实是其必然要求。他又认为小说不像戏剧，是叙事体而非代言体，以臆测

① 《阅微草堂笔记》，第472页。

② 《总目》卷一四〇，子部小说家类《西京杂记》提要。

③ 《总目》卷一四〇，子部小说家类《金华子》提要。

和幻设来虚构并非耳闻目睹的事件难免使人怀疑其真实性。鲁迅先生指出："他的《阅微草堂笔记》，竭力只写事状，而避去心思和密语。但有时又落了自设的陷阱，于是，只得以《春秋左氏传》的'浑良夫梦中之噪'来解嘲。他的支绌的原因，是在要使读者信一切所写为事实，靠事实来取得真实性，所以一与事实相左，那真实性也随即灭亡。如果他意识到这一切是创作，即是他个人的造作，便自然没有一切挂碍了。"① 《阅微》为解决可信性问题，对于不是作者亲见亲历的事件采用转述、引述他人言论的方法来取信于读者，不厌其烦地逐条列出所述之事出于何人之口。作者对于他人的言论是亲耳所闻，这一点无可置疑，他人的言论是否真实则可存疑。作者常站在读者的立场上，对自己引述和转述的内容加以质疑和评论。应该说，他根据自己界定的小说概念如此处理可信性问题取得了成功。鲁迅说他意识不到小说是创作，毋宁说他的小说观不允许他承认小说是创作。在纪昀所处的时代，虚构和幻设的小说传统即使从唐传奇算起也已存在了千余年，并已出现《西游记》、《红楼梦》这样充满想象力的杰作②，他却仍然固守古小说的观念，不能不说是一种倒退。但纪昀这种保守的小说观为文言小说创造了一种别具一格的叙事方式。虽然标出故事来源的作法不自纪昀始，但他以转述、引述与质疑、评论相结合的方式打破了通常小说叙事的完整自足状态。某些条目反复转述，如卷七《如是我闻》（一）中书生述鬼说鬼故事条似"阳羡鹅笼，幻中出幻"，在保证故事来源真实性的前提下，造成了一种幻觉效果，将真与幻这一对矛盾用巧妙的叙事手段予以统一，而又并不违背自己实录的写作原则。

2. 其他拟晋派作者的小说见解

如上所述，纪昀的小说观念体系界定清晰、逻辑严密，并在

① 《三闲集·怎么写》，《鲁迅全集》第四卷，第23页。

② 《如是我闻》（三）中提到《西游记》，纪昀认为它系明人伪托，他对书中故事颇为熟悉。

创作实践中得到了严格的贯彻，这在乾嘉文言小说作者中为仅见。其他作者往往在作品序跋中表达他们的观点，均较简略、零散，没有纪昀那么全面、深入。但在小说写作原则与功能问题上，大多数拟晋派作家与纪昀立场一致。

恪守古小说观念，坚持实录，反对虚构，这几乎是大多数拟晋派作家的共识，他们对于《聊斋》的幻设不以为然。如李调元在《尾蔗丛谈》自序中认为《聊斋志异》“以惊奇绝艳之笔写迷离惝恍之神，词清而意远，事骇而文新，几乎淹贯百家，前无古人矣。然皆凿空造意，无实可征，考古者所弗贵焉”，对《聊斋》的幻设深致不满，自称其宦游所至，“辄访问山川风土人物，采其事之异乎常谈，并近在耳目之前，为古人所未志者，辄随笔记载，以为麈谈之资。其始自何人，出自何地，要取其有据，不取其无稽”①，但此书事虽有据，而为短小志异之汇集，故事与文笔均殊无足观。《春泉闻见录》作者刘寿眉自序中言其作乃“偶忆生平闻见，随笔录出，藉以消遣。事取真切，言戒妄诞”②。金捧阊《守一斋客窗笔记》是被鲁迅先生归入体式近于纪氏五种者，作者《〈客窗偶笔〉自叙》谓其作“言皆有据，事匪无因。或以佐麈尾谈天，或以供辖轩问俗”；蒋熊昌《〈客窗偶笔〉叙》亦称其“事多征实，藻不忘摅，摭拾不拘一端，大旨以有裨世道人心为主”，“即搜罗一二奇僻，亦不流于荒诞”。赵学辙《〈客窗笔记〉序》更在对幻设之作的批评中突出此书实录的优点：“余维小说家言，大抵优孟衣冠，得其似而失其真者。更有蜃楼海市，幻由心造，往往出于文人学士穿凿附会之所为，非不澜翻层叠，动人观听，其如佛氏妄语之戒又如何乎？先生此编，事事真实，有裨世道为多，……”③ 诸联《明斋小识》卷一《杂记》篇中作者自述创作原则：“其中见者、记闻

① 《尾蔗丛谈》，乾隆间绵州李氏刻本。

② 《春泉闻见录》，《近代笔记丛选》第一册。

③ 《守一斋客窗笔记》，《粟香室丛书》本，光绪十六年重刊。

者，记邑中之事居多，或劝或惩，或为谈助，事非一例，而穿凿附会之谈不设，此可自信者。”魏容序中亦云：“其为书与经经纬史有别。然稗官野乘，古所不弃，或览者藉为惩劝资，未始不与世道人心有补也。”① 《霭楼逸志》同样以记述乡邦人物事迹为主，作者在《例言》中自称：“是编专是近世事迹，然多是乡邑人物，未及远取者，间或外省外府之人，必经本处人士目击确闻，方敢采入。至所见异词，所闻异词，所传闻又异词，姑无暇深辨，一以情理为准。”亦强调其为实录之作。《例言》中还特意指出：“是编绝鲜香奁之体，非等《聊斋》形容尽致，撩拨阅者无限艳慕心神，间有数条，都是使人鉴戒。”② 程攸熙在《〈吹影编〉缘起》中亦自言：“世之厌常而好异也，久矣。故与人谈仁义道德，不若与人谈怪奇诡异之靡靡动听也。然日与人说狐说鬼，说妖说怪，我妄言之，人妄听之，于人不信，于世何补！予向以口舌取咎，半生坎坷，自诒伊戚，尚口乃穷，岂虚语哉！暇时搜辑近事，微寓劝惩，以补口过。一切淫媟靡曼之词，诙谐刺讥之语，概屏勿录。事取其真，理取其正，仍自有新奇可喜之致，俾阅者好之而不厌。”作者以自身经历指出妄言于世无补，且有可能自取其咎，因此《吹影编》取材重视其真实性，并自觉设置道德屏障。黄凯钧《遣睡杂言》作者自序谓其所记“事任丛残，言无体例。窃谓街谈巷议可广见闻，勾异搜奇，不忘惩劝”。自序后复题一律，其颔联与颈联曰：“事从耳食都非妄，语为才疏略涉庄。寓目正堪消梦蝶，会心兼可识亡羊。”③宣称其所记虽为耳食，却非妄语，且读之不仅可遣睡，还有裨益。

从以上引述可以看出，这数种笔记皆以征实自我标榜，在小

① 《明斋小识》，同治四年（1865）秋重校吴趍亦西斋藏板。

② 《霭楼逸志》，嘉庆戊午（1798）镌，□□堂藏板。

③ 《遣睡杂言》，《四库未收书辑刊》本，据嘉庆乙亥（1815）春镌友渔斋藏板影印。

说功用上，强调其有益劝惩的教化功能，重视其“广见闻、资考证”的作用，亦即强调小说的道德价值、史料价值与学术价值，与纪昀的观点一致。纪昀摒弃了文言传奇和白话小说的传统，坚持古小说观念，以“著书者之笔”来规范小说创作，对于小说作者的才力和学养提出了相当高的要求，而这些作者在这两方面都难以望其项背。这几部作品不论是全书的成就还是其中小说作品的成就皆不甚高。

强调小说要实录、征实，这本是文言小说创作与历史著作深刻的渊源关系对于小说观念的一种强大影响。从起源上看，古小说是史书的分流，班固《汉书·艺文志》中指出“小说家者流，盖出于稗官”①，小说观念长期被笼罩在史学观念的浓重阴影之中。史家实录观念对于文言小说写作的影响在乾嘉时期仍然顽固存在，它与考据学兴盛时代的实证学风相结合，形成了以纪昀为代表的具有时代特色的实录观念。对于绝大多数拟晋派作家而言，这种观念对他们是一种束缚，作者被它捆住了手脚，在选材与写作手法上都没有多少腾挪的空间，而他们又无纪昀的学力与才华，能将戴着的手铐与脚镣变成一种独特的形式依托。而且在实际写作当中，他们也并不能如纪昀那样严格遵守自定的戒律，并采取相应的叙事策略以保证实录的可信性。即如《客窗二笔》中《狐火记》篇就颇有想象、幻设之辞，类似传奇笔法。《吹影编》卷二之二“景物”目下《云都》篇记前辈侯秬园先生病中数次梦入仙境，与仙女十七姐及凌家处女遇合事，篇幅曼长，为记述委曲之传奇。《霭楼逸志》卷五《云开雪恨》篇则是篇幅曼长之公案故事，其中有大量人物对话，其写法与白话公案小说并无区别，仅采用文言而已。

二、拟唐派作家的小说见解

拟唐派作家则挣脱了征实与实录的桎梏。《耳食录》初编乐

① 《汉书》卷三十，第1745页，北京：中华书局，1962。

钧自序中云其“羁栖之暇，辄敢操觚，追记所闻，亦妄言妄听耳。己则弗信，谓人信乎?”对所记事件自己尚且不信，可见他对内容是否可信并不看重。宋永岳在《志异续编》“凡例”中坦承“集中实事固多，海市蜃楼亦复不少。子虚乌有，明眼人自能辨之”。吴荆园《挑灯新录》自题诗四首之一谓：“挥毫敢谓少尘纷，或可同闻所未闻。灭烛何妨间说鬼，遣愁借此试谈文。荣枯顷刻空中色，衣狗须臾天际云。我既妄言君妄听，古今真赝不劳分。”作者请读者不必费心分辨故事真假，则即承认其中有幻设者，此意在第二首中说得更明白：“要知世上原多幻，何必尊前苦认真。”① 娄东羽衣客在《〈镜花水月〉自叙》中云：“大千世界，空诸所有，亦靡所不有。有是言即不必无是事，无是事又何妨有是言?以为必有是事者，妄也；以为必无是事者，迂也；囿于所恒有而不扩其所不恒有者亦隘也。”王露在《〈无稽谰语〉自序》中自谓此书近诞，书前其兄王蓟园弁语中曰：“家弟兰皋，尘氛早谢，略如平子归田；炎暑相侵，差等长卿病渴。望山阴而不见，徒传赤脚之冰；盼河朔以云遥，空羡碧莆之酒。于是寄情毛颖，暂为木客之曹邱；托意陶泓，巧作花妖之鲍叔。秋云削去，瘦漏成文；春冻雕余，玲珑似画。卧酣窗下，折腰翁解赋闲情；吟满囊中，长爪郎最工僻句。凿山而入华胥之国，似幻似真；架木而通乌有之乡，亦庄亦戏。”指出《无稽谰语》内容多写花妖木魅之类虚构故事。朱兰谷为《无稽谰语》题诗四首，第四首曰：“心花开处笔花生，落纸须臾幻影成。三尺荒坟听鬼唱，千年华表识狐烹。蜃楼海市能寻迹，牛鬼蛇神浪托名。姑妄言之姑妄听，信非于理信于情。”亦指出此书的幻设特点。其他拟唐派作品如《夜谭随录》、《柳崖外编》、《谐铎》、《影谭》、《蕉轩摭录》、《昔柳摭谈》等皆为长于虚构幻设的作品，而其艺术成就也为研究者们所一致肯定。这些作家不仅不拘泥于作品所写是否属实，而且往往着意以幻设和虚构显示其丰富的想

① 《挑灯新录》，咸丰辛酉（1861）秋镌，文德堂藏板。

象力和创造精神。纪昀所病的臆造私语和隐秘情景的问题，在文言传奇小说和白话小说的传统中其实并不成为问题，因为作家和读者都已接受创作者的全知叙事者角色。

在小说功能上拟唐派作家既重视小说寓劝惩的社会教育意义，但亦强调小说的个人价值和审美价值，不少人指出小说乃遣愁寄慨之作，重视其情感发抒功能，与拟晋派作家客观、冷静的创作态度不同。如上述吴荆园所谓“遣愁借此试谈文”。《谐铎》在拟唐派作品中是讽喻性较强的一部，作者劝世的用心十分明显，书中寄托着作者对于世事和个人遭遇的感慨，沈起凤弟子马惠为《谐铎》所作跋中称其师“以宋玉之小言，写邱迟之碎锦。问天天对，喝月月行。添颊上之毫，浇胸中之垒”，指出作者借写作小说抒发个人感慨。《蕉轩摭录》俞国麟自序中亦云：“予特假古今六合中琐言细事，或信手拈花，或随声解语，集成《摭录》。谓为感发，谓为惩创，聊作自警，亦欲由卑近以及高远。”强调事实对于作者情绪的感发而引起创作冲动。《秋坪新语》作者张太复亦说小说乃感慨之所寄，有强烈的情感冲击力。他在《自序》中称此书乃有感而作，并指出古人之作如《搜神记》、《甘泽谣》、《夷坚志》、《酉阳杂俎》等皆“有感而托”，自已上不能羽翼经传，次不能奏赋陈诗，“何如敷扬贞义，宣播新奇，凡街谭巷说，可欣可愕，可法可戒之事，闻之使人奋袂起舞，使人抚几长叹，使人拍手叫骇，使人仰屋笑嘻，于人无忤，于世无争，言者无罪，闻者足戒，谁是谁非，我行我法之为愈哉”。当然，由于作者的思想水平及写作趣味的局限性，他所托之感慨在书中难以发现，“敷扬贞义”云云亦只不过一句门面话，作品中有大量凶杀、奸情、怪异故事，与其说具有强烈的情感冲击力，不如说具有感官刺激性。而这种追求感官刺激的倾向在《无稽谰语》中发展到极为恶劣的程度，小说多述秽亵之事，其中篇章多沦为作者宣泄其色情欲望与窥视癖之工具。作者在《自序》中亦自谓“无稽近诞，谰语多亵，何可举以视人”，而有嗜其作品之客则曰：“以亵为戒，则《秘辛》、《控鹤》之记概看删。况乎豕立、神降见于传，构精、敏歆著于经，《语》称宋朝之美，《孟》述子都之姣，未之或讳，而君何泥焉?”借《杂事秘辛》与《控鹤监秘记》为之张目，倒是指出了此书的渊源所自，而引儒家经典为其辩护，则显为强词夺理。

至于以小说显示学问、炫耀文才甚至以小说为戏者亦大有人在，本书第二章谈到《志异续编》等书时已有论及，兹不再赘。

第三节　关于拟唐派的三个问题

一、拟唐派作家对于“情”的新见

拟唐派作家不以征实和实录作为判断小说是否合格的首要标准，在他们的观念中有比它更为重要的或更令他们关心的价值标准。一些作家拈出了“情”。程毅中先生指出，怪异和丽情是传奇小说的两大要素，这是从唐人裴铏《传奇》就已确立的传统[①]。但此期作家对于“丽情”这一传奇小说的传统要素有了颇具时代色彩的新见解。吴荆园《挑灯新录》前第四首自题诗中强调世间惟情难磨灭：“从来人世皆泡影，千劫惟余一点情。”联系到他的作品，可知这“情”主要是指爱情或情欲，书中有不少篇章写真挚、深切的爱情战胜世俗阻碍的故事，如卷一《夏雪郎》、卷二《陈生》写女方父亲嫌贫爱富欲退婚而终不得逞，卷三《谢惜春》、卷四《罗姓少年》写小儿女两情相悦、不顾礼法而终得如愿，卷四《胡司空》则写同性恋者之痴情，等等。吴荆园所写的情与传奇小说传统的“丽情”相去还不太远，只是更为世俗化，基本没有了怪异成分，乐钧对于“情”的认识则是与传统大相径庭的新颖之见。《耳食录》中《痴女子》篇[②]记一痴女子读《红楼梦》有感于心，以至于死的故事。篇末作者以长文论《红楼梦》、论情，对《红楼梦》所写的情依自己

---

① 参见《宋元小说研究》，第126页，南京：江苏古籍出版社，1999。

② 见《耳食录》二编卷八，第285—287页。

的理解做了酣畅淋漓的阐发，颇有不同流俗的见解，甚至具有一定的现代气息。作者否定了其时有关《红楼梦》为悟书的看法，认为《红楼梦》“实情书”，所谓“悟”，“乃情之穷极而无所复之，至于死而犹不可已。无可奈何而姑托于悟，而愈见其情之真而至。故其言情，乃妙绝今古”。乐钧对《红楼梦》主旨的看法以今人观念衡量自然有简单、狭隘之病，但他由此出发以富于文采而又极具思辨色彩的笔墨论情之本质与表现形态，则达到了相当的深度。

乐钧认为《红楼梦》“所言之情之人，宝玉黛玉而已，余不得与焉”。两人是“情之实”、“情之正”，他人皆“情之虚”、“情之变”。宝黛之情虽基于男女自然本能，但在作品中的表现却绝不关乎此，即作者所谓“未尝不系乎男女夫妇房帷床第之间，而绝不关乎男女夫妇房帷床第之事”。这种情是自然本能的升华，如明月之光，如花之香色，月不能离魄而生其光，花亦不能离根蒂而成其香色，“然花月之所以为花月者，乃惟其光也，惟其香色也，而初不在其魄与根蒂”。作者以花月为喻论析情与人的自然本能的关系，不否认自然本能是情产生的基础，但却更重视作为更高级精神形式的情。作者甚至认为天下至痴至慧、爱月爱花之人之心，是“并月之光、花之香色而忘之”，对于某一对象的情爱能脱离可以感受的实在而进入到一种纯粹抽象的境界。作者对于情本质的这种阐释颇得宝黛之情的真谛。

作者又进一步将宝黛式的情与世俗男女之情进行对比。他认为世俗男女之情止于自然本能亦即人的动物性欲望，男女相悦仅因为对方是一个可与之结合的异性。换了一个与所悦者“品相若”的人，情可以移；别易一个“出其所悦者之品之上”者，则情可以夺。相悦而不能结合，可以因循苟且，“情于是乎穷”；相悦而能如愿，在“安常处顺”的共同生活中，情被逐渐湮没而止。作者认为这种可以移、可以夺、可以穷、可以止的情不是真正的情，他以充满诗意与激情的笔调写出了他心目中的情：

> 故情之所以为情，移之不可，夺之不可，离之不可，合

之犹不可。未见其人，固思其人；既见其人，仍思其人。不知斯人之外，更有何人。亦并不知斯人即是斯人。乃至身之所当，心之所触，时之所值，境之所呈，一春一秋，一朝一暮，一山一水，一亭一池，一花一草，一虫一鸟，皆有凄然欲绝、悄然难言、如病如狂、如醉如梦、欲生不得、欲死不能之境，莫不由斯人而生，而要反不知为斯人而起也。虽至山崩海涸，金消石烂，曾不足减其毫末而间其须臾。

乐钧心目中的情具有超越时空的永恒性，达到了一种迷狂的审美境界。这里借用柏拉图“爱情的迷狂”概念，是就这种境界不受理智控制的如痴如狂状态而言。乐钧生动地描绘了处于这种状态中人的心理，他们不自觉地成了最敏感的诗人，时间的流逝、万物的变迁都会和他们心中的情产生感应。这种情不仅不可转移，而且不以结合为最终归宿，所谓“合之犹不可”，摒除了爱情的功利目的。这种理想境界连宝黛之情也未能企及。宝黛尚念念不忘木石前盟，欲结今生之好，宝玉也并非“不知斯人之外，更有何人”，而是“爱博而心劳”①，甚至见了姐姐就忘了妹妹。

至此，乐钧将宝黛式的爱情推向了极致。这种情是专一的、永恒的、迷狂的、超功利的，达到了纯粹的审美境界。如同明月之光与花之香色，是生命焕发出的光彩。传统社会注重道德理性，强调婚姻的伦理义务与责任，将男女之情归之于夫妇之义，视非婚姻关系之情为非礼非法，而乐钧却如此张扬一种纯粹的、超功利的、迷狂的情，不能不说是对正统观念的严重冲击。

与前此文言小说中表现出的爱情观念相较，乐钧的“情”也无疑是最具理想化色彩的。文言小说中的爱情故事最为常见的是才色相吸而两情相悦，且多渲染情的色欲基础。明代中篇爱情传奇自不必论，如《天缘奇遇》、《三奇合传》、《花神三妙》等均写一男数女之遇合，肆欲而至于淫乱，是警幻所谓“皮肤淫

① 鲁迅：《中国小说史略》，见《鲁迅全集》第九卷，第229页。

滥之蠢物”，不及于情者。唐传奇中的爱情名作如《霍小玉传》、《莺莺传》、《任氏传》中男主人公均如沈既济评郑生所谓“徒悦其色而不征其情性”，李益与张生更是典型的负心者。《无双传》、《李娃传》中的爱情只是在专一性和坚固性方面差可达到乐钧的要求。《聊斋志异》中的爱情故事多有一男拥双艳的庸俗设计，即使在写知己之爱的《连城》篇中也不免此败笔。《阿宝》、《瑞云》、《王桂庵》等篇写情较合乐钧的标准，但也远没有达到那种不以结合为目的的超功利的审美境界。

乐钧心目中这种纯粹的情具有神奇的力量，“至有填海崩城，化火为石，一切神奇怪幻，出于寻常思虑之外者”，《耳食录》中《范依》、《张碧云》篇就写出了情的这种超出常理的力量。《范依》篇写范依与张氏女相悦，而张氏弗许婚，二人因成疾，同日而死。不久先后俱苏，然男女互易其舍，两家骇极，遂许婚为夫妇。篇末作者评曰：

> 汤玉茗有言：生而不可与死，死而不可复生者，非情之至也。岂惟是哉？男而不可以女，女而不可以男者，亦非情之至也。情至于此，一而二，二而一者也。

作者写这个荒诞的故事意在表明情人灵犀相通，情到至极，两人身心合一，作为情的寄身之处的躯体可互换亦不为奇。

《张碧云》篇写女子张碧云慕邻舍应举诸生亦名张碧云者，因格于同姓，且虑生已婚，莫可为计，遂郁郁而死。女子张碧云钟情于同名男子，在他身上寻找己身之对应。男子张碧云在得知女子为自己而死后，因不敢得罪名教，只认女子为妹，但对她的知己之爱则深感于心。这两篇故事所写之情，一能打破躯体的束缚，一不顾同姓不能通婚之戒，足见作者认为至情能推翻一切自然与人为的障碍。

乐钧有感于《红楼梦》中宝黛之情，对人类爱情与自然本能的关系做了精辟论析，强调爱情超乎自然本能的精神特质。虽然他心目中的爱情理想化色彩过于浓厚，但在现实中的男女之情及其在文学中的表现多陷于欲望和功利的泥淖而缺乏精神超越的情况下，乐钧的爱情观不啻为一副净化剂。

乐钧将不可移、不可夺的专一性视为真正爱情的要素，对爱情中的男女双方都提出了忠贞的要求，而不是特要女子守贞。这一点结合《耳食录》初编卷三《三官神》篇和卷九《黄衣丈夫》篇来看更为明显。《三官神》记述负心男子遭神谴的故事，篇末作者评元稹《会真记》，认为将张生始乱终弃饰为善补过乃“忍人之言”。《黄衣丈夫》记李益、霍小玉转世，李益数世皆遭小玉凌折的传闻。篇末作者评曰：“余读蒋防所为《霍小玉传》，至生负心之际，未尝不怒发上冲也。”听了这则传闻，“乃恍然于天道好还，而忍人之不可为也”。两则故事均借因果报应之事谴责负心男子，强调男子亦应恪守忠贞的原则，从另一方面看就是肯定女子在情爱关系中是与男子具有同样情感要求的人。这在男子不妨妻妾成群、艳遇不断，而女子则应从一而终的传统社会中是颇具现代平等观念的进步思想。

此期其他短篇小说作家如徐昆对于情的见解亦值得注意，《柳崖外编》卷十五《灵川女郎》篇末柳崖子评曰：“寰宇万变，情与理而已。纵情而荡，理不容也。理不容，则鬼神责之。笃情而至，理所悯也，理所悯，则神明与之。”① 对于情理关系的分析，持论颇为通达，而落脚点则在为灵川女郎的笃情辩护。卷一《巧巧》写贫家女巧巧与宦家子浦四郎因门第悬殊而不能谐好，巧巧以死相誓的故事。篇末柳崖子评曰：“上品无寒门，下品无贵族，选法古人所叹。余谓男女婚姻，终身大关，相如文君而外，罕得偶者。安得破尽门户成格，妙配人间士女也。”② 这种能冲破门户等级观念的婚姻爱情观在当时亦为难得。

二、拟唐派作家对于白话小说创作手法的借鉴

从上述拟唐派作家对于“情”的新见中可见其与当时白话小说如《红楼梦》的思想息息相通，乐钧对于“情”的见解即

---

① 《柳崖外编》，第324页。
② 《柳崖外编》，第6页。

因对《红楼梦》的评论而起。他们在作品中还自觉或不自觉地写到了一些与宝玉有着或多或少精神联系的畸人、痴人。如《耳食录》二编卷五《女湘》中的主人公金湘即可看作贾宝玉的投影。金湘数世经历亦是贾宝玉式性情的合理推演。俞国麟《蕉轩摭录》中写了数位具有明确的自我意识，并以个体悟性拒斥世俗规范，生活在自我世界中的女子，如卷三《蝶痴》中广陵故家女琐玉，卷十二《你红》中名为你红的旧家女及同卷《红豆》中妓女红豆。这几个女子均因为要维护真我的独特与完整而陷入孤独。你红遭世人非议，红豆甚至得不到情人的理解，琐玉则只有在异类中寻找知音。前此文言小说中几乎找不到这样的女性畸人。她们不能在婚姻这种传统社会认可的形式中找到自己的位置，游离于规范化的生活轨道之外。她们也不能在家庭中或是情人身上实现自己的价值，而将自我价值系于自身。她们与宝玉一样是“不堪其灵魂的流浪之苦”① 的时代先觉者。

拟唐派作家不仅在精神上受到白话小说的感发，在创作手法上也吸取了白话小说特别是《红楼梦》的滋养。梓华生《昔柳摭谈》中《秋风自悼》就是明显一例。此篇写江左某女与其姨表兄私相爱慕，女之母嫌生贫，卒许女于某富家，二人各抱恨终身的故事。篇中提到《石头记》：

> 一夕，生薄醉，挑灯读《石头记》。其母令女偕婢媪来，叩生斋。生启户，入则询琐琐黄白。生一一告之已竟。女曰：“所看何书？”生示之。女曰：“此书足移情性，以后不看也可。”

在明代中篇爱情传奇中，《西厢记》、《娇红记》是青年男女的爱情教科书，《红楼梦》风行之后，这类教科书又多了一本。《秋风自悼》写男女情事合于其现实身份与处境，二人互相爱慕、互相试探、互相猜疑之状均写得入情入理，与文言传奇小说中爱情故事常见的浪漫处理异趣，而与《红楼梦》的现实主义

① 王昆仑：《红楼梦人物论》，第242页，北京：三联书店，1983。

精神相通。这篇小说在人物形象塑造上明显学步《红楼梦》，如写女主人公："肌肤微丰，面如满月。性冲和，未尝叱媪婢，媪婢亦不忍拂其意。惟裙底双莲未能作新月样，缘小时涉山游历，不耐十分缠缚，亦不效时俗之乞灵于木底者，然娉婷之态不减仙子凌波。"女主人公的容貌、性格让人想到薛宝钗，她在恋爱中的含蓄、矜持以及思想上谨守闺训等方面也近宝钗。篇末吴希山之评亦引《红楼梦》中评宝钗句"任是无情也动人"来评价女主角。此篇写女主人公的容貌脱去文言小说写美女多是"娇波流慧，细柳生姿"的老套，甚至特写她时人眼中之短，转觉真实，颇得《石头记》"真正美人方有一陋处"① 的诀窍。

《聊斋志异》写人物语言使用了不少文言化的口语，如《阎王》篇写李久常劝其悍妒的嫂氏改行时，嫂氏的一段怒语，活画出了一个语带讥刺、不思悔改的悍妇形象。在写到一些文化教养不高的人物如媒婆、婢媪时，蒲松龄也多用浅近的文言甚至口语，符合人物的身份。乾嘉文言短篇小说作者在这方面有所发展，显然，他们对人物语言个性化的重要性已经有所认识，而这一直是文言小说的薄弱之处。相形之下，白话小说在这方面具有语体的优势，并且"一样人便还他一样说话"是不少优秀的白话小说作家自觉的创作追求。乾嘉文言短篇小说作者如曾衍东、冯梓华、俞国麟等借鉴白话小说的经验，在人物语言的个性化上有所突破，有的作者不仅直接用白话来写人物对话，甚至还用上了方言与俚语。如《昔柳摭谈》卷五《巧骗》记一个骗子团伙在苏州骗走参铺中人参三十余两事。一个骗子扮成仆人，着蓝袍，至参铺买参百余金，越日又至，云：

> 敝上言此参狠不好，嗔我不会瞧。今儿要大参数十两，你们挑数种同我去，请他自看，省得我们挨骂。

店主派两个能干的伙计随仆人去见其主人，将带去的人参放

① 《石头记》第二十回脂批，见《脂砚斋重评石头记》，北京：人民文学出版社，1975。

在几上，主人颇有老爷架子，看了一眼，说："这个才好。"又顾蓝袍仆人曰：

> 你们眼儿也不开，瞎了眼珠子去混闹。你去瞧昨儿这种菜头参，成东西么?![①]

作者在这里直接用白话来写骗子所操的京腔，虽然有个别词语如"数种"、"自看"夹在其中，与口语风格不够协调，但总体而言颇有京腔韵味，还能表现出仆人与主人的不同身份与说话方式，显出骗子高明的骗术。

再如《小豆棚》卷三《徐国华》写扬州恶霸徐国华临死时与其妾的一段问答：

> 徐病革，问其妾曰："我死后，汝为我守乎?"妾乃以指竖鼻端曰："俺这一朵花才开，遂守空房耶？看你的行为，伸伸腿，大家都撒手。我不打诳语欺瞒死人!"徐哭曰："枕边恩爱，何顿忘耶?"妾曰："三伏天炎炎炙背，想你的好情儿!"冷笑而出。[②]

这段对话将山东道上娼户出身的妾写得声口毕肖，像这样有着生活实感的生动、泼辣的人物语言，在《金瓶梅》、《醒世姻缘传》[③]这样的白话小说中俯拾即是，而在文言小说中是很少见的。虽然文言小说由于语体的局限不可能大量采用这种方法来写人物语言，但作家的这种尝试无疑值得肯定，也取得了成功。

三、拟唐派与《聊斋志异》

乾嘉拟唐派文言短篇小说集有不少自称或被人认为是以《聊斋》为楷模或继《聊斋》而作者，今天的研究者们亦往往将

---

① 《昔柳摭谈》,《申报馆丛书》本。

② 《小豆棚》，第61页。

③ 《小豆棚》卷八《郑让》、《少霞》二篇情节与《醒世姻缘传》中故事相近，似非偶然巧合，甚至某些细节亦如出一辙。如：郑让妻马氏悍妒，所作所为有数桩与薛素姐同，如欲阉其翁，恐其生子析产；幽其夫于帐后净所，等等。《少霞》中张成买娼为妾，殴嫡妻，妻遂自缢，类晁源、小珍哥与计氏事；张成令妾着紫貂裘，跨马，随从仆妇皆戎装，猎于郊，类晁源、小珍哥事。

其归为“聊斋型”。如《挑灯新录》书前李雪堂序中云：“《挑灯新录》一书，吴子荆园继《聊斋志异》而有作也。”孙嘉栋序中则云此书乃仿《聊斋志异》、《夜谭随录》、《虞初新志》与《谐铎》四书凡例。《镜花水月》书前作者友人小樊居士题词云：“水中月现晶莹色，镜里花开锦绣文。真个《聊斋志异》外，又看此老张吾军。”则显然将此书归于《聊斋》一系。《志异续编》前洪涛序中云：“前有《聊斋》之著，深山穷谷，合灵狐异鬼同招；兹读续刻一编，词客骚人，兼绣口锦心并用。”将此书视为《聊斋》续作。李金枝《〈柳崖外编〉序》记徐昆为蒲松龄后身事，李为柳泉弟子，读徐昆所作《柳崖外编》数百篇，以其师《聊斋》之作有后继者为幸。作者徐昆在当时俨然以蒲松龄后身自居，依此说则《柳崖外编》是转世的蒲松龄继《聊斋》之后的新作。后身之说以今人眼光看自不足信。但从以上诸例中却可以看出时人的一种普遍心理，即喜附于名人骥尾，借名人名著以抬高身价。这也说明《聊斋》在当时声名极大，就连《听雨轩杂记》这部写作路数应归于拟晋派的作品亦被徐承烈的友人指为受其影响而作，并以《聊斋》为尺度衡量《杂记》，如省斋在《杂记》跋中谓徐承烈“偶阅蒲柳泉《聊斋志异》，有触于中，因以平日所目击耳闻者，亦每事成篇，汇为一帙。笔力议论虽稍逊于柳泉，而所载可喜可愕之事实堪与之伯仲也”。

因此我们今天进行流派研究时应当避免被这种自贴或他人所贴的标签所迷惑，而应从作品出发作出合乎实际的判断。像《听雨轩杂记》这样的作品虽由于受《聊斋》的触动而作，但却与《聊斋》属于不同的流派。《挑灯新录》等四书虽是《聊斋》影响下产生的作品，其风格也与《聊斋》有很大区别。即如《挑灯新录》，书中兼有篇幅曼长之传奇与短篇志怪。虽云继《聊斋》而作，写花妖狐魅故事者篇数并不多，且篇幅亦不长，仅卷六《狐女》篇略有《聊斋》意趣。作者所擅长者在于写人间世态与现实情爱，笔法生动、细腻，类似于通俗世情小说。《镜花水月》作者颇通禅理，书名即取自佛典中譬喻，作者追求

“镜样空灵水样神”① 的艺术效果，卷一开头四篇题目为《镜中花》、《水中月》、《身外身》、《梦中梦》，可见作者旨趣。虽然这一空幻、飘忽的风格未能贯彻到底，但毕竟是作品的主导倾向。《柳崖外编》中最具特色的是短篇诗化小说，如卷五《薛素》篇、卷十四《湖上女》篇等，不以情节曲折取胜，而意境优美，耐人寻味。文末的柳崖子评富于哲理，与正文相得益彰，兼具诗意与理趣，形式精粹。至于《志异续编》，据平步青考证，此书本名《亦复如是》，今名乃他人所改，他认为此书与《聊斋》“无论文笔繁简华质无一相肖”②，从本书第二章的分析中亦可知其即使写狐鬼故事亦与《聊斋》大异其趣。

其他所谓“聊斋型”作品亦多类此。《谐铎》是较早出现的影响较大的作品，本书第三章已对它的艺术追求与创新之处做了分析，《影谈》中《洛神》篇借书中人物之口评曰：“江南沈孝廉所著《谐铎》空灵藻丽”，《昔柳摭谈》卷四《阿秀》篇的构思受《谐铎》中《孟婆庄》影响。《蕉轩摭录》卷六《梦识》篇亦提到此书。《影谈》和《昔柳摭谈》中的寓意讽刺之作写法多与之相似。《夜谭随录》在当时亦颇受好评，语言不及《聊斋》之凝练、雅丽，但在铺展情节、敷演故事上则显示出较高的才情，鲁迅先生谓其“记朔方景物及市井情形者特可观”③，指出了它的特色与长处。《蕉轩摭录》一方面以富于隐喻的故事寄托作者的人生感悟，另一方面人物对话又常出以白话，隐微深婉与平易显豁两种风格奇特地共存于一书之中，这是此书的突出特点。《耳食录》中志怪之作恢诡奇谲，写情之作曲折细致，摇曳生姿。《小豆棚》体制较杂，着意铺叙之作较少，文笔简劲，精彩处在于写奇人奇行，与《虞初新志》中的同类作品风格相近。

---

① 见《镜花水月》前双红豆生第三首题诗。

② 《安越堂外集》卷九《记青城子〈志异续编〉》。

③ 《中国小说史略》，见《鲁迅全集》第九卷，第211页。

以上各书，皆是被人认为受《聊斋》影响，或直接归入“聊斋型”作品的乾嘉文言短篇小说集，但事实上，它们皆有各自的独特风格。由此可见，对于拟唐派作品受到《聊斋》影响的情况，应具体问题具体分析，不应在“聊斋仿作”的笼统称呼中抹杀了它们的个性与创新之处。

小　结

从上述对于乾嘉时期拟晋派与拟唐派作家的小说观、文体特色及有关问题的分析中可见，两派作家对于小说文体传统的不同选择，显示出临近终结期的文言小说两种不同的价值追求。拟唐派作家对于小说传统采取了一种兼容并包的态度，除继承唐以来文言传奇的成果外，还广泛借鉴白话小说的创作经验，而对于晋宋志怪的传统亦不排斥。他们在思想上能突破传统的樊篱，提升了“情”这一文言传奇中重要因素的精神层次。虽然有不少作品受到《聊斋》的影响，但却并非亦步亦趋的拙劣模仿，大多能自出手眼，有自己独特的成就与风格。拟唐派在乾嘉时期形成了一个强大的阵营，《聊斋》之后佳制颇多，丰富与发展了文言小说的内容与形式。与之相比，拟晋派则除《阅微草堂笔记》而外，可观之作极少。由于固守古小说观念，自矜门户，拒文言传奇与白话小说于小说大门之外，拟晋派作家将自己局限于一个狭窄的天地，纪昀并将这种观念进一步系统化与理论化，虽然他凭自己的才学在其中纵横自如，但其他才学不逮者终因此种小说观念而影响到艺术创造力的发挥，由此也使流派的总体艺术水平逊于拟唐派。

结　语

乾嘉时期是中国古典文化的成熟、总结期，文言小说创作至此亦进入全面繁荣阶段。作品数量众多，佳制如林。作者们广泛汲取前代创作经验，无论在作品内容还是在形式、体制方面都有进一步的开拓与创新，将文言小说创作推向了一个更为广阔的天地。

故事题材的继承性是文言小说创作的一个突出特点，乾嘉文言小说作者处身于以博学为尚的时代，大多博览群书，熟悉前代小说遗产，当代作品亦在其阅读视野之内，他们在创作中自觉或不自觉地摹拟与改写了大量前代以及当代文言小说作品中的故事，继承性特点表现得十分鲜明。其中的优秀作品能在前人基础上踵事增华，推陈出新，对于文言小说的梦幻主题、变形母题、物语故事等作出了新的贡献，在其中包蕴了更为丰富复杂的人生体验与情感，故事结构与艺术形式方面也更为精致、完善。但也有不少作品只是消极地袭用前人题材，不仅没有表现出超越前人的艺术创造性与才华，甚至较原作有所倒退。更有直接抄录、节录同期早出作品，几同剽窃的现象。从乾嘉文言小说作品对于前代与当代作品摹拟与改写情况的考察分析中可以看出：前代与当代早出作品是当时小说创作的一个重要故事来源渠道，而对于前人的这种继承与借鉴既有成功的范例，亦有失败的教训，从数量上来说，后者居多，体现了继承性这一文言小说特点的复杂性。

作者交游对于乾嘉文言小说创作有重要影响。此期小说类笔记与小说专集写作成风，友人之间以此为尚，形成了一些写作小圈子，在写作趣味与创作风格上互相影响，对于文言小说创作产生了积极推动作用。其时谈异之风极盛，这是当时文言小说创作兴盛的一个重要文化因素，因为所谈故事即是文言小说故事题材的一个最主要来源。在文化层次较高的士人圈子中，故事提供者往往虚构神怪狐鬼故事以寓意，或以之讽刺世相，抒发人生感慨；或以之阐述对于事理的看法，甚至阐发某种学术与思想观点。纪昀称之为寓言，他在《阅微草堂笔记》中通过转述将这种故事写成小说文本，巧妙地引导读者不执著于故事的真假虚实，而重在体会叙述者及转述者通过故事所要表达的人生感悟与思想观点，由此形成了一种别具一格的叙述方式。

乾嘉文言小说作者大多有游宦与游幕的经历，对于乾隆中期以后吏治腐败现象有切身了解。社会良知与正义感驱使他们写下了大量直面现实的刺贪之作，形成此期作品题材的一大特色，深化与加强了文言小说政治主题的现实针对性，也丰富与拓展了文言小说表现现实生活的途径与方法。

乾嘉时期是清代汉学的鼎盛期，知识界几乎为其学风所笼罩。乾嘉汉学学风直接影响到文言小说创作主体的写作目的、写作趣味、写作方法乃至艺术思维方式，使这一时期的文言小说形成了具有时代特征的独特风貌。学术小说的产生与炫学小说的大量涌现使以学问为小说成为一股潮流。注重实证的考据家以考据学治史的方式编写文言小说，力图让虚幻故事具有史的真实感与可信度。更有一些深受汉学求实与理性思维方式影响的作者以对待学术研究对象的方式解剖艺术对象，并创作出戏拟传奇作品，以常识与理性来约束作家的浪漫幻想与情爱白日梦。虽然乾嘉学风对于作家写作方法与艺术思维方式的影响在相当程度上削弱了艺术想象力在小说创作中的重要作用，进而损害了小说的审美感染力与艺术表现力，但以学问为小说的乾嘉文言小说的出现毕竟为文言小说开拓了一片新的疆域。

乾嘉文言小说在艺术形式与体制上进行了多方面的尝试与开拓，体制与风格的多样化亦是此期创作丰富性与复杂性的一个表现。短篇小说方面，此期出现了一大批风格各异的优秀之作，其中《谐铎》对于文言短篇小说的体制作出了重要贡献。传统文言小说集一般对于整体结构与布局不甚经意，常给人以散而乱的印象，而《谐铎》则在总体构思、篇目安排上苦心经营，借鉴了戏曲传奇的某些表现手法与经验，使各篇与各卷之间在结构上有着内在的有机联系，既能体现出作者的创作意图，又富于形式美感。《谐铎》又是一部成功的寓意小说集，它继承与发展了源远流长的寓意作品传统，在寓意类型与手法上均有所创新，以其鲜明的个性与风格在乾嘉作品中独树一帜。

中长篇小说方面，此期出现了数部颇有文体研究价值的作品，其中以《蟫史》最为突出。作为文言小说史上第一部长篇小说，它充分展示了作者的独创性和艺术才华，而暴露出的缺陷也很明显。作者以人物神魔化与战事道术化的处理将有一定现实背景的战争写成了一部神魔斗争的历史，又以衍古性构思打破了时空限制，使作品呈现出光怪陆离的魔幻色彩。作品将史书与艳情小说这两种差异极大的文体统一到一个艺术整体之中，由于使用典雅、古奥的文言，两种文体在雅与俗、庄重与琐亵这种种格调上的反差不至于太过不协调。但以文言写作长篇小说的局限在这部作品中也暴露无遗，由于文言与现实口语的差距，加之作者的炫才倾向，作品无法体现长篇小说的杂语特点，而这恰恰是一部长篇小说的生机之所在。

此期散记小说的代表作是《西青散记》，它采用了日记体的记叙形式，但在叙述方法与视角处理上都违背了日记的写作要求，留下了不少漏洞和不合情理之处，显示出作者尚不能圆熟地驾驭一种对于叙述行为有较多限制的体式，由此导致作者的意图与故事本身传递出来的信息之间有一定的矛盾与张力。但这并没有造成它在接受上的困境，反而使它成了一部不断引起阅读兴趣，并可从不同角度与立场解读的作品。

今人对于乾嘉时期文言小说流派的研究在基本框架上不出鲁迅先生《中国小说史略》的范围，只是在分类与对于具体作品的研究上做得更为细致、深入。由于创作现象的复杂性以及对于

《史略》中论述的不同理解，今人研究中产生了种种歧见与问题，主要表现在具体作品的流派归属不一致；对于《聊斋》仿作与《阅微》仿作的界定不清，在这两个概念的使用上较为随意，与作品实际不甚相符。就乾嘉时期而言，虽然一些短篇小说集中有摹拟《聊斋》的作品，但这是文言小说中的常见现象，而且作品总体风格与《聊斋》大异其趣，因此笼统称某部作品为《聊斋》仿作并不恰当。至于《阅微》仿作，乾嘉时期没有一部摹仿《阅微》而在体例与风格上与其相似的作品。

从乾嘉时期文言小说创作的实际情况看，鲁迅先生在《史略》中所划分的拟晋与拟唐两大流派揭示出了此期短篇小说两种不同的艺术追求，虽然这是一种提纲挈领的宏观把握，限于小说史的体例与篇幅，论述十分简要，难免疏漏，个别具体论断有欠妥之处，流派的名称亦有不尽如人意的缺陷。但他对于清代文言小说主潮的把握是准确而富于涵盖性的，流派名称有其不可替代的优点，且颇具弹性与包容性，是一对有效的、可操作的分类概念。因此在乾嘉文言小说流派研究中，《史略》的流派划分与基本观点有重要的指导意义与参考价值。

创作追求与风格的差异反映了观念的不同。乾嘉拟晋与拟唐派作家在创作观念上存在着较大分歧。在小说概念上，拟晋派作家大多固守古小说观念，其代表作家纪昀并将这种观念系统化、理论化，按他的界定，小说在形态与体制上是据见闻实录的文言短篇叙事散文，具体指唐以前的古小说与唐以后的小说类笔记，背离实录原则的传奇被逐出了小说之门。拟唐派作家的小说观念则是开放的，古小说、传奇乃至白话小说均可包含在其小说概念范围内。由于小说观念的差异，两派作家在对于小说价值、功用的看法，对于小说传统的取舍等方面颇为不同。拟晋派作家以实录作为衡量一部小说是否合格的首要标准，强调小说的道德价值、史料价值与学术价值。拟唐派作家则不受实录的束缚，且着意虚构幻设，重视作品的审美价值与情感力量。拟晋派以古小说为轨范，自设藩篱，可资取法与借鉴的小说传统颇为有限。而拟唐派的开放观念使之对于小说传统采取兼收并蓄的态度。拟唐派作家不仅能广泛吸收文言小说各种传统的经验，还能主动向白话小说学习，为文言小说的发展注入了新的活力。观念的不同直接影响到创作实绩，乾嘉拟晋派作家的自我封闭导致了其整体创作水平远逊于拟唐派，只有一部《阅微草堂笔记》独撑门面；而拟唐派则佳作迭出，形成了一个实力强大的创作群体。

乾嘉文言小说创作的丰硕成果是这个时代辉煌的文学成就的一个重要组成部分，但与此期白话小说研究的繁盛局面相比，对于它的研究颇为冷落。它固然没有贡献出像白话小说《红楼梦》和《儒林外史》那样的伟大作品，但从上述研究结果中可以看出，它处在一个得天独厚的文化与学术的繁荣期，充分吸取了各种文学形式与文化传统的滋养，全面继承了文言小说史上各种优秀成果与经验，而又不乏独创性，并蕴含着丰厚的思想、文化内涵。因此，笔者认为，乾嘉文言小说在文言小说史与文化史上都有着不可忽视的地位，虽然它并非文言小说的终结期，但却具有总结性。对它的研究将使我们更为准确地把握文言小说发展的脉络，并对清代文学与文化有更为全面的观照与理解。

附录一

宁稼雨《中国文言小说总目提要》所收清代作家作品商榷

1.《提要》第385页《柚堂续笔谈》条据《观古堂藏书目》小说家类著录称此书“四卷，今有乾隆三十四年刊本、《檇李遗书》本等”。笔者所见北大图书馆藏盛百二《柚堂笔谈》四卷，为乾隆三十四年（1769）序刻本；《柚堂续笔谈》三卷，收入《檇李遗书》第八册。疑《提要》袭《观古堂藏书目》之记载，误将《柚堂笔谈》的卷数误以为《柚堂续笔谈》的卷数，并将两书的版本相混。《中国古代小说总目》（文言卷）及《中国古代小说总目提要》此书条亦袭其误。

2. 应剔除的非小说类作品：

《提要》第386页收《玉荷隐语》和《群珠集》。笔者所见北大图书馆藏《玉荷隐语》二卷，附《群珠集》二卷，题签为辛卯新撰，听月楼藏板。此二书乃谜语集，《玉荷隐语》乃费源自撰，《群珠集》则收其同人所作谜语。其中《玉荷隐语》每页半面为谜面，半面为谜底，谜底皆书于图画中。印制颇为精美。《群珠集》谜底不配图。书前孙祺序作于乾隆庚子（1780），费源《玉荷隐语》自序亦作于是年。宁先生殆因未见原书，致将此二种作品收入《提要》。《中国古代小说总目》（文言卷）及《中国古代小说总目提要》亦将此二书收入，亦应剔除。

3.《提要》第386页《渔矶漫钞》条，谓此书“雷琳撰”，误。此书非雷琳一人自撰，乃雷偕汪琇莹、莫剑光二友辑录他书而成，因此，此书应署雷琳、汪琇莹、莫剑光辑。笔者所见为同治辛未（同治十年，1871）重镌本衙刊本，书前有乾隆五十九年（1794）王鼎所作序。宁先生为《中国古代小说总目》（文言卷）及《中国古代小说总目提要》所撰此书条亦仍其误。

4.《提要》第416页《吴语》条中谓戴延年“约为康熙时人”，误。戴延年《秋灯丛话》中有多处明确的乾隆纪年，如《王秋娘》开篇云：“乾隆丁亥（1767），余客济南”，《冷枚竹》开篇云：“乾隆甲午（1774）秋日于京都骨董肆见金门冷枚竹画竹册八幅”，《谈鹤洲》中戴延年记其乾隆己亥（乾隆四十四年，1779）春遇谈鹤洲于桂林，此为书中最晚之乾隆纪年。书中并有多篇提到当时名人仕履，如郑板桥任山东潍县令（《板桥》），卢雅雨榷鹾淮扬（《烟画》）、毕沅抚三秦（《子曰》）。戴延年所作《吴语》与《秋灯丛话》皆收入《昭代丛书》。《昭代丛书》丁集卷二十三所收《吴语》后杨复吉跋作于乾隆乙未（乾隆四十年，1775）夏日，跋曰：“药砰（戴延年号）工诗古文辞，工度曲，工书法，而秉性萧冷。旅寓长安，闭户枯坐如深山老衲，声华富贵场不可无一，不能有二也。《吴语》二十余条，辛卯出都时举以赠余者，久藏箧衍。今手为校录编次，聊寄暮云春树之感云尔。”又《昭代丛书》续编卷二十三所收《秋灯丛话》后杨复吉跋作于乾隆甲辰（1784），跋曰：“药砰别余十有二年矣。今夏自粤旋里，侨居松陵。空谷闻跫，且得快读别后等身著作，《丛话》亦其一也。忆乙未（乾隆四十年，1775）岁校录濒行所赠《吴语》，不胜暮云春树之感。兹得数心晨夕，欣赏奇文，慰藉奚似！‘何当共剪西窗烛，却忆巴山夜雨时’，玉溪生良非欺我。”从杨复吉跋中可知杨与戴为故交、文友，且深知其性情。戴延年在《秋灯丛话》中录其赠谈鹤洲之言，亦自谓：“余性寡交游，称莫逆者不数辈，要莫不以穷著。林蠡槎以书穷，吴枚菴（詹按：即吴翌凤）以词穷，蒋秋崖以传奇穷。……”可知戴为乾隆时不得志之才士，其知交亦皆因才而困顿不遇于时。吴翌凤《东斋脞语》记载，他曾与戴延年、沈起凤等10人于丁亥（乾隆三十二年，1767）结水村诗社，从他的记录中可知，戴延年字寿岂。宁先生为《中国古代小说总目》(文言卷)所撰此书条亦仍其误,而《中国古代小说总目提要》此书条则谓戴延年“约道光时人”,亦误。

5.《提要》第432页《吴鏍放言》条中谓此书作者吴庄为乾隆、嘉庆时人,误。《昭代丛书》本《吴鏍放言》有汪价(价人)评,汪价即《三侬赘人广自序》(此作收入张潮所编《虞初新志》)作者,字介人,号三侬。汪为由明入清者,这一经历《广自序》中有记载。《昭代丛书》中将汪价字署为“价人”,殆为手民之误。若此不足信,吴庄另一部著作《无罪草》中多篇后亦有汪价评语,均署汪三侬。由此可知吴庄不可能是乾嘉时人,而与汪三侬相同,亦为由明入清者。吴庄的这两部著作均只用干支纪年,不标帝号,这是造成《提要》对作者年代判断失误的一个原因。《吴鏍放言》中作者自言:“余生于甲子,辛卯采芹。”又云:“因忆戊寅年,余年十五。……今年丁卯,距戊寅已五十年。”篇末作者自识中云:“丙寅九月,余丧耦。忽忽逼除,窃念往年此日方作团圞之会,而今孑焉此身,风雨孤灯,形影相吊,有难以卒岁者。因作一破除法:每夕独饮,设笔墨,一有所得,即时书之。至明年上巳,辄得三万言。……兹因限于卷帙,先以其半问世。”由以上记述可知,吴庄生于明天启四年(1624),其十五岁之戊寅年为崇祯十一年(1638)。《吴鏍放言》始作于康熙丙寅(1686),成于康熙丁卯(1687),作者时年64岁。《提要》将此丙寅断为1746或1805,由此推测作者为乾嘉时人,误。此丙寅当为清康熙二十五年(1686)。宁先生为《中国古代小说总目》(文言卷)所撰此书条亦仍其误,《中国古代小说总目提要》此书条虽标明吴庄生年为1624,却仍定其人为乾嘉时人,仍误。邵曾鉴《艾庐遗稿》卷一有《吴庄传》,记其家世与生平,并节录其上汤斌(谥文正)书,可资考证。

附录二

《萤窗异草》作者与成书年代献疑

关于《萤窗异草》的作者与成书年代，自本书刊行后即聚讼纷纭，迄今尚无定论。学术界主要有以下三说：

1. 袁行霈、侯忠义先生《中国文言小说书目》引《八旗艺文编目》定作者为满洲庆兰，又引鲁迅《中国小说史略》定成书年代似为乾隆中①。裴效维先生同意此说。

2. 清末平步青认为申报馆本《萤窗异草》“不特随园老人评语附会，谓出尹似村所纂，亦不足信。观二集、三集踵出未已，大抵黎邱之鬼所为”②，推测此书乃申报馆文人所作，则成书当于同光年间。

3. 薛洪勣先生《传奇小说史》认为“此书约写于乾隆末年之后至同治初年之前这段时间内。《申报》创刊于同治十一年。看来，此书与尹庆兰及《申报》馆文人关系都不太大”③。

《萤窗异草》成书于乾隆年间是颇为流行的说法。此说最有力的证据是戴不凡先生发现的手抄本《聊斋剩稿》。戴先生在《伪题聊斋剩稿残帙》一文④中虽没有提到这部残稿与《萤窗异草》的关系，但将戴先生文中所录此稿卷三与卷十的篇目与

① 《中国文言小说书目》，第377—378页，北京：北京大学出版社，1981。

② 见《安越堂外集》卷二《与沪上友人书》，安越堂平氏藏书，四有书局1924年刊印。

③ 《传奇小说史》，第352页，杭州：浙江古籍出版社，1998。

④ 见戴不凡《小说见闻录》，杭州：浙江人民出版社，1980。

《萤窗异草》相对照，可知《剩稿》中的31篇作品亦见于《萤窗异草》初、二、三编中，虽然这些作品在两书中的编排顺序不同，但题目完全相同。戴先生全文照录了《剩稿》中《天宝遗迹》一文，它与《萤窗异草》中的同题之文只有数处文字小异。戴先生指出《剩稿》"就纸色而观，当不晚于乾隆"。有论者据此即认为《聊斋剩稿》与《萤窗异草》为同一书，《萤窗异草》的写作时间也"不晚于乾隆"。裴效维先生《〈萤窗异草〉的写作时间及作者考》① 即持此论。我们认为这一结论值得商榷。虽然《萤窗异草》中有31篇作品与《聊斋剩稿》中篇目相同，但在不能将两书全部篇目逐一对照的情况下，即断定《聊斋剩稿》与《萤窗异草》为同一书，证据并不充分。从《聊斋剩稿》及戴先生文中所提供的材料中最多只能断定，《萤窗异草》中与《聊斋剩稿》篇目相同的31篇作品其作不晚于乾隆，如果戴先生对于《聊斋剩稿》成书年代判断准确的话。

晚清平步青是第一个对成书乾隆说提出异议者，他在《霞外捃屑》卷六《萤窗异草初编》与《安越堂外集》卷二《与沪上友人书》两篇文章中细致考察了书中多篇所记明清史实，发现均为子虚乌有。他指出："（《萤窗异草》）二编卷三《痴狐》条，仿留仙《小翠》为之，而云'同郡吴公畹（下双行小注：戊辰进士，太仆卿）之宠姬也'，与《杜一鸣》云'嘉靖五年进士'，题名碑皆无其人。据'同郡'二字，则必非尹似村所作明矣。不特袁评附会，所载会稽马中骥官庐州参将，死张献忠难；康熙戊子，文安戴敬宸登进士；固安王立猷，壬申、癸酉连捷；许皋鹤太史册封暹罗副使，溺于海；马太史介庵典楚试诸条，皆子虚乌有，事无可征。盖即馆中黎邱为之。观二编、三编接踵嗣出，殆以齐承裘之《见闻随笔》、《续笔》为劣，藉此思驾其上也。"② 虽然平步青以史实印证小说纪事的考据方法对于虚构作

---

① 见《文史》2000年第1辑，北京：中华书局，2000。

② 《霞外捃屑》卷六《萤窗异草初集》，第391—392页。

品并不适用，但他指出《痴狐》中“同郡吴公”之语为非尹似村所作之明证，则值得重视。他推测作者为申报馆文人，虽然并无确证，但也并非凭空臆度。

李金松先生《〈萤窗异草〉之成书年代及作者辨》一文①意在以新发现的材料对《萤窗异草》成书乾隆说提出挑战，也为平步青的猜测提供证据。李先生发现《萤窗异草》第二编卷三《窃妻》篇中提到“香港”这一地名与“西国友人”在汉口经商的情况，他认为从小说前后的文字看，“香港”当指开埠后的香港，他进一步考察了香港这一地名沿革的情况，发现以“香港”作为整个岛的名称，始于1842年清政府与英国签订的《中英南京条约》，因此，“由小说中‘香港’这一地名的正式使用，可知《窃妻》这篇小说的写作不可能早于1842年”。而欧美商人能在中国内地汉口经商，则必在1858年《中英天津条约》签订之后。据此可知“小说中‘行贾’的‘乙’被‘西国友招至汉口，代司出入’这样的事，必发生在《中英天津条约》签订之后”。他由此得出结论，《萤窗异草》并非成于乾隆年间，其成书时间相当晚近，平步青认为它成于申报馆文人之手是很有道理的推测。“即使《萤窗异草》不出于申报馆文人之手，但其作者决不可能是乾隆时代的尹似村，而只能是19世纪后半叶的匿名文人”。李先生的历史佐证是很有说服力的，但《窃妻》篇并不见于最早的申报馆本《萤窗异草》，而是见于后出的《笔记小说大观》本，这很有可能是窜入了他人之作，因为王韬《遁窟谰言》卷十一中亦有此篇。因此，此篇不能作为确定《萤窗异草》年代的可靠证据。

申报馆本《萤窗异草》在第一编序言中谓：“款署长白浩歌子，未悉为何时人，或称为尹六公子所著。”尹六公子即尹庆兰（1735？—1788）。裴效维先生为尹庆兰说提供了两条内证，他将书中两篇由作者先大父讲述的发生在辽东的故事与尹庆兰祖父

① 见《文献》2000年7月第3期，第283—286页。

尹泰的生平履历联系起来考察，发现二编卷一《辽东客》中故事发生的地点和时间与尹泰为宦沈阳的时间能够吻合，三编卷四《蛇媒》篇情况与《辽东客》相同。裴先生据此断定"《萤窗异草》的作者只能是尹庆兰，不可能是别人"。他又提供了几点旁证。裴先生对于作者的考察与他对于成书年代的考察一样，均以对个别和部分作品的考察结论来概括全书，而且他在考察作者情况时所提供的证据并非不可推翻的铁证。何况，裴先生的这些论据早已由薛洪勣先生在1987年发表的《萤窗异草论略》① 一文中提出过，并非新发现。薛先生在文中支持成书乾隆说，并为长白浩歌子即为尹庆兰找到了不少内证与旁证。结论是"说浩歌子是尹庆兰是较为可信的。但至今还没有找到硬证据，话还不能说得太满"。薛先生后来在《传奇小说史》中修正了他以前的观点，认为"此书约写于乾隆末年之后至同治初年之前这段时间内。《申报》创刊于同治十一年。看来，此书与尹庆兰及《申报》馆文人关系都不太大"②。笔者就此致信请教了薛先生，薛先生在2001年4月5日的回信中扼要列了十条材料和研究线索，以证明他《传奇小说史》中的观点，并启发笔者做进一步研究。他指出"《萤》有三种抄本（可能是一种或同源）③，而其作者署名、序跋、分卷等是不同的，申印本明显是窜乱了的，甚至有作假迹象，《王秋泉》见《埋忧集》，《窃妻》见《遁窟谰言》，不能据之确定《萤》的成书年代"④。他强调此书有近代色彩，而这也正是笔者在阅读此书时的突出印象。他解释了《传奇小说史》确定此书成书年代上下限的根据："关于成书上下限，从乾隆60—同治3（或6），前者据书中纪年，后者据各种序言。"

另外，从笔者所掌握的材料看，乾嘉文言小说作品无一提到

① 见《民族文学研究》（京）1987年第4期。

② 《传奇小说史》，第352页。

③ 详见《传奇小说史》，第351页。

④ 《笔记小说大观》本有此二篇，而申报馆本则无，当为薛先生回信时一时误写之故。但他的结论是合理的。

此书，当时晚出作品往往提到《夜谭随录》、《谐铎》、《子不语》与《阅微草堂笔记》，而如果就艺术水平而言，《萤窗异草》应有资格与《夜谭随录》和《谐铎》相提并论。这一情况至少可以说明它即使在乾隆时已成书，也并未在社会上广泛流播，因此鲜为人知。本书广为流传是在光绪初年申报馆本印行之后，申报馆本所据抄本、上海漱芳润斋本所据抄本及《聊斋剩稿》抄本的发现并公之于世均相当晚近。

综上所述，笔者认为，戴不凡先生提供的有关《聊斋剩稿》的版本证据虽然相当重要，但却不能据此断定《萤窗异草》中的全部作品的成书年代。平步青的怀疑并非空穴来风。笔者基本同意薛洪勣先生在《传奇小说史》中对于本书成书年代上下限的确定。从版本及流传情况看，现存《萤窗异草》一书很有可能是由19世纪下半叶的文人在前人作品基础上增补而成，最后成书时间晚于乾嘉。鉴于这种复杂情况，本书正文中不讨论这部作品。

附录三

南开大学图书馆藏《话雨斋诗钞》作者考

乾嘉文言短篇小说集《无稽谰语》的作者王露，号兰皋居士。王露除用文言撰写小说，还用白话作有《红楼梦》续书《绮楼重梦》，故研究清代文言小说及《红楼梦》续书者均对此人颇为关注。又因王露曾任职于台湾，台湾红学研究者亦将其列为台湾红学的重要研究对象。近年来，大陆与台湾学者对此人作品与生平资料的求索陆续有新的发现，考证工作亦有新成果问世。

2000 年底，胡文彬先生发现南开大学图书馆藏有一部《话雨斋诗钞》稿本，作者自署兰皋居士。2001 年 2 月胡先生专程赴南开查阅，作《津门南开来今雨——兰皋居士〈话雨斋诗钞〉发现记》一文①介绍发现此书经过，简介此书内容，并据书中提供的资料及其他材料，编制了《王兰沚生平事略年表》附于文后。其后台湾研究者庄淑珺亦据胡先生发现的资料编制王露生平事略年表及其家族成员表②。

胡先生因王露号兰皋居士，即将自署兰皋居士所作的《话雨斋诗钞》系于王兰沚名下，但清代别称字号为“兰皋居士”

① 见胡文彬《红楼长短论》，第 152—158 页，北京：北京图书馆出版社，2004。

② 庄淑珺：《王兰沚及其〈无稽谰语〉研究》，第 8—11 页，成功大学硕士论文，2005。

及别称字号中有“兰皋”二字者非止一人。《清人室名别称字号索引》中收“兰皋居士”1人，别称字号为“兰皋”者则多达13人，另有“兰皋生”1人，室名为“兰皋草堂”者1人①。室名“话雨斋”者亦有4人②。且《清人室名别称字号索引》一书搜罗虽富，仍有遗漏，故以作者自署兰皋居士即定其为王露，似嫌证据不足。胡先生文中抄录了《话雨斋诗钞》作者自叙及三首诗，文后所附年表中引了31首诗题，其中显示的作者经历与其人个性、诗风均与王露不合，更是疑窦丛生。为此，笔者亦赴南开查阅此书，冀解心中疑惑。

南开大学图书馆藏《话雨斋诗钞》为清代稿本，一册，不分卷，亦无页码。封面无书名题签，首为兰皋居士自叙，1叶半，序文叶末有“孙祥庆珍藏”七字。正文首页标书名为“话雨斋诗钞”，书名右侧空白处夹有一小条纸片，上书“复逢佳”三字。若连读，书名即为“复逢佳话雨斋诗钞”，庄淑珺即以此为书名。但据《诗钞》中内容，笔者以为书名应为“话雨斋诗钞”，理由下文申述。《诗钞》正文共29叶，录诗36题，第36题诗题颇长，兹录如下：

> 楚南辰谿县水次有丹山寺者，峰峦耸翠，岩洞深幽，石上刻“小洞天”三字。余捧檄苗疆时，曾憩此地。寺僧奉笔砚索诗，因题五律二首于壁，岁久未之忆也。癸亥岁郭书屏同年奉委铜差，泊舟于此，乘兴往游，见予壁上旧题，依韵和寄，恍然如梦中复入武陵源也。因续成二首奉答，仍用前韵。

此题下应有诗二首，但只有第一首的“远道通兰讯，清游

① 杨廷福、杨同甫编：《清人室名别称字号索引》上册，第765页，上海：上海古籍出版社，1988。版本下同。

② 《清人室名别称字号索引》上册，第568页。

梦楚天，使旋人日节，诗……”16字[①]，全书至此即戛然而止，故南开所藏《话雨斋诗钞》（以下简称《诗钞》）稿本为不完整之残本。《诗钞》按年编次，始于乙巳，即乾隆五十年（1785），终于癸亥，即嘉庆八年（1803）。

《诗钞》作者《自叙》，较详细地记述了作者的经历，兹录如下：

> 余素不能诗，即间有应酬之作，随手辄弃，多不留稿，盖自知其辞之不工也。兹偶捡箧中，得旧作数十首。其在鹭岛多和实斋何太史韵，其在都门多和樾亭林孝廉九山、何太史韵。良朋聚首，旅馆联吟，东邻捧心，遂忘其丑。迨楚南作吏，奔走苗疆，戎马倥偬，愁肠百结。时或军前听笛，马上闻笳，蛮雨蛮烟，感而赋咏，亦只写行役之忧劳而已。至罢官旋里，谢病杜门，侍养慈闱，不复作出山想（詹按："侍养"二句10字为右侧添加），回忆旧游，懵然如梦，豪情非昔，吟兴更稀。兹并汇为一编。诗虽不多，而生平友朋聚散，宦迹浮沉，略得觇其梗概，固不必问其词之工拙也。
>
> 岁嘉庆己巳（嘉庆十四年，1809）秋七月兰皋居士自叙。

《自叙》所记叙的作者生平及流露的个性与王露相比，有两点令人困惑之处。文章开篇即曰："余素不能诗，即间有应酬之作，随手辄弃，多不留稿，盖自知其辞之不工也。"口气谦抑，这与王露在《绮楼重梦》及在《无稽谰语》中以诗才自炫的表现大相径庭。《绮楼重梦》中贾小钰与林舜华、梅碧箫诸女皆为神童，吟诗属对多可称捷才，作者以此显示自身诗才之意极为明显。《无稽谰语》中亦有自炫诗才之作，如卷二《咏春》，作者

① 胡先生文章将《诗钞》第36题记为"《楚南行》二首、《远道通兰訙清游梦楚天使旋人日节诗》"，"楚南行"殆据第36题首二字加一"行"字而成，又将第36题第一首之诗句误为诗题，其中"讯"字误为"訙"，见《红楼长短论》，第158页。

自述丙戌（乾隆三十一年，1766）中和节后，比部汪蓼园集各省诸名士于京城南陶然亭作咏春之会，作者咏春之作得丽人推许。作者如此描写自己：“王生兰沚，武林人，年最少，有裙屐翩翩之致。即席每人各拈三题，濡毫染墨，俯仰构思。王生走笔立就。”① 风流自赏之态跃然纸上，难以想象如此以诗才自负之人竟然声称自己“素不能诗”、“自知其辞之不工”。此为疑点之一。

《自叙》中言及作者经历，提到曾居鹭岛（即厦门）、都门，曾于楚南作吏，罢官旋里后不复作出山想，这与王露之经历有不相吻合之处。王露曾居京师，上述《咏春》诗可证；亦曾至厦门，《无稽谰语》卷三《夏德海》中云：“余调任赤嵌，自福州至厦门，泛海而东，……”② 但于楚南作吏之事，则王露生平资料中无一处提及。王露曾官福建寿宁知县，后调任台湾赤嵌。乾隆五十一年（1786）彰化林爽文起事，至五十三年（1788）清军凯旋，王露始终其事。《无稽谰语》卷四《台阳妖鸟》即详记其始末，作者颇以其预见性与军事才略而自傲，文中自言“当其时也，触事感心，辄于马上口占俚句，积数十章”，《台阳妖鸟》文中即录有数章。《绮楼重梦》第一回中作者亦提到其在台湾的经历，谓“梦集义勇，杀贼守城”，可知作者颇以为荣。而《自叙》中对曾官寿宁及台湾之事一字未提，《诗钞》中亦未录其任职台湾时所作诗章，此为疑点之二。

既然《自叙》中所述仕履与王露其他生平资料不一致，则查清此条至关重要。《自叙》谓曾于楚南作吏，《诗钞》中有《冬至前出都赴湖南醴陵任留别九山太史》，诗曰：

> 芦沟桥畔唱骊歌，忽漫相逢奈别何。桑落乍倾燕市酒，雁飞又指洞庭波。官同瀛海浮萍梗，邑枕邱山对薜萝。何日故人重把袂，凤城春晓听鸣珂。

① 《无稽谰语》卷二，第17页，清刻本。版本下同。

② 《无稽谰语》卷三，第30页。

又有《甲寅初春抵醴陵任作》：

前身岂是谪居仙，宰邑分符管洞天。醴邑大围山为三十六洞天之一。水长湘江晴涨麴，山连岳麓远浮烟。危桥架石通渔市，接竹分泉溉稻田。风景自闲民事简，衙斋春暖只高眠。

据诗题中纪年，作者抵任在甲寅（乾隆五十九年，1794）初春，出都赴任则在头年，即乾隆五十八年（1793）冬。笔者据此线索查阅《民国醴陵县志》，其中“政治志”中“职官”卷明确记载，乾隆五十九年先任醴陵知县者为福建侯官进士齐弼，接署知县者为广东镇平进士杨芳岳，并非王露①。又查《清代官员履历档案全编》，收有齐弼履历，兹录如下：

臣齐弼，福建福州府侯官县人，年三十八岁。由乾隆四十六年进士候选知县，今签掣湖南长沙府醴陵县知县缺。敬缮履历，恭呈御览，谨奏。

乾隆五十八年九月二十八日。②

据履历所述候选掣签情况及《诗钞》中所述出都赴任与抵任时间，则《诗钞》作者应为乾隆五十九年首任醴陵知县齐弼。查《明清进士题名碑录索引》，此人为乾隆四十六年（1781）二甲第四十七名进士③。从上述履历可推知齐弼生于乾隆二十一年（1756）。

《诗钞》有《己未（嘉庆四年，1799）移居衣锦里赠郑四昌英》，此题下有诗二首，其一曰：

移就蜗居屋数间，闭门恰称此身闲。敢夸大隐仍依市，为爱清泉本在山。井中泉脉自闽山涌出。松菊且留余地种，诗

① 陈鲲修、刘谦纂：《民国醴陵县志》（一），第492页，见《中国地方志集成》，南京：江苏古籍出版社，2002。版本下同。

② 秦国经主编：《清代官员履历档案全编》第23册，第69页下，上海：华东师范大学出版社。1997。

③ 朱保炯、谢沛霖编：《明清进士题名碑录索引》下册，第2745页。上海：上海古籍出版社，1980。

书付与后人看。独怜近接扬雄宅，问字谈经日往还。昌英居在对邻。

其二曰：

廿载题襟忆旧知，望衡今得慰相思。我惊波浪收帆日，君惜娉婷未嫁时。昌英应举，尚未得第。爱古余情摩汉瓦，予于都门小市得瓦砚一方，背镌司空篆文，昌英览之，辨为汉时故物。濡毫大笔注韩碑。昌英尝笺释韩集，署其轩曰注韩居。茶烟共话灯前雨，予居东偏为话雨轩。只愧年来益鬓丝。

又有《和郑四昌英夏日登乌石山韵》：

岧嶢山寺俯神光，山下有神光寺。有客披襟爱晚凉。祠外蝉声藏老树，池边鸦背浴斜阳。隔溪雨后荷添翠，平野风来稻有香。为问闲僧相忆否，十年居本近林塘。予居乌石山下约有十年，今又移居数载矣。

上述三首诗可进一步确证《诗钞》作者身份。由诗中可知，郑昌英为作者好友，且为对门邻居。郑昌英名杰，福建侯官人，辑有《国朝全闽诗录初集》及《续集》，书前有齐弼所作之序，摘录如下：

亡友郑君昌英，嗜学士也。家富于藏书，自弱冠为诸生时，即潜心稽古，不汲汲以科名为务。尝刻《尔雅郑注》、《说文字原》、《隶书正伪》等书，皆有裨于学者。予自乾隆壬子岁（乾隆五十七年，1792）宦游湖湘，至嘉庆戊午（嘉庆三年，1798）以忧旋里，与昌英别逾六载矣。晤时握手问无恙外，即询以近所著述。昌英语予曰："吾闽自有唐至今，代多风雅之士，吾恐其久而多所湮没也，因旁搜远采，辑为《全闽诗录》若干卷。每人必详考其生平出处，兼折衷乎众论，时或附以己意，旁注其后，俾览者有所稽考，庶几知人论世之一助乎？"予谓闽人不善为名，故文采风流不足争衡上国，非独地势限之，亦缘无好事者流为之搜采，时为表章。今幸既有成书，是不可不急谋付梓也。昌英曰："是集卷帙浩繁，非予一人一时力能猝办。今先录刻国朝诗数百余人，分为初续二集，余姑俟诸异日焉。”及岁庚申（嘉庆五年，1800）五月，工未及半而昌英病革。予往视之，伏枕呻吟，犹手校是集不辍。因嘱予代分其任。不数日而昌英逝矣。悲夫！昌英积数年之精力，辑成是编，而天竟不少假之年，使得毕其事以传于世。是昌英之不幸，抑亦吾闽诸君子之所不幸，此予所深为扼腕者也。既而其尊人慕林先生抱其遗稿付予曰：“此昌英未竟之事也，予欲与君共成之。”予既感念昌英永诀之词而重以先生之请，故不敢辞，而为之校次第。念数年来风尘仆仆，铅椠久疏，恐无以窥风人之旨，而订亥豕之讹，重负昌英之所托，用滋愧耳。工既竣，予因复于先生曰：今而后昌英之志可以稍售矣。……

嘉庆辛酉（嘉庆六年，1801）秋七月，兰皋齐弼书于话雨轩。①

将《诗钞》内容与此序对照，其作者情况有以下几点相同：

第一，交游情况一致。由序中可知，郑昌英搜集唐代至清代闽人诗作，辑为《全闽诗录》。因卷帙浩繁，工程巨大，故先录刻清代闽诗。工未及半，郑氏病革，嘱齐弼代分其任，郑氏病逝后，其父郑慕林又敦请齐弼与之共同完成郑杰未竟之事业。故《国朝全闽诗录初集》及《续集》得以付梓问世，齐弼功不可没。此序中显示齐弼与郑氏父子关系密切。《诗钞》中除有赠和郑昌英之作，又有《庚申春日，郑慕林招游西郊萨氏别墅，归后漫成七言长句》一诗，可知作者与郑昌英之父亦有往还。

第二，里居相同。从序文可知齐弼与郑昌英同里，均为福建侯官人。齐弼罢官回乡即回福州，《诗钞》亦有佐证。从《己未移居衣锦里赠郑四昌英》诗可知二人晚年皆居于衣锦里，此诗第一首颔联对句“为爱清泉本在山”下作者自注曰：井中泉脉

① （清）郑杰辑《国朝全闽诗录初集》二十一卷、《国朝全闽诗录续集》十一卷，光绪壬午年（光绪八年，1882）重刊，注韩居藏板。

自闽山涌出。闽山即在福州。作者又曾与郑昌英游乌石山，并在诗中自注乌石山下“有神光寺”。衣锦里、乌石山皆为福州地名，神光寺更可证乌石山在福州。又：《诗钞》中《秋暮至大营有感赋诗八首用杜工部〈秋兴〉韵》，其六曰：

> 悬知玉臂倚楼头，遥看冰轮万里秋。闽峤云山劳远梦，湘江兰芷绾离愁。芳期久负填桥鹊，予离家已四载矣。浪迹还同泛海鸥。折柳落梅今夜月，何人笛里唱凉州。

这是作者宦游湖南时写的忆内之作，颔联“闽峤”、“湘江”两句分写妻子与自己的思念之情，并谓“已离家四载”，亦可证作者家乡在福建。研究者因心中有《诗钞》作者为王露的先入之见，又因王露为浙江仁和人，遂以诗中衣锦里为浙江临安县旧称，误①。

第三，别号与室名相同。序文末作者自署“兰皋”，较之《话雨斋诗钞》自署之“兰皋居士”，少“居士”二字，但关键词“兰皋”二字相同②。序文末齐弼谓其室曰“话雨轩”，上录《己未移居衣锦里赠郑四昌英》诗第二首尾联出句“茶烟共话灯前雨”下自注曰：“予居东偏为话雨轩”，室名相同。

第四，游宦经历吻合。序中云：“予自乾隆壬子岁（乾隆五十七年，1792）宦游湖湘，至嘉庆戊午（嘉庆三年，1798）以忧旋里，与昌英别逾六载矣。”如前所述，《诗钞》中有两首诗诗题标明作者出都赴醴陵知县任为乾隆五十八年（1793），抵任为乾隆五十九年（1794），序中谓自乾隆壬子宦游湖湘，较之《诗钞》纪年早一岁，应是自作者离开家乡与郑昌英分离时算起。《诗钞》中有《戊午秋九月由长沙买舟旋里》，所记回乡时间与序文相同。

---

① 见《王兰沚及其〈无稽谰语〉研究》，第9页。

② 詹按：王露在《绮楼重梦》第一回中自称“兰皋居士”，第四十八回中自称“兰皋主人”，可见古人于别号关键词后添加“居士”、“主人”之类，随其兴致与心境而定。齐弼两序一自号“兰皋”，一自号“兰皋居士”，亦与此相类。

以上根据《诗钞》中提供的线索，检索《清代官员履历档案全编》，对照《国朝全闽诗录初集》齐弼序文，综合仕履、交游、里居、室名别号几方面情况，确定《诗钞》作者即乾嘉时福建侯官人齐弼。由作者室名“话雨轩”及《诗钞》中“茶烟共话灯前雨”句可知《诗钞》名应为“话雨斋诗钞”，而不应为“复逢佳话雨斋诗钞”。“旧雨”、“今雨”喻故友新交，“茶烟共话灯前雨”即与老友灯前品茗，共叙友情之意，室名“话雨”亦寓此意，“复逢佳话雨”则不知所云。且《诗钞》他处添改，均直接涂改、添加。若在书名上加字，似亦应直接加于上方，无须写于小纸片上。

《诗钞》中又有《壬戌（詹按：右侧改为“癸亥”，癸亥为嘉庆八年，1803）仲春送儿子鲲至洪山桥登舟赴京供职》二首，可知作者有子名鲲。齐鲲为嘉庆时名宦，较之乃父声名更著。《侯官县乡土志》有其小传：

> 齐鲲，字澄潇。嘉庆辛酉（嘉庆六年，1801）进士。选庶常，授编修。十三年（1808）充册封琉球正使。使舟例有弁兵护行，或携中土杂物往贸，又有因缘随行，往索逋者，鲲一切禁绝。国王沿旧例，设七宴，鲲受宴而却其金。故事：使者返棹，俟仲冬北风劲始放行。鲲不欲留宿烦供张。察十月风信可行，遂偕副使费锡章先一月登舟。时有旨嘉奖。明年抵京，充日讲起居注官。记名御史，出为河南府。悉革属县供亿之弊。值旱饥，鲲捐俸以赈之。滑县邪教滋事，鲲护固原兵抵军营，民无惊扰。时民间讹传某姓将以某日起事，鲲曰：“此妄耳！世岂有尅朝谋叛而举国皆知者。”已而寂然。会调赴睢州河工，工竣，议叙道员，丁外艰归，卒于家。①

齐鲲曾充册封琉球正使，并与副使费锡章辑有《续琉球国

---

①（清）郑祖庚纂修《侯官县乡土志》第二册卷四，第287—288页，台北：成文出版社（据清代刊本影印），1974。

志略》，为研究清朝与琉球交往及琉球史之重要资料。

笔者又于《福州史志》上发现齐上志先生所作《福州齐氏六代书香父子翰林》一文①，文中详细记叙了齐弼的生平。笔者与齐先生电话联系，齐先生告知其文中齐弼生平资料乃据齐氏家谱撰成，齐先生为齐弼同支后人。齐先生并惠寄家谱中齐弼小传复印件，兹节录如下：

> （齐弼）字辅五，号兰皋，行一。幼即聪颖，追随父侧，文章学问得于庭训居多。甫弱冠，应童子试，侯官张邑侯即拔取案首，入郡庠。乾隆辛卯科（乾隆三十六年，1771）乡试中式第四十三名举人。会试卷屡荐，戊戌科（乾隆四十三年，1778），卷落朱石公房，极荷赏鉴，力荐，以额满未售，深为扼腕。公车五上，至辛丑科（乾隆四十六年，1781）会试，中式第四十名进士，殿试二甲，归班候选。公性情恬退，不乐仕进。至壬子（乾隆五十七年，1792）科，长子鲲妙年中式亚魁，承父命，领鲲进京会试，因请咨赴选。癸丑（乾隆五十八年，1793）秋选授湖南醴陵县知县。公莅任数月，以儒术蔚为吏治，廉名大著，讼牍一清。姜抚宪特为器重，调署浏阳烦缺。浏阳地方辽阔，与江右接壤，俗悍民刁，健于词讼。公下车即为清理，日无停晷，四境百姓无不感颂廉明。莅任未久，值辰州苗匪肆扰，大宪以公才优，即调至辰州界亭驿办理站务。时羽书旁午，官兵军器以及大员过境络绎不绝，公不辞鞅掌，昼夜筹谋，经理无误。大宪嘉公勤慎，随调至镇筸，管理军需局务，随成道宪至凤凰营，一路抚恤降苗，查察户口，收缴器械。时苗匪未靖，公驰驱苗寨，详为开导，恩威并济，苗民无不爱戴顺从。事竣，至大营禀谒和制宪，大加优奖。复委署浦溆（詹按："浦溆"当为"溆浦"，下同）通判，浦溆为辰州

① 齐上志：《福州齐氏六代书香父子翰林》，见《福州史志》2006年5月（第19期），第42—43页。

大都会，逼近苗境，屡遭蹂躏。公之任数月，修筑土堡，日夜与民守御，难民避至他境者至是皆得复业。事平，姜抚宪调公署长沙首邑。檄委已下，公力辞不就，因还醴陵原任。时嘉庆二年（1797），补行计典，大宪以公才品兼优正，荐卓异。公尚未引见，丁父忧，回籍守制。大宪腕（詹按："腕"当为"惋"）惜焉。服阕，亲党劝公出仕，公以太夫人年高，朝夕侍养，不复作出山计。居里门，惇惇自谨，不干外事，只与二三老友作文酒会以自娱。……生于乾隆癸酉年（乾隆十八年，1753）① 正月念二日□时。

家谱中对齐翀在湖南任职情况记述颇详。《民国醴陵县志》中载乾隆五十九年齐翀先任知县，继由杨芳岳接署。据家谱可知齐翀是年调任浏阳。查《同治浏阳县志》，果有齐翀于乾隆五十九年署浏阳知县之记载②。家谱又谓齐翀曾于乾嘉之际苗民起义时随成道宪至凤凰营，一路抚恤降苗，查察户口。《诗钞》中亦有《丙辰（嘉庆元年，1796）春日奉委随成观察由镇筸到凤凰营一带办理抚恤降苗事务，屡蒙垂眷，因呈述德诗五言三十二韵》、《由正大营至新寨，晚憩贵州粮台，承徐明府款接，兼惠诗章，因和其韵》、《连日到乌草河一带查察户口，马上口占，即用前韵》等诗记其事。家谱谓齐翀因太夫人年高，朝夕侍养，不复作出山计。《诗钞》自叙亦曰"至罢官旋里，谢病杜门，侍养慈闱，不复作出山想"。《诗钞》收诗虽不多，但对于研究乾嘉时期苗民起义历史颇有参考价值，亦可备研究清代闽人诗文著述者采录。

齐先生《福州齐氏六代书香父子翰林》一文中又谓齐鲲有子祥庆，齐先生并告知齐祥庆为道光五年（1825）举人，曾任

---

① 詹按：家谱所记齐翀生年与齐翀于乾隆五十八年自撰履历中所述有异。

② （清）王汝惺等修、邹焌杰等纂：《同治浏阳县志》，第430页，见《中国地方志集成》，南京：江苏古籍出版社，2002。

直隶某县知县①。《诗钞》自叙页末识有“孙祥庆珍藏”，可知此稿本由齐祥庆持有，并可能由其携至直隶，后在北方流散，藏于南开大学图书馆，但已非完璧。散佚之稿不知是否尚存天壤之间。

综上所述，南开大学图书馆藏《话雨斋诗钞》作者为乾嘉时期福建侯官人齐弼，与《无稽谰语》和《绮楼重梦》的作者王露无涉，不应据此研究王露生平。

① 齐祥庆生平资料仅见于齐先生所引用之家谱，笔者尚未在其他史料中查到有关记载。

附录四

主要参考书目

一、乾嘉时期单行文言小说、文言小说集、文言小说辑

《西青散记》四卷

史震林撰。成书于乾隆二年（1737）。古今书室石印本、上海杂志公司民国二十四年（1935）铅印本。

《裨勺》一卷

鲍钤撰。书中记事最晚为乾隆五年（1740）。顾氏刻《赐砚堂丛书新编》本。

《雷江脞录》四卷

章孝基撰。成书于乾隆十一年（1726）。清抄本。

《州乘余闻》一卷

宋弼撰。作于乾隆己巳（乾隆十四年，1749）、庚午（乾隆十五年，1750）间。光绪戊子（1888）养知堂刊本。

《漱华随笔》四卷

严有禧撰。书前有安平陈法乾隆十七年（1752）所作序。《借月山房汇抄》本。

《东皋杂钞》三卷

董潮撰。成书于乾隆十八年（1753）。《艺海珠尘》本。

《遁斋偶笔》二卷

徐昆撰。成书于乾隆十八年（1753）。光绪六年（1880）济上刊本。

《丰暇笔谈》一卷

孟瑢撰。成书于乾隆十九年（1754）。《申报馆丛书》本。

《晋人麈》一卷

沈日霖撰。成书于乾隆二十一年（1756）。世楷堂藏板《昭代丛书》别集本。

《柳南随笔》六卷、**《柳南续笔》**四卷

王应奎撰。《柳南随笔》六卷初刊于乾隆五年（1740），《柳南续笔》四卷初刊于乾隆二十二年（1757）。中华书局1983年排印本。

《闻见偶录》一卷

朱象贤撰。成书于乾隆二十二年（1757）。《丛书集成续编》影印《昭代丛书》本。

《尾蔗丛谈》四卷

李调元撰。成书于乾隆三十一年（1766）。乾隆绵州李氏刻《函海》本。

《井蛙杂记》十卷

李调元撰。书前有作者乾隆三十四年（1769）序。《函海》本。

《谈虎》一卷

赵彪诏撰。成书于乾隆三十四年（1769）。世楷堂藏板《昭代丛书》本。

《说蛇》一卷

赵彪诏撰。成书于乾隆三十四年（1769）。世楷堂藏板《昭代丛书》本。

《茶余客话》十二卷

阮葵生纂。书中记事最晚为乾隆三十四年（1769）。《艺海珠尘》本。

《吴语》一卷

戴延年撰。乾隆三十六年（1771）已成书。《丛书集成续编》影印《昭代丛书》本。

詹按：杨复吉《吴语》跋中曰："《吴语》二十余条，辛卯（乾隆三十

六年，1771）出都时举以赠余者。”

《柚堂续笔谈》三卷

盛百二撰。成书于乾隆间。书中纪年最晚为乾隆甲午（乾隆三十九年，1774）。《槜李遗书》本。

《秋灯丛话》十八卷

王椷撰。成书于乾隆四十三年（1778）。积翠山房刊本。

《夜谭随录》十二卷

和邦额撰。成书于乾隆四十四年（1779）。上海古籍出版社1988年排印本。

《秋灯丛话》一卷

戴延年撰。书中最晚纪年为乾隆四十四年（1779），成书于乾隆四十九年（1784）前。《昭代丛书》续编本。

《阴晋异函》三卷

李汝榛辑。成书于乾隆四十五年（1780）。咸丰二年（1852）刻本。

《二十二史感应录》二卷

彭希涑辑。成书于乾隆四十六年（1781）。道光二十九年（1849）刻本。

《续板桥杂记》三卷

珠泉居士撰。书前作者《〈续板桥杂记〉缘起》作于乾隆四十九年（1784）。《香艳丛书》本。

《饮渌轩随笔》二卷

伍宇澄撰。约成书于乾隆甲辰（乾隆四十九年，1784）。《丛书集成续编》本。

《鹗亭诗话》一卷

屠绅辑。成书于乾隆四十九年（1784）。光绪十五年（1889）江阴金氏刻《粟香室丛书》本。沈燮元《屠绅年谱》附录本。

詹按：此书虽名《诗话》，而正如汪瑔《题词》所云："书凡三十六条，皆寓言储说之流，而名以诗话，殆不可解。各条虽分署作者姓名，词气则如出一手，貌渊奥而实平易，与笏岩他所著作颇复相类。昔人疑《箧中集》诗皆出次山，余于此书亦不能无疑也。”鲁迅先生《中国小说史略》亦将其视为小说，谓其“文词较简，亦不尽记异闻，然其风格，实亦此类”。至于此书作者，占骁勇倾向于认为“乃众人合作，只不过成书时经过屠绅统一润饰而已”（《清代志怪传奇小说集研究》第163页）。占说近是。占书中“鹗”作“鄂”，当是印刷错误。

《秦云撷英小谱》一卷

严长明、钱坫等撰。成书于乾隆四十九年（1789）前。世楷堂藏板《昭代丛书》本。

詹按：袁行霈、侯忠义《中国文言小说书目》第373页《秦云撷英小谱》条作者标为“（清）王昶撰”。笔者所见世楷堂藏板《昭代丛书》本前有王昶序，文章作者乃严长明（冬友）、曹仁虎（习庵）、钱坫（献之），文后题词为诗十余首，作者为徐晋亨（元九）。则王昶并非作者。

《燕兰小谱》五卷

吴长元撰。作于乾隆癸卯（乾隆四十八年，1783）至乙巳（乾隆五十年，1785），《清代传记丛刊》本。

《新镌笑林广记》十二卷

游戏主人纂辑，粲然居士参订。乾隆五十一年（1786）敦化堂重梓本。

《雪鸿小记》二卷

珠泉居士撰，作于乾隆戊申（乾隆五十三年，1788）。《香艳丛书》本。

《谐铎》十二卷

沈起凤撰。成书于乾隆五十六年（1791）。清刻本。人民文学出版社1985年排印本。重庆出版社1996年排印本。

《续谐铎》一卷

沈起凤撰。成于乾隆末。《花近楼丛书》所收清稿本。

《闻见录》五卷

黄椿撰。书前有乾隆五十六年（1791）作者自序。清抄本。

《唐人说荟》二十卷

陈世熙辑。书前有乾隆辛亥（乾隆五十六年，1791）彭翥序。同治甲子（1864）冬镌，纬文堂藏板。

《新齐谐》（《子不语》）二十四卷、**《续新齐谐》（《续子不语》）**十卷

袁枚撰。成书于乾隆间。《新齐谐》二十四卷初刊于乾隆五十三年（1788）。《续新齐谐》十卷初刊于乾隆五十七年（1792）。上海古籍出版社1986年排印本、人民文学出版社1996年排印本。

《秋坪新语》十二卷

张太复撰。成书于乾隆五十七年（1792）。丁巳（嘉庆二年，1797）本衙刊本。

《柳崖外编》十六卷

徐昆撰。初刊于乾隆五十七年（1792）。清刻本，前有乾隆五十六年（1791）序，此本仅八卷；吉林大学出版社1995年排印本。

《广新闻》八卷

无闷居士编。清刻本，有乾隆壬子（乾隆五十七年，1792）秋七月拈花侍者序。

詹按：据《贩书偶记》，此书有乾隆五十七年（1792）巾箱本，4卷。未见。无闷居士为孙洙之号。

《听雨轩杂记》（《杂记》一卷三十二则、**《续纪》**一卷四十二则、**《余纪》**一卷三十则、**《赘纪》**一卷三十三则）

徐承烈撰。《听雨轩杂记》、《续纪》成书于乾隆五十六年（1791）。《余纪》、《赘纪》成书于乾隆五十七年（1792）。嘉庆丙寅（嘉庆十一年，1806）研云楼刊本。

《吹影编》四卷

程攸熙撰。成书于乾隆五十八年（1793）。嘉庆二年（1797）镌，酉山堂藏板。

《蛸蛣杂记》十二卷

屠绅撰。韩国首尔大学奎章阁藏清刻本，书前有王雨谷乾隆癸丑（乾隆五十八年，1793）序。

《六合内外琐言》二十卷

屠绅撰。成书于乾隆间。《申报馆丛书》本。

《桂山录异》八卷

顾淦辑。清刻本，书前有乾隆五十八年（1793）作者自序。

詹按：宁稼雨《提要》及为《中国古代小说总目》（文言卷）所撰此书条皆录辑者姓名为顾诠。笔者所见北京大学图书馆藏本作者自序署名则为“顾淦”。

《耳食录》（初编十二卷，二编八卷）

乐钧撰。初编成于乾隆辛亥（乾隆五十六年，1791），二编成于乾隆甲寅（乾隆五十九年，1794）。齐鲁书社1991年排印本。

《无稽谰语》五卷

王露撰。清刻本，书前有兰皋居士甲寅（1794）仲夏自序。

《妄妄录》十二卷

朱海撰。成书于乾隆五十九年（1794）。道光十年（1830）刻本。

《霭楼逸志》六卷

欧苏撰。成书于乾隆五十九年（1794）。嘉庆戊午（嘉庆三年，1798）镌，堂藏板（詹按：按常理，“堂”前应标明××堂，此版本仅作“堂藏板”，疑为堂名未及印上）。

《质直谈耳》八卷

钱肇鳌撰。成书于乾隆五十九年（1794）。道光甲申（1824）学余堂重刻本。

詹按：《贩书偶记》小说家类著录此书，作者标为钱兆鳌，谓有乾隆甲寅（1794）刊巾箱本，未见。

《渔矶漫钞》十卷

雷琳、汪琇莹、莫剑光辑。书前有乾隆五十九年（1794）王鼎所作序。同治辛未（1871）重镌本衙刊本。

《消夏闲记摘钞》三卷

顾公燮撰。书中最晚纪年为乾隆五十九年（1794）。《丛书集成续编》本。

《少见录》一卷

吴文溥撰。成书于乾隆五十九年（1794）。载于《南野堂续笔记》,《南野堂全集》本。

《小豆棚》十六卷

曾衍东撰。成书于乾隆六十年（1795）。齐鲁书社 1991 年排印本。

《谈薮》六卷

徐书受撰。成书于乾隆末。乾隆年间刊《教经堂全集》本。

詹按：此书纪年最晚为乾隆五十一年（1786），卷五《痘神》篇提到“近人著《耳食录》”，则当作于其后。《丛书集成续编》收录此书，书名作《教经堂谈薮》，书后有盛宣怀跋曰：“右《教经堂谈薮》六卷，国朝徐书受撰。按：书受，字尚之，武进人也。乾隆庚子（乾隆四十五年，1780）副贡生，充四库馆誊录，官至河南叶县知县。尚之年少负异才，与黄仲则、洪稚存、孙渊如、吕叔讷、杨西河、赵味辛为常州七子，诗文亦卓然可传。是编谈掌故、谈考据、谈异闻、谈节烈、谈飞走，聚而为帙，固小说家之正宗，亦足为酒边灯下消闲之助。”（见《丛书集成续编》第九十一册，第 374 页）。《续修四库全书总目提要》此书条即在盛跋基础上扩充而成（见第 11 册第 465—466 页）。笔者因此书志人、志怪条目颇夥而将其归为文言小说集。今各小说书目未见著录。

《异谈可信录》

邓晅辑。成书于嘉庆元年（1796）。

詹按：《贩书偶记》谓有嘉庆元年（1796）碧山楼刊本 22 卷，未见。笔者见国图藏两种嘉庆元年版本，一种为 23 卷，12 册，一种为 10 卷，8 册，均署邓晅辑。

《语新》二卷

钱学纶撰。成书于嘉庆二年（1797）。申报馆仿聚珍板印本。

《寄闲斋杂志》八卷

朱淞撰。成书于嘉庆二年（1797）。清刻本。

詹按：朱淞字笠江，嘉定人，与《吹影编》作者程攸熙为友，并为

《吹影编》作序。从其序及此书中作者所记与各卷其友人识语中可知朱淞为人经历与性情。如卷二褚英识语谓其为“谨愿人”，卷三陆绨识语谓其“抱才未遇，著作等身”，卷八褚玉衡识语谓其“工诗文”。卷五《鬼撒泥》篇作者自记乾隆丙午（乾隆五十一年，1786）“授经钱溪”。《贩书偶记续编》卷十一杂家类杂纂之属收录此书，笔者据其内容与体制将其归入文言小说集。今各小说书目未见著录。

《守一斋客窗笔记》（《偶笔》四卷，《二笔》一卷）

金捧阊撰。《偶笔》成书于嘉庆元年（1796），《二笔》成书于嘉庆三年（1798）。光绪十六年（1890）刊《粟香室丛书》本。

《阅微草堂笔记》二十四卷

纪昀撰。作于乾隆五十四年（1789）至嘉庆三年（1798）。上海古籍出版社 1998 年排印本、河北教育出版社 1995 年版《纪晓岚文集》本。

《凉棚夜话》四卷，**《凉棚夜话续编》**二卷

方元鹍撰。成书于嘉庆四年（1799），道光己亥（道光十九年，1839）新镌，七映堂刊本。

《燕山外史》八卷

陈球撰。初稿成于嘉庆四年（1799）。光绪五年（1879）上海广益书局石印本，光绪丙午（光绪三十二年，1906）上海海左书局石印本，奎章阁藏光绪五年（1879）冬镌《燕山外史》注释本。

詹按：袁行霈、侯忠义《中国文言小说书目》中著录此书，“海左书局”作“江左书局”。台湾王琼玲女士家藏此年石印本亦署“海左书局”，见其论文《清代骈文小说〈燕山外史〉初探》。当是袁、侯二先生书印刷错误。

《谐史》四卷

程森泳辑。书前有庚申（嘉庆五年，1800）仲夏月望日闲情老人序。清刻本，本衙藏板。

詹按：《贩书偶记续编》小说家类杂事之属著录此书。今各小说书目未见著录。

《春泉闻见录》 四卷

刘寿眉撰。成书于嘉庆五年（1800）。《近代笔记丛选》本。

《夜航船》 八卷

破额山人撰。成书于嘉庆五年（1800）。《近代笔记丛选》本。

《云峰偶笔》 一卷

屈振镛撰。成书于嘉庆五年（1800）。虞山丁氏初园民国二十一年（1932）铅印本。

《蟫史》 二十卷

屠绅撰。书前小停道人序作于嘉庆五年（1800）。《申报馆丛书》本、《古本小说集成》本、人民文学出版社 1992 年排印本。

《隻麈谈》 四卷、**《续隻麈谭》** 二卷

胡承谱撰。所见《隻麈谈》四卷为清刻本，有乾隆五十三年（1788）作者自序；《续隻麈谭》二卷为《丛书集成初编》据《泾川丛书》排印本。

詹按：据程毅中先生《略述〈隻麈谭〉原刻本》一文（载《明清小说研究》2001 年第 3 期），《隻麈谭》有乾隆己酉（1789）新镌巾箱本，四卷。笔者所见北京大学图书馆藏《隻麈谈》四卷未标刊刻时间，书前有朱庆湄《叙言》及胡承谱《叙》，皆作于乾隆五十三年（1788）。北大此本卷二残缺。卷二目录《烟石岭》后有《独卧》一篇及补《朱德甫往生天上解》一篇，但正文中则缺《独卧》篇，亦无他卷卷末皆有的校录者署名，而《朱德甫往生天上解》则置于卷四后，即全书之末。不知此本与程先生所见是否为同一版本。《续隻麈谭》书后有赵绍祖嘉庆六年（1801）识语，谓“原本六卷，而亦既删存二卷矣”，赵绍祖又将其“略为删并”。此二书今各小说书目未见著录。

《影谭》 一卷

管世灏撰。成书于嘉庆六年（1801）。光绪二年（1876）申报馆仿聚珍板印本。

《镜花水月》 八卷

娄东羽衣客撰。成书于嘉庆六年（1801）。申报馆仿聚珍版

印本。

《梦厂杂著》十卷

俞蛟撰。成书于嘉庆六年（1801）。文化艺术出版社 1988 年排印本。

《虞初续志》十二卷

郑澍若辑。成书于嘉庆七年（1802）。民国十二年（1923）上海文明书局校印《笔记小说二十种》本。

《广虞初新志》四十卷

黄承增辑。成书于嘉庆八年（1803）。嘉庆癸亥（嘉庆八年，1803）寄鸥闲舫刊本。

《芝庵杂记》四卷

陆云锦撰。嘉庆八年（1803）刻本。

《日下看花记》四卷

小铁篴道人撰。书前有作者嘉庆癸亥（嘉庆八年，1803）自序。清刻本。

詹按：《贩书偶记续编》小说家类琐语之属著录此书。今各小说书目未见著录。

《息影偶录》八卷

张埏辑。成书于嘉庆九年（1804）。光绪壬午（1882）翠筠山房刻本。

《吴门画舫录》一卷

西溪山人撰。作于嘉庆癸亥（嘉庆八年，1803）至甲子（嘉庆九年，1804）。《香艳丛书》本。

《樗散轩丛谈》十卷

陈镛撰。成书于嘉庆九年（1804）。苏州同治三年（1864）刻本。

《扶风传信录》一卷

吴骞辑录。成书于嘉庆丁卯（嘉庆十二年，1807）。《拜经楼丛书》本，壬戌岁上海博古斋影印。

《浮生六记》 六卷

沈复撰。成书于嘉庆十三年（1808）。《美化文学名著丛刊》本、人民文学出版社1980年排印本。

《诗痴符》 二卷

佚名撰。嘉庆十四年（1809）耕石农者刻本。

詹按：笔者所见此本前耕石农者《叙》中云其嘉庆丁卯（1807）于市上购得《诗痴符》，“不著作者姓名，且删改涂抹，多不可读，知其为小说家未竟稿”。后以友人谓其文多寓劝惩，“因汰其繁芜，仅存若干首以付梓”。袁、侯二先生《中国文言小说书目》谓“（宋）李庚有《诗痴符》二十卷，疑即此书”。占骁勇认为此书着意宣淫，而耕石农者序及耕石居士跋“皆显示着编者对文不雅驯的回护和曲为之解，让人怀疑作者或即编者，只由于内容过于碍目，故以编者自居”（《清代志怪传奇小说集研究》第139页）。占说近是。

《挑灯新录》 六卷

吴荆园撰。成书于嘉庆十五年（1810）。咸丰辛酉（1861）文德堂刊本。同治二年（1863）重刊本堂藏板本。

《亦复如是》 四卷

宋永岳撰。书前有作者嘉庆十六年（1811）自序。清末铅印本。

《志异续编》 八卷

宋永岳撰。成书于嘉庆间。丁丑季春申报馆印本。

《吴门画舫续录》 一卷

个中生撰。成书于嘉庆十八年（1813）。《香艳丛书》本。

《梦阑琐笔》 一卷

杨复吉撰。成书于嘉庆间。书中有记嘉庆十八年（1813）事者。书后有沈楙悳壬寅（道光二十二年，1842）年跋。世楷堂藏板《昭代丛书》萃编本。

《梦花杂志》

李澄撰。作于嘉庆癸酉（嘉庆十八年，1813）、甲戌（嘉庆十九年，1814）。宣统辛亥（宣统三年，1911）十一月存古斋刊本，分为五册，一册相当于一卷。

《明斋小识》十二卷

诸联撰。成书于嘉庆甲戌（嘉庆十九年，1814）。同治四年（1865）秋重校吴趋亦西斋藏板。

《见闻近录》四卷

俞超撰。书中记事最晚为嘉庆十九年（1814）。咸丰六年（1856）刻本。

《遣睡杂言》八卷

黄凯钧撰。成书于嘉庆二十年（1815）。《四库未收书辑刊》本，据嘉庆乙亥（1815）春镌友渔斋藏板影印。

詹按：占骁勇谓此书嘉庆二十五年（1820）成书及初刊，不知何据，见《清代志怪传奇小说集研究》第343页。

《蕉轩摭录》十二卷

俞国麟撰。成书于嘉庆二十年（1815）。申报馆仿袖珍板印本。

《昔柳摭谈》八卷

平湖梓华楼冯氏原编，巢县汪人骥重辑。成书于嘉庆二十年（1815）。《申报馆丛书》本。

《三蕉余话》二卷

陶丙寿撰。成书于嘉庆二十一年（1816）。嘉庆二十二年（1817）刻本。

《咫闻录》

慵讷居士撰。成书于嘉庆二十二年（1817）。嘉庆二十二年（1817）序刻本，6卷；道光己丑（1829）知不足斋刊本，12卷；《笔记小说大观》本，12卷。

詹按：宁稼雨《提要》及为《中国古代小说总目》（文言卷）与《中国古代小说总目提要》所撰此书条均标作者为温汝适，并谓“今有嘉庆二十二年（1817）刊巾箱本，前有嘉庆丁丑冶根散人序及同年作者自序，道光间重刊本将二序时间改为道光己丑（1829）和道光癸卯（1843），以致产生疑窦”。笔者于北大图书馆见到本书的两个版本，其一为巾箱本6卷，前有嘉庆丁丑（1817）冶垠散人序及同年慵讷居士自序，无刊刻时间及藏板标识。其二为知不足斋藏板道光己丑（1829）镌巾箱本12卷，书前冶垠散人序及慵讷居士自序时间均为道光己丑，与《提要》所称第二种版本所署作者自序时间有所不同。知不足斋本二序与嘉庆序刻本二序内容、字体完全一致，但落款所署年月中“道光”二字笔体明显粗于其他字，似为挖改而成，这一情况与《提要》中第二种版本情况相同。嘉庆序刻本仅6卷，知不足斋本前6卷与之相同，而后6卷为嘉庆序刻本所无。据《国朝耆献类征初编》卷一〇五所引《广东通志》，谓温汝适未梓著作有《咫闻录》。温号慵讷居士。这当是将署名慵讷居士的《咫闻录》定为温汝适所作的根据。温汝适卒于道光元年，若《广东通志》所记准确，则此年之前温著《咫闻录》尚未付梓。细观现存版本《咫闻录》中内容，则其中所记与温汝适的籍贯、履历有多处不合，令人怀疑非出温手，为他人假托。如卷十一《萧某》篇谓：“两广风俗，门粘神容，巷供土地。吾浙罕有所见。”温汝适为广东顺德人，并非浙人，可知此篇必非温所作。陆林先生《〈中国文言小说总目提要〉初读——有关作者史实缺误商兑补苴》（见《文学遗产》2001年第1期）一文中指出《咫闻录》作者为朱钧，将有专文考证说明，笔者尚未见到此文。

《秦淮画舫录》二卷

捧花生撰。成书于嘉庆二十二年（1817）。《香艳丛书》本。

《画舫余谭》一卷

捧花生撰。成书于嘉庆末。《香艳丛书》本。

《花间笑语》五卷

熊之缙撰。书前有作者嘉庆十一年（1806）自序，但书中记事最晚为嘉庆二十二年（1817）。清刻本。

詹按：《贩书偶记续编》小说家类琐语之属著录此书。今各小说书目未见著录。

《青溪风雨录》二卷

雪樵居士辑。成书于嘉庆间。嘉庆己卯（嘉庆二十四年，1819）一枝山房刻本。

《墨余书异》八卷

蒋知白撰。书前有勒殷山嘉庆二十五年（1820）序。清刻本。

《樗园消夏录》三卷

郭麐撰。成书于嘉庆间。《灵芬馆全集》本。

《忆书》六卷

焦循撰。成书于嘉庆间。　《仰视千七百二十九鹤斋丛书》本。

《七嬉》二卷

许桂林撰。成书于嘉庆末。道光丁酉（1837）三味堂刊本。

注：上列乾嘉时期单行文言小说、文言小说集、文言小说辑按成书年代先后排列，其成书年代只能大致断于乾隆朝或嘉庆朝者列于某朝之末。成书年代或据作者文中或序跋中及他人序跋中所明言之作书年月、或据作者及他人序跋中所署年月、或据初刊年月、或据书中所记时事之最后年月而定。第一种情况最为准确，而后三种皆有可能与实际成书年月有出入。

写作博士论文时，为选定研究范围内乾嘉文言小说作品书目，笔者主要参考了《中国丛书综录》，《续修四库全书总目提要》，孙殿起《贩书偶记》、《贩书偶记续编》，袁行霈、侯忠义《中国文言小说书目》，宁稼雨《中国文言小说总目提要》等书。修订时，笔者又主要参考了占骁勇《清代志怪传奇小说集研究》中所论列之乾嘉作品书目，并参阅了石昌渝主编的《中国古代小说总目》以及朱一玄、宁稼雨、陈桂声编著的《中国古代小说总目提要》中的相关书目。上述书中所收录之乾嘉文言小说，笔者尚有未见者，此处不一一转录他人所载，仅列笔者所见。遇所见与上述书中所载不一致者，据实说明。袁、侯二先生《书目》，宁先生《提要》，石先生主编的《总目》，朱、宁、陈三先生编著的《总目提要》及占先生书中未著录与论列之作品在按语中注明“今各小说书目未见著录”。错误疏漏之处敬请方家指正。

二、史书、传记、年谱

《清实录》（高宗纯皇帝实录　仁宗睿皇帝实录），北京：中华书局，1985—1986

周骏富辑：《清代传记丛刊》，台北：明文书局，1985。以下四种书皆据此版本：

清国史馆原编：《清史列传》

李桓：《国朝耆献类征初编》
徐世昌等：《大清畿辅先哲传》
张维屏：《国朝诗人征略》
赵尔巽等：《清史稿》，北京：中华书局，1977
李开：《戴震评传》，南京：南京大学出版社，1992
周积明：《纪昀评传》，南京：南京大学出版社，1994
沈燮元：《屠绅年谱》，上海：古典文学出版社，1958

三、书目类

永瑢等撰：《四库全书总目》，北京：中华书局，1965
中国科学院图书馆整理，王式通、王孝鱼、王重民等撰：《续修四库全书总目提要》（稿本）：济南：齐鲁书社 1996
上海图书馆编：《中国丛书综录》，北京：中华书局，1961—1962
孙殿起：《贩书偶记》，北京：中华书局，1959
孙殿起：《贩书偶记续编》，上海：上海古籍出版社，1980
孙楷第：《戏曲小说书录解题》，北京：人民文学出版社，1990
袁行霈、侯忠义：《中国文言小说书目》，北京：北京大学出版社，1981
宁稼雨：《中国文言小说总目提要》，济南：齐鲁书社，1996
石昌渝主编：《中国古代小说总目》，太原：山西教育出版社，2004
朱一玄、宁稼雨、陈桂声编著：《中国古代小说总目提要》，北京：人民文学出版社，2005

四、小说、诗文词曲集、诗话、日记、笔记、杂著

李昉等编：《太平广记》，北京：中华书局，1961
蒲松龄著、朱其铠主编：《全本新注聊斋志异》，北京：人

民文学出版社，1989

吕熊著、杨钟贤校点：《女仙外史》，天津：百花文艺出版社，1985

长白浩歌子：《萤窗异草》，申报馆仿聚珍板印本，上海进步书局校印本，人民文学出版社 1990 年排印本

古吴浩歌子增订，渔洋山人续评，外史氏再评：《续聊斋志异图咏》五卷，光绪乙未（1895）漱芳润斋据秘本石印本

金圣叹：《金圣叹全集》，南京：江苏古籍出版社，1985

李渔：《李渔全集》，杭州：浙江古籍出版社，1991

李渔：《闲情偶寄》，北京：作家出版社，1995

史震林：《华阳散稿》二卷，《中国文学珍本丛书》第一辑第九种，民国廿四年（1935）十一月初版，上海杂志公司发行，据弢园初印本排印，贝叶山房张氏藏板

詹按：王韬《〈华阳散稿〉序》中谓此书中文“半皆《西青文略》所有，岂当时《文略》为选本而《散稿》为原书欤”。此书之文包括记人、记事（言）、诗序、书信、记园林等内容，而记人篇章颇有可称小说者。

张泓：《滇南忆旧录》一卷。《艺海珠尘》本

詹按：此书中志人志异篇章有可称小说者。

袁枚：《小仓山房诗文集》，上海：上海古籍出版社，1988

袁枚：《随园诗话》，北京：人民文学出版社，1982

纪昀：《纪晓岚文集》，石家庄：河北教育出版社，1991

赵翼：《瓯北全集》，光绪三年（1877）滇南唐氏重刊本

钱大昕：《潜研堂集》，上海：上海古籍出版社，1989

朱筠：《笥河诗集》，嘉庆癸亥（1803）开雕，椒华唫舫藏板

翁方纲：《复初斋文集》，道光丙申（1836）开雕，光绪丁丑（1877）重校本

洪亮吉：《洪北江诗文集》，《四部丛刊》本；《卷施阁集》，上海中华书局据原刻本校刊，《四部备要》本；《洪亮吉集》，北京：中华书局，2001

赵怀玉：《亦有生斋集》，道光元年（1821）题词，武进赵氏刻本

徐书受：《教经堂全集》，乾隆年间刊本

凌廷堪：《校礼堂文集》，嘉庆十八年（1813）宣城张氏刻本

张问陶：《船山诗草》，北京：中华书局，1986

阮元：《揅经室集》，《四部丛刊》本

乐钧：《青芝山馆集》，嘉庆二十二年（1817）陈曼生刊本

吴嵩梁：《香苏山馆诗钞》，嘉庆二十三年（1818）自序刻本

沈起凤：《沈氏四种》（署吴门红心词客著），《奢摩他室曲丛》第一集，据古香林原刻本影印

吴翌凤辑：《怀旧集》，嘉庆十八年（1813）自序刻本

赵翼：《檐曝杂记》六卷，《瓯北全集》本，中华书局1982年排印本

吴翌凤：《逊志堂杂钞》十集，光绪丁亥（光绪十三年，1887）校刊行素草堂藏板，《槐庐丛书》本

吴翌凤：《镫窗丛录》五卷，补遗一卷，《涵芬楼秘笈》第九集

詹按：《逊志堂杂钞》陈其荣《序》中曰："逊志堂者，嘉庆初元，先生曾主浏阳南台书院，是其斋名也。维时又著有《镫窗丛录》五卷、补遗一卷，其书亦复相类。又有《周礼琐言》一卷，《东斋脞语》等书，今并不存。"笔者所见《镫窗丛录》所收条目皆见于《逊志堂杂钞》，但全书条目数量较后者为少，且排列顺序不同。不知是录自《逊志堂杂钞》而冠以别名，抑或实有别本为据。《东斋脞语》今存。

吴翌凤：《东斋脞语》一卷，《丛书集成续编》本

钱泳：《履园丛话》，北京：中华书局，1979

吴德旋：《初月楼闻见录》十卷，《初月楼续闻见录》十卷，《清代传记丛刊》本

昭梿：《啸亭杂录》，北京：中华书局，1980

赵慎畛：《榆巢杂识》二卷，《笔记小说大观》本，中华书局2001年排印本

俞鸿渐：《印雪轩随笔》四卷，光绪丙子（光绪二年，1876）申报馆印本

谭献：《复堂日记》，石家庄：河北教育出版社，2001

平步青：《安越堂外集》十卷，甲子（1924）年四有书局印安越堂平氏藏书本

平步青：《霞外捃屑》，上海：上海古籍出版社，1982

薛福成：《庸庵笔记》六卷，光绪丁酉（1897）遗经楼校刻本。

朱彭寿：《旧典备征》，北京：中华书局，1982。

张廷华辑：《香艳丛书》，北京：人民文学出版社，1992

邱炜萲：《五百石洞天挥麈》十二卷，羊城西湖街富文斋刊刷，书前有邱炜萲光绪戊戌（1898）所作小记

周作人：《知堂书话》，海口：海南出版社，1997

胡适：《胡适文存》，合肥：黄山书社，1996

以下数种乾嘉作品，宁稼雨《提要》本着从宽的原则收入，《中国古代小说总目》（文言卷）及《中国古代小说总目提要》亦收入，但从体裁与内容看，则为含有文言小说之诗文集、杂著或类书，因此笔者不将其置于第一类，而将其置于此类下。现并录于此，并略作说明：

1. 《提要》第406—407页鲍倚云《退余丛谈》二卷

笔者所见为《丛书集成续编》本。此书多摘录佳句名篇，评诗论文，间记行踪、记梦、记杂事，为包含文言小说之杂著。此书最晚纪年为乾隆癸未（乾隆二十八年，1763）。

2. 《提要》第340页《志异新编》四卷

笔者所见为北京大学图书馆藏嘉庆刊本，作者为福庆。书前有作者乾隆己酉（乾隆五十四年，1789）自叙。此书前三卷为《异域竹枝词》，记新疆及绝域诸国山川风物土俗民情。宁稼雨《提要》此书条将作者名记为“清福”，谓嘉庆刊本卷四诗后载四篇志怪小说：《渣底余生记》、《黔中雷火记》、《赵风子传》与《异梦述》。笔者所见版本作者自序中云“附录英

咭唎国贡品、《赵风子传》、《异梦述》于后”，未提及《渣底余生记》与《黔中雷火记》，且附录中无《异梦述》，《提要》所称四篇小说笔者仅见《赵风子传》。《提要》亦称此书为“诗文集（内含志怪小说）”。宁先生为《中国古代小说总目》（文言卷）及《中国古代小说总目提要》所撰此书条将作者名由清福改正为“福庆”。

3. 《提要》第384页王初桐撰《奁史》一百卷

笔者所见为《续修四库全书》据清嘉庆二年（1797）伊江阿刻本影印本《奁史》一百卷，拾遗一卷。王初桐辑。此书为王初桐摘录历代著作中有关女性的内容编辑而成的一部类书，每条后小字注明摘自何书，间有作者考订或补充，亦以小字注出。此书虽摘录不少小说故事，但分门别类，常常只摘录完整小说中的一部分。

4. 《提要》第384页吴骞《桃溪客语》五卷

笔者所见为《拜经楼丛书》本，卷一首有作者弁语，作于乾隆五十二年（1787），但卷五有嘉庆丙辰（嘉庆元年，1796）事。虽然书中保留一些小说戏曲故事及有关传说，但从全书内容与体制看，此书为偏重考据之杂著。

5. 《提要》第389页佚名《岂有此理》四卷

笔者所见为嘉庆四年（1799）绛雪草庐刻本。书前有序文两篇，第一篇字体为行草，第二篇为隶体。第一篇序未完，绎其文意，应与第二篇合为一文。第一篇假设客叱此书之弊，第二篇则为作者应答之辞，皆未署名，仅第二篇篇末标“嘉庆四年孟夏书”。此书四卷，卷一收“论”、“记”二体之文，其中《绛雪斋记》记其家绛雪斋，则绛雪草庐当为作者所有。又有《游上方山记》、《游支硎山记》，此二山似皆在作者乡里附近，则作者疑为苏州人。卷二收“说”、“辩”、“传”三体之文。其中“传”体中《管城子传》、《罗太仆传》、《毛太史传》、《孔又方传》、《哭鬼传》皆为古文体小说。卷三收“文”、“赋”、“檄”、“问”、“制”、“判”、“纪略”。纪略文《梦生草堂纪略》一篇可称小说，记褚生读《西厢》，慕双文成病，一医者以术消其幻想事。卷四则收“诏”、“赞”、“传赞”、“移文”、“檄”、“铭”、“赋”、“解”、“说”、“题名录”等。此书为包含文言小说之杂著。

6. 《提要》第389页佚名《更岂有此理》四卷

笔者所见版本作者题为半轩主人，嘉庆甲戌（1814）醒目斋刊本。宁先生《提要》转录孙殿起《贩书偶记》所载，谓有嘉庆四年（1799）绛雪草庐刻本，不著撰人姓名。笔者未见。此书前二序与《岂有此理》前二序情况相同，即按文意应为一篇文章，而析为二，且用不同字体印出。第二篇序后标明日期：嘉庆上章涒滩（嘉庆五年，1800）辛月五日书。此书所收文体更杂，卷一收辩、书后、评、论、书序等体，卷二收铭、解、行状等体。卷三收赞及诗，卷四收铭、制艺、赋、文启等。此书作者好以正式文体做谐谑之文，如《赌场制艺》、《戏馆制艺》、《便壶赋》、《不倒翁行状》等等，间有可称小说者。

7.《提要》第389页萧智汉辑《山居闲谈》五卷

笔者所见为嘉庆七年（1802）涉园刻本。此书前《凡例》中谓“是书以翰札为主，而故实诗词参载，要皆本色清言也”，故实中有可称小说者。

8.《提要》第385页缪艮辑《梦笔生花》四编三十二卷

笔者所见为北京大学图书馆藏民国十八年（1929）上海大海书局石印本，仅存初编卷一至卷四，三编卷五至卷八。从所存部分可知内容极庞杂，体裁包括赋、传、文、词、铭、赞、曲、诗、集对、歌谣、序跋、记、箴、卦等体。虽然其中记、传中有不少小说，但从全书文体看，应归为杂著。

9.《提要》第420页沈杲之撰《两晋清谈》十二卷

笔者所见版本标为嘉庆庚申（嘉庆五年，1800）镌，盍簪堂藏板。书前有嘉庆五年华亭王如金善香氏序及嘉庆六年（1801）大兴邵自彭识语。邵识语中谓王如金“以所刻《两晋清谈》见示，鲁鱼亥豕，嘱为正之，将以改镌”，而邵“取家藏《晋书》，涉猎一过，标识七十二条，邮致大梁”。据此识，则此版当晚于嘉庆五年，为订正后的新版。王如金序云：“吾乡沈孝廉杲之先生为三泖名宿，著书等身，然散佚者亦复不少。其辑成此书，悉本晋史。”书中内容一如王序所云，非沈自撰，乃沈辑录晋史所成，所辑每则皆加标题。虽然沈所辑有不少历史人物轶事，但从全书内容与体制看，应归为杂著。

五、学术思想、文化与心理学研究著作

章学诚著、叶瑛校注：《文史通义校注》，北京：中华书局，1994

江藩：《国朝汉学师承记》，北京：中华书局，1983

章炳麟：《訄书》（初刻本 重订本），北京：三联书店，

1998

梁启超：《梁启超论清学史二种》，上海：复旦大学出版社，1985

陈寅恪：《元白诗笺证稿》，北京：三联书店，2001

钱穆：《中国近三百年学术史》，北京：商务印书馆，1997

钱钟书：《管锥编》，北京：中华书局，1986

余英时：《戴震与章学诚——清代中期学术思想史研究》，台北：东大图书股份有限公司，1996

王俊义、黄爱平：《清代学术与文化》，沈阳：辽宁教育出版社，1993

马积高：《清代学术思想的变迁与文学》，长沙：湖南出版社，1996

（美）艾尔曼著，赵刚译：《从理学到朴学——中华帝国晚期思想与社会变化面面观》，南京：江苏人民出版社，1997

陈祖武：《清儒学术拾零》，长沙：湖南人民出版社，1999

尚小明：《学人游幕与清代学术》，北京：社会科学文献出版社，1999

（法）柏格森著，徐继曾译：《笑——论滑稽的意义》，北京：中国戏剧出版社，1980

（美）诺曼·N·霍兰德著，潘国庆译：《笑——幽默心理学》，上海：上海文艺出版社，1991

六、小说、笔记、文艺理论研究著作

鲁迅：《中国小说史略》，《鲁迅全集》第九卷，北京：人民文学出版社，1981

胡适：《胡适古典文学研究论集》，上海：上海古籍出版社，1988

蒋瑞藻：《小说枝谈》，北京：中华书局，1959

蒋瑞藻：《小说考证》，上海：上海古籍出版社，1984

阿英编：《晚清文学丛钞》（小说戏曲研究卷），北京：中华

书局，1960

谢国桢：《明清笔记谈丛》，上海：上海古籍出版社，1981

张舜徽：《清人笔记条辨》，北京：中华书局，1986

刘叶秋：《历代笔记概述》，北京：中华书局，1980

戴不凡：《小说见闻录》，杭州：浙江人民出版社，1980

程毅中：《唐代小说史话》，北京：文化艺术出版社，1990

程毅中编：《神怪情侠的艺术世界——中国古代小说流派漫话》，北京：中共中央党校出版社，1994

程毅中：《宋元小说研究》，南京：江苏古籍出版社，1999

李剑国：《唐前志怪小说史》，天津：南开大学出版社，1984

李剑国：《唐五代志怪传奇叙录》，天津：南开大学出版社，1993

李剑国：《宋代志怪传奇叙录》，天津：南开大学出版社，1997

朱一玄编：《〈聊斋志异〉资料汇编》，开封：中州古籍出版社，1985

唐富龄：《文言小说高峰的回归——〈聊斋志异〉纵横研究》，武汉：武汉大学出版社，1990

侯忠义、刘世林：《中国文言小说史稿》（下），北京：北京大学出版社，1993

吴礼权：《中国笔记小说史》，北京：商务印书馆国际有限公司，1993 年台湾版，1997 年北京印刷

吴志达：《中国文言小说史》，济南：齐鲁书社，1994

张俊：《清代小说史》，杭州：浙江古籍出版社，1997

薛洪勣：《传奇小说史》，杭州：浙江古籍出版社，1998

苗壮：《笔记小说史》，杭州：浙江古籍出版社，1998

欧阳健：《中国神怪小说通史》，南京：江苏教育出版社，1997

陈文新：《中国文言小说流派研究》，武汉：武汉大学出版

社，1993

陈文新：《文言小说审美发展史》，武汉：武汉大学出版社，2002

程国赋：《唐代小说嬗变研究》，广州：广东人民出版社，1997

占骁勇：《清代志怪传奇小说集研究》，武汉：华中科技大学出版社，2003

石昌渝：《中国小说源流论》，北京：三联书店，1994

陈平原：《陈平原小说史论集》，石家庄：河北人民出版社，1997

王先霈、周伟民：《明清小说理论批评史》，广州：花城出版社，1988

宁宗一主编：《中国小说学通论》，合肥：安徽教育出版社，1995

马振方：《小说艺术论》，北京：北京大学出版社，1999

申丹：《叙述学与小说文体学研究》，北京：北京大学出版社，1998

（美）W·C·布斯著，华明等译：《小说修辞学》，北京：北京大学出版社，1987

（苏）巴赫金著，白春仁、晓河译：《小说理论》，石家庄：河北教育出版社，1998

（加）诺思洛普·弗莱著，王逢振、秦明利译：《批评之路》，北京：北京大学出版社，1998

Ellen Widmer & Kang'I Sun Chang, eds, *Writing Women in Late Imperial China*, Stanford University Press, 1997

后　记

本书是我的博士论文的修订稿。在博士论文写作阶段，我得到了众多师友的关心、帮助和支持。正是由于导师周先慎先生的悉心指导与鼓励，论文才得以顺利完成。北京大学的周兆新先生、马振方先生和刘勇强先生在论文选题与写作过程中亦曾予以指导。刘勇强先生、夏晓虹先生和首都师范大学的段启明先生以及北京师范大学的张俊先生、于天池先生为论文的评阅付出了辛劳。答辩时诸位先生对后学的奖掖令人感奋。同门师姐段江丽一直关心我的生活、学习与工作，给了我许多真诚的帮助。同门师妹成敏在答辩时担任记录，井玉贵师弟则认真通读了我的论文，并指出其中的疏误。谨在此对各位师友致以诚挚的谢意！

我还要感谢两位前辈在博士论文写作阶段对我的指点。我曾冒昧地给程毅中先生打电话询问薛洪勣先生的地址，提及我正在查找许桂林的《七嬉》，查了数家图书馆尚未找到，程先生立即说首都图书馆有。我按程先生的指点果然在首图找到了此书。我又曾致信向薛洪勣先生请教《萤窗异草》的作者及成书年代问题，薛先生在回信中详细列出十条意见供我参考。对一个素昧平生的后辈，如此尽心答疑指点，并告知自己的思路与掌握的材料，前辈高风令人感佩。只是我至今尚未找到确切的证据解决《萤窗异草》的作者及成书年代问题，本书对此仍只能存疑。

论文修订阶段，为查找中国艺术研究院图书馆所藏《无稽谰语》的版本，我请张庆善先生介绍，得以入馆借阅。虽然因图书馆正在整理傅惜华先生的藏书，我未能见到想看的傅藏本，但张先生对后学的热情支持与帮助令人感动。

国家图书馆出版社的孙彦女士为本书的编校费心不少，谨致谢忱！

詹颂

己丑秋日于京西澹宁斋